JN006046

繭の中の街

宇野碧

双葉社

Contents

装　画
森田晶子

装　丁
アルビレオ

繭の中の街

エデンの102号室

そのおおきな部屋は、空洞だった。

見上げるほど高い天井、規則正しく配列されたライト。マットな白に塗られた壁。中央に二列に並んだ太い柱たちが支える、宮殿を思わせる広い空間。

アーチ形の扉を抜けて足を踏み入れると、プールの水のようなひんやりとした空気に全身が包まれた。静かにライトを照り返す床のつめたさが、靴底を通じてつたわってくるようだった。

実際には空洞ではなく、さまざまな展示物があった。生糸検査場として一〇〇年近く前に建てられた、この建物の歴史をたどるパネル。かつて使われていた、生糸を検査するための大小さまざまな器具。二列の柱が形づくるゆるやかな通路の奥、神殿なら神官が座っていそうな位置にはモニターがあり、当時の様子を紹介するモノクロの映像が流れている。

それでも、生きているものの気配がない、過去だけが並べられた空間は、どれだけ物が置かれていても空洞に感じられた。

このギャラリーに来るのは初めてだった。ゴシック調の、入り組んだ建物の外れに位置するこの部屋にたまたま辿り着いたのは、ふと思い立って階段を使ったからだ。いつもエレベーターでまっすぐ、二階の中央にある図書館に向かっていたのだ。階段は、アールデコの装飾がほどこされた絢爛《けんらん》な大理石の手すりがあり、特別な場所に向かうのだという気持ちにさせられるつくりだった。

部屋のなかには誰もいない。ゆっくりと一周して、展示パネルを見るともなしに眺める。九〇年前につくられた、生糸の水分含有量を測る大きな円筒形の器具の艶にみとれた。生糸を巻き取る機械は、変わった形をした骨組みだけのピアノのように見えた。

ガラスケースにおさめられた分銅を覗きこむ。ガラスにわたしの姿がうつったそのとき、かすかな足音が聞こえてきた。

つめたい床を歩く音がだんだん近づいてきて、部屋に誰かが入ってくる気配がした。この空間に、自分以外に生きた人間がいることになぜか息が詰まるほど緊張して、背中がこわばる。

顔を向けないようにしたけれど、視界の端でとらえたシルエットは男のようだった。こちらに近づいて来る。まるでわたしを目指して歩いているのかと思うほど、まっすぐ迷いのない歩き方。心臓が音を立てそうなほどつよく打ち、胸が苦しくなる。

その人物がぴたりと動きを止めた。耐えきれずに目をやると、彼はさっきまでわたしが見ていた器具の前に立ち、手を触れていた。

まず指の長さが、それから手首に浮きでた骨のかたちが、シャッターを押したように目にやきついた。若木のように痩せてひょろりとした背格好。彼の横顔が、全身が発するせっぱつまったような空気感が、わたしの動きを止めてしまう。視線に気づかれる前に目をそらしたかったのに、できなかった。彼の顔がこちらを向く。

目が、合う。

漆黒の瞳と青みがかった白目が、濡れたように光った。静かな過去たちのなかで、彼の眼の質感は圧倒的にナマモノだった。

頭のてっぺんからつま先まで電流が走ったようになり、ざわりと鳥肌が立つ。正体のわからない感情が濁流のように押し寄せる。彼が壮大な何かを問いかけていてわたしはそれに答えないといけない、もしくは、彼が何かを強く求めていてわたしはそれに応えないといけない、というような。

わたしを捕らえようとする濁流から逃げ出すように、足早に部屋を横切り入り口へ向かった。パネルのモノクロ写真のなかで白衣を着て働く職員たち、彼らが向かい合う器具、窓の外に広がる半世紀以上前の、ビルのない街並み。

いまここにある、二度と動かない器具。ブラインドが下ろされた現実の部屋の窓、床に落ちたライトの光、自分の靴音。次から次へ、通りすぎていく。それらが濁流のなかでまじりあい、区別がなくなっていく。自分がどこにいるのかわからなくなる。体が実体を失っていくような感覚に、めまいがした。

強い日差しが差し込み、チケット売り場の温度を一気に上げた。わたしはできるだけ日光の当たらない端に避難したけれど、一坪ほどの狭さなのであまり意味はなかった。

十一月に入ったばかりの午後だった。

中央に植え込みのある広い幹線道路を行き交う車、道路沿いにならぶパブやラーメン屋、マンションのエントランス、菩提樹の並木。歩道をゆったりと、ときに足早に通り過ぎる人たち。窓口の内側から眺める景色は、秋にしては明るすぎる日差しに照らされている。

山と海のあいだを東西にひろがる、スカートの裾のようなこの港町には、坂道が多い。幹線道路を越えたところから始まる山の手の一帯には、輸入食品店、エスニック料理店、モスクや教会、明治時代にやって来た外国人たちが建てた住宅——異人館が点在していて、異国情緒のあるそのエリアは人気の観光地でもある。

山の手にいくつもある異人館の見学チケットを売るこの売り場は、広い坂のふもとにある。わたしは週末だけのアルバイトだ。

「すみません、萌黄《もえぎ》の館の入場券ってここで売ってますか」

窓口に、旅行客らしい女性二人が現われた。

「萌黄の館はうちじゃないんです」

わたしは、いくつもある異人館はそれぞれ別の会社や団体が管理していることを説明し、萌黄の館の券が買える場所を案内した。

「この坂を十五分くらい登ります。ヒールだとけっこうきついので、お気をつけて」

一人でお客さんを待つだけの仕事なら、合間に勉強や読書もできて一石二鳥だろうと当初は思っていた。でも実際はこうした対応に時間を取られ、落ち着いて勉強などできなかった。

ここからもっと東の、街を見下ろす山の手に、入りたかった大学がある。そこに落ちてから、わたしは浪人生というものになった。

高校生だった頃がどんどん遠ざかり、すでに遠い過去に感じられる。それなのに、次にいるべき場所にいないというのは、ずっと陸地に上がることなく漂流しているような気分だった。どこにも属さなくなってからずっと、やわらかなよるべなさ、のようなものがまとわりついていた。わたしは真綿のようなその上にぎこちなく横たわり、また起きて、そこについた自分の輪郭を気まずい思いで眺めている、そんな日々だった。

英単語や数式を頭につめこんでいるときもふと、前方が見えない靄《もや》のなかにあてずっぽうに時間を投げ込んでいるような気がすることがあった。

週末だけバイトをすることにしたのは、夏のことだった。高校時代の友達が、完全にそれぞれの今いる世界に属するようになって、わたしと遊んでいる場合ではないのだとはっきり感じた頃。わたしにも意味があると確信できる時間がほしかった。

単純に金銭的な理由もあった。どこにも属していない身で、何度も小遣いをねだるのはためらわれたのだ。父は単身赴任していて、一緒に暮らしている母は仕事が忙しく普段はうるさいことを言わず放任してくれているのだけれど、お願い事には明確で納得のいく理由を求められるのだ。

自宅からは四〇分ほどかかるけれど、働くならこのあたりだと決めていた。時間と空間がまじりあい、凝縮されたようなこの界隈が好きで、予備校が終わったあとによく意味もなく歩きまわっていた。

坂を登りきった高いところで働きたい気持ちもあった。でも今の自分ではそこに身を置く資格がないような気がして、ここにおさまっている。街を見下ろすあの大学に受け入れられたらきっと、何のやましいところもなく坂の上の世界で働ける気がしていた。

とはいえ、天上界の入り口のようなこの場所にいるのも悪くはなかった。

車や人が流れるのをただ見ている。それは不思議と快い時間だったし、売り場にやってくる観光客のまとう空気は軽い。みんな何かを期待するような顔つきで、坂の上に吸い込まれていくのだった。

前髪だけクセがある四歳くらいの女の子と、その手を引く老夫婦にチケットを渡すと四時をすぎていた。そろそろ仕舞い支度を、と思ったときだった。

うつむいたわたしの手元にすっと影が差し、顔を上げる。

「巻ください」

枯れ葉のような色をしたシャツを着た若い男だった。顔を見たとたん、心臓が圧迫されたように苦しくなる。伸びかけの黒い短髪、まっすぐな長い眉、黒い小魚のようなかたちをした切れ長の目。もしかして。

「でも、どこも五時に閉まっちゃいますよ」

どぎまぎと答える。徒歩での所要時間を教えようと思ったけれど、観光客ではない気がした。あまりにも街並みに馴染んでいる。

「いいんです」

こちらをまっすぐに見て、彼は答える。わたしの中身まで深くのぞきこんでいるようなまなざし。こんなふうに初対面の人を見る人間は、いない。

やっぱり、あの日あの部屋にいた人だ。

彼はトレイに小銭を全部出すと、硬貨に書かれている数字を確かめるようにして一枚ずつこちらに差し出し、代金を払った。外国人旅行者のようだなと奇妙に思いながら眺めていると、

「白い館って、中はいまどうなってるんですか」

にわかに問いかけられて、一瞬戸惑った。

「小林《こばやし》家住宅ですよ」

彼が重ねて言う。

「ああ、萌黄の館ですね」

長い間白く塗られていたその洋館は、平成に行われた修復の際に建てられた当初の色だった萌黄色に復元され、今の通称は萌黄の館だ。白い館なんてマニアックな呼び方をする人は初めてだった。

「中がどうなってるかと言われても……」

言葉につまった。

「あそこはうちの管轄じゃなくて、入ったことないからわかりません」

「管轄じゃないから？　ずいぶん狭い範囲のことしか知らないんですね」

「すみません」

反射的に言い、失礼なことを言われたと気づいて後からむっとした。

「今度入ってきます」

ぶっきらぼうに言うと、

「じゃあ、いまから一緒に行ってみませんか」

彼の目に悪戯っぽい光がうかぶ。透明感があって少し曇った、磨りガラスを思わせる声に喉元をくすぐられるような感じがした。

「……就業時間があと十五分あるんです」

「早じまいしたらいいじゃないですか」

「でも、四時半までって決められてるから」

「決められたことをしてたら、幸せになれるんですか？」

びっくりするほど真剣に、彼は言った。

その真剣さに魅入られたようにわたしは、いつのまにか売り場を閉めて外に出ていた。束ねていた髪をほどいてパーカーのフードをととのえる。

急ぎましょう、と歩き出した彼について坂を登り始めたとたん、すっと照明を一段階落としたように街が陰った。日が短くなってきている。頭はぼんやりとして、心臓だけがくっきりと動いている。月面を歩いているように、地面を踏んでいる感触がしなかった。

坂を登り切って上がった息をととのえる間もないまま、萌黄の館の敷地内にある売場で券を買い、正面扉をくぐった。扉上部には、橘の花をかたどったステンドグラスがはめ込まれていた。

古い板張りの床はみしみし音を立て、もう火が熾《おこ》されることのない食堂の大きな暖炉の上には、イタリアの山を描いた油絵が飾られてある。アラベスク模様のほどこされたドラマティックな階段を、幾重にも折れながら二階へ上り、ベランダの窓から街を見下ろした。海側の空はみずみずしさを感じさせるマゼンタに染まっていた。

妙な勢いがついて「他も制覇しよう」ということになり、別の会社が管理しているふたつの外国人住宅にも入った。こちらはそこまで裕福でない人が建てたのか、こぢんまりした長屋風で、階段も部屋も狭かった。

内部は好き勝手なアレンジがなされていて、化石を入れた瓶が並ぶ戸棚や動物の剝製を集めた部屋があったり、水差しからあふれた造花のバラがバスタブを満たしている妙な展示や、羽の生えた豚が街の上空を飛んでいる絵が壁一面に描かれていたりした。階段の踊り場には、ガスマスクをつけた鹿の頭の骨が飾られていた。

見学を終えて、異人館のひとつをリノベーションしたスターバックスに入ったときには、足が痛くなるほど疲れていた。

注文したドリンクをぼんやりと待ちながら、彼がオーダーにやけに時間がかかっていることに気づいて注文カウンターに目をやると、真剣な顔をしてメニューを見ながら店員さんとやりとりをしている。「サイズはどうされますか？」という質問に、「やや大きめで」と答える声が聞こえた。

二階の角にある、半個室のような席を選んだ。元々はベランダだったと思われるちいさな部屋だった。住宅だった時代のものらしい、アンティークのちいさな円テーブルと、草花文様を織り込んだ布が張られた肘掛け椅子がふたつある。

「さっきの展示、どうなの？」

椅子に座り込むなり、わたしは言った。

「うーん、ものすごく行き当たりばったりでバカみたいに悪趣味だと思ったんだけど……」

彼が煮え切らない表情になる。

「そうだよね。でもさ」

「そう、でも」

わたしの語尾にかぶせるように彼も声を発した。

「一周回ってこの街を表現した現代アートかもしれないって気もしてきたりして、混乱した」

「一周回って？」

不可解な表情で、彼が聞き返した。

「一周回ったら同じ場所に戻るんじゃないの？」

「そう言われてみればそうだね」

「でも、その意見にはまったく同感」

「でしょ？」

嬉しくなって、握手を求める手を差し出す。慣れない様子で応じた彼は、手が触れるとはにかんだ表情でうつむいた。包み込むようなおおきな手と、ずいぶんアンバランスな表情だった。

「名乗りあいますか？」

彼の言葉が、甘い苦しさのような感情をよぶ。

「知らないままでもいいような気がする」

「じゃあ、名乗らないことにするよ」

「やっぱり知りたい」

「どっちだよ」

「あっさり言われると気が変わった」

「天《あま》の邪鬼《じゃく》？」

彼が笑う。静かで近寄りがたい雰囲気が一気に温かくなる、変化のあざやかさに引き込まれた。

布珠と書いてふみと読むわたしの名前を、彼はやけに褒めてくれた。彼は真悟《しんご》という名前で、わたしがシンちゃんと言うと「……ちゃん？」と微妙な顔をされたので、シンと呼ぶことにした。物腰が落ち着いているので年上だと思っていたけれど、おなじ十九歳だった。

シンの姿をじっと見ていたい欲求をどうにか抑え、不自然でないぎりぎりのあいだで見ては他のものに視線を移すことをくり返す。

知っている、という感じが体の奥でかすかに鳴り響いている。あの日見たことがあるという限定的な理由ではなくて、もっと違う何か。だけど、その感覚の正体を突き止めようとしてもつかみどころがなかった。

目、鼻、口、眉。すっきりとした黒髪の短髪。それぞれのパーツが、昔好きだった男子とか憧れていたミュージシャンとか、かっこいいなと思っていた宅配便のお兄さんなどに似ているからかもしれない。そのまま持ってきて取り付けたのかと思うほどだ。でも配置が違っていて、その集合体であるこの人は、彼らの全部の要素を持っていながら初めて出会う人として、固有の魅力を持って存在していた。なにかすごいことが起こっているような感覚をおぼえる。

ふとシンの背後へ視線を移すと、黒く縮れた長い髪に浅黒い肌をしたアーリア系の女性が視界に入った。元々あった戸口が取り払われた向こう側の広い部屋の席にいるその女性は、薄暗い美術館に飾られた絵画のように見えた。

「あのひと、すごく黒が似合う」

シンにだけわかるよう、わたしはその女性をこっそり指した。黒一色の服装に赤いペディキュア。みっしりと重そうなまつげを伏せてマックのパソコンのキーボードを打っている。

「黒が似合うのはああいう人種なのか、って今すごく納得した。日本人の女の人って黒が似合わないなっていつも思ってたんだよ。黒に存在をかき消される感じがして」

「そうかなあ。喪服着てる人素敵だと思うけど」

「黒の種類によるのかな？」

そこから日本人の女性に似合う色についての議論が始まり、ルドンの描く黒の話から好きな色に話題が移り、パーソナルカラー、サリーの絵柄、シンが研究しているインドの古典のこと、ヒンドゥー教、神はいるのか、ところでさっき見た萌黄の館の天井板の意匠は何だったんだろう、とどんどん話が移り変わっていった。

わたしとシンはほとんど途切れることなく喋った。ふたりの話すリズムと流れが合わさって、まるでセッションをしているような心地よさに、ひとつひとつの言葉の意味は溶けてどうでもよくなり、酔っているのにきりりと覚醒しているような、静かにハイになっているような状態がつづいた。どんなことでも、ふと頭に浮かんだことはシンに話してみようと思えるのが不思議だった。

言葉の行き先がある。このときのわたしは、そんな安堵感と信頼に満たされていたように思う。港があるとわかっているから、言葉を船に乗せて海へ送り出すことができる。わたしは目の前の人に、そんな「港」の存在を感じていた。

波のようなものがおさまったころ、話の流れで大学に入るために浪人中であることをわたしが告げたときだった。

にわかにシンの目に痛みのようなものが浮かんだ。

「僕も本当はあの、商業大学に入りたかったのに行けなかったんだ」

「あそこは商業大学じゃないでしょ」

街の名前を冠したシンプルな大学名にわたしは訂正し、

「自分の志望校の名前間違える？」

と笑った。てっきり一緒に笑うと思っていたのに、シンはあいまいに相づちを打っただけで黙り込んでしまった。

わたしはにわかに落ち着かない気分になり、

「そろそろお腹減らない？　何か食べにいこう」

そそくさと腰を浮かせた。

きっと彼も志望校に落ちたのだ。おそらく浪人する経済的余裕もなくて、精神的に辛かったのだろうと推測した。大学名すら言いたくないほどに。触れてはいけないところだったのだ。合格して大学生になった友達も、わたしと一緒にいるときはこんな態度だったとふと思い出す。

「あっちに行ってみよう」「次はこっち」

順番に方向を選んで、薄青の黄昏《たそがれ》に沈む路地裏をでたらめに歩いた。坂を登ったり下ったり、足の裏に感じるアスファルトは起伏に富んでいて、たまに息が切れた。

坂の中ほどを横に入った東西にのびる通りにある、パキスタン料理のお店に入った。複雑な香辛料の味がするプラウという炊き込みごはんには、羊肉が入っていた。羊の肉を食べるのはふたりとも初めてで、シンが「想像したとおりの味だ」とやけに納得した様子だったのが笑えた。

スパイスの香りに弾かれるように店を出て、ラッシーの甘い余韻が残ったまま、細い路地の坂を下る。まっすぐ立っていられないほど急勾配で、ひしめきあう家々はいったいどうやって建てたのだろう、まっすぐに住めるのかと疑問に思うほどだった。

建物のすきまに見え隠れする夜景の切れ端が、歩くリズムに合わせてきらきらとバウンスする。どこかから、キンモクセイの香りがする。夜風が色づいたような気がした。ふたりとも、勾配で斜めになった勢いでワッと声をあげて駆け出しては、止まる。

「急な坂であぶないよね」「うん、あぶない」

言い訳するようにふたりでつぶやいて、いつのまにか手をつないでいた。わたしよりほんの一瞬早く、シンの指が触れてきたことに、くすぐられるような嬉しさを感じた。シンのおおきな、乾いたあたたかい手。

あまりの離したくなさに、おどろいた。

そのとたん、ふたりの間で生まれて坂道を転がり出した何かを追いかけるように、わたしもシンも前方を見つめて黙り込む。お互いにその何かに気づいていないふりをして。わざとゆっくり歩いているのに、焦りのようなものに満ちていた。

手のひらに神経があつまり、シンのささいな筋肉の動きを察知しては、手を離されるんじゃないかという恐れでいっぱいになる。

無言のまま坂を下りきり、幹線道路に行き着いてしまった。

「布珠ちゃん、どこから電車乗るの」

「……阪急」

立ち止まり、おそるおそるシンの顔を見てどきりとした。まるで鏡に映った自分の表情を見ているみたいだった。

「……僕の部屋は、実は坂の上なんだ。だからこのへんで」

つないでいないほうの手で、シンがたったいまやって来た北の方角を指さす。ためらいながら、手の力をゆるめる気配を感じる。その瞬間、

「離したくないって思ってるくせに」

口をついて出た。ほとんどけんか腰になった。

「思ってるよ。だからってどうしたらいいんだよ」

シンの口調もむきになる。大人びた印象だったのに、意外とつられやすいようだ。

「もう一軒行こうとか言えばいいじゃん」

「遅くなったら悪いし、断られるかもって思ったんだよ」

「断らないよ」

「でも、引き延ばしてもいずれ帰っちゃうでしょ」

「帰らないよ」

シンが黙ったので、わたしは一瞬「勝った」という気分になった。

「今日は帰らない」

「じゃあ……」

シンがおずおずと、それなのに存在の奥までのぞきこむような目で見てくる。

漆黒、とはなんて絶妙な言葉だろう。光を照り返すのではなく、しずかに懐に抱いてとどめておくような艶をもつ漆の色。漆のような、黒。シンは漆黒の瞳で、まるでこの世には他になにも存在しないかのように、わたしに向き合っていた。

体の奥底から震えそうになるけれど、目をそらしたら負ける気がして見つめ合う。シンの唇が動く。——うちにくる？

あの日はじめてこの人を見たときに逃げ出した何かと、いま向き合っているのだと思った。わたしはうなずき、ぼんやりした怖れの予感とともに、それを受け入れた。


エドワード・ハズレット・ハンター。

二〇歳で故郷を出て帆船に乗り、オーストラリアや上海を巡って二十四歳でこの街にたどりついた、野心的なアイルランドの青年。開港間もなくやってきたその英国人実業家は、愛子《あいこ》という女性と結婚してこの街に根付いた。彼の邸宅があった山麓からはじまる谷沿いの登山道は、ハイキングを愛する外国人たちにハンターズ・ギャップと名付けられた。それから一五〇年の歳月の途中で、その名前は消えていったけれど、その手前にある坂には名前が残った。

わたしとシンは、山麓へとつづくハンター坂を登っていった。夕刻に登った、ひろびろとした北野坂のとなりを流れる傍流のような狭い坂だ。時折足を止め、振り返って「ここまで来れた」と確かめる。そうして自分を鼓舞しないと最後まで登り切る気力が保てないほど勾配がきつくて、長い。どれほど景色が変わろうと、足の裏とからだ全体で感じるこの勾配は、ハンターその人が登っていたころと変わらないのではないかと思う。

坂を登り切ってから、狭い路地をさらに山の手にすこし上がったところに、シンの住む場所があった。時の流れに取り残されたようにして建っているその二階建ての古いアパートは「エデンハイツ」という名前だった。

建物の外側についた階段の手すりは、白い塗装が剝げ、大部分が腐食した茶色になっている。その剝げ方が、妙にこころに馴染んで懐かしい気持ちになった。二列に並んだ六つの郵便受けも、ミルキーグリーンのような元の色がだいぶ剝げて、ところどころ変形していた。その脇にある建設年月日を見ると、六〇年近く前だった。

工事現場の足場のような頼りない階段を上りながら、なんの金属でできているんだろうとふと思う。一歩上がるたびに軋む音は乾いていて厚みがない。馴染みがないのに知っているような気がするその音は、記憶の空洞にひびいているようだった。

部屋の扉には、『202』とレトロな書体で記された白いプレートがついていた。その白はどこか青みがかっていて、シンの目のいろに似ていた。

シンが鍵を外し、丸いドアノブを回す。聞き慣れないはずのその音も、なぜか懐かしく響いた。

「どうぞお入りください」

シンが脇によけ、うやうやしい身振りで部屋に通してくれる。

わたしは言葉をうしなった。床も壁も天井も、白いフェルトで覆われていたのだ。

足元がふわらふわらと頼りなく、どこか違う世界にいるような感覚になる。他の人なら落ち着かなくて早々と帰ってしまうかもしれない。でもこの立ち心地は、わたしがいつも感じていたよるべなさそのもののようで、体が吸着されて二度と出たくないような気がした。

「……すごいね。なんでこんなふうにしてるの」

つぶやいて部屋を見渡す。窓際のベッド、ベッドの脇の四段の籐の引き出し、椅子とデスク、その上にコンパクトな木製のレコードプレーヤーと古い型のパソコン。

ふと、部屋の隅にある木箱に気づいた。実用的な物があるだけのシンプルな空間で、用途のわからないそれは目立っていた。

近寄って覗きこむ。いくつも転がっている、三センチほどの楕円形をした白い玉。

繭だった。

「――かいこだよ」

シンが後ろから近づいて来る。天の虫と書く蚕という漢字が思い浮かんだのは、しばらく考えたあとだった。

木箱の端の方には、一ミリほどのクリーム色のつぶつぶが無数にくっついている。

「信州にいる友達の家がね、養蚕農家なんだ」

わたしの隣に並んでしゃがみ、シンは木箱のなかの繭に触れた。長い指にどきりとする。

「彼の家に遊びに行ったとき、蚕がかわいそうで何匹か引き取ってきたんだ」

「……かわいそう？」

「羽化した蚕が繭を食い破らないように、繭から出てくる前に煮て殺しちゃうんだって。絹糸にしたときに切れているものは価値が下がるから。その話を聞いて、何匹かだけでも助けたいと思って連れて帰ってきて、育ててた」

持ってみる？　とにわかに繭のひとつを差し出され、たじろいだ。

びくびくしながら指先で持ってみて拍子抜けした。すかすかと軽い。空洞だったのだ。絹糸から想像するようななめらかさはなく、ごわごわとした手触りだった。

「本人はどこにいるの？」

「本人って、お蚕さんのこと？」

シンが笑った。

「そう、どう呼べばいいのかわからなくて」

そもそも、どんな外見かも思い浮かばない。

「逃げちゃったの？」

シンが首をふる。

「逃げられないよ。視力も嗅覚もほぼないから、自然のなかでは餌になる桑を自力で見つけられない。足の力も弱いから、すぐ葉っぱから落ちちゃうし、成虫は羽があっても飛べない。蚕は、人間が世話しないと生きていけない虫なんだ」

天上界の名前がついたこの白い部屋で、この人がいないと生きられない生き物がいた。そのことに、ほとんど官能的といっていいような疼きを感じる。

「その繭に入ってた子達は、もう死んだよ。ほら、それが次世代の卵」

シンが、クリーム色のつぶつぶを指さした。ものすごくちいさいけれど、目をこらして見るとつややかな透明感がありとてもきれいだ。

「これはいつ孵《かえ》るの？」

「来年の春。冬のあいだは休眠してる」

「そうなんだ。孵ったら見たい」

そこで、ふいに沈黙がおりた。外にいるときには心地よかった沈黙が、急に扱いに困る猛獣めいて感じられる。

にわかに、部屋まで来てみたものの自分には何のプランもないことに気づいた。どうやってまた、手をつなげばいいんだろう。触りたいことはどう伝えればいいのだろう。許可なく接触をしてもいいものか。こんなこと何でもない、という態度をよそおっていたけれど、だいたい男の子の部屋に入るのすらはじめてなのだ。

「あ、そうだ」

シンが急に立ち上がったのでびくっとした。籐の引き出しを漁っている後ろ姿を、なぜか息をつめて見守る。緊張で胃が苦しくなった。

手渡されたのは、バスタオルと男物の部屋着だった。無香料のせっけんの匂いがした。

「お風呂いれるからちょっと待ってて。浴槽が小さいからすぐたまる」

ほんとうにお風呂はすぐたまり、一〇分もしないうちにわたしはステンレスの浴槽のなかで膝をかかえていた。狭さが妙に落ち着く。胎児のようにまるまってゆらゆらとお湯をゆらす。浴槽の縁に肌が触れると、ひどくつめたかった。

湯船にまるいおおきな月が映っている、と思って見上げると、窓の外にある球体の外灯の灯りだった。お湯をてのひらでぱしゃぱしゃとたたき、ニセモノの月を壊す。

わたしのあとにシンもお風呂をすませて、ふたりでベッドに入った。

マットレスはかたくて、身動きするだけでスプリングの軋む音がした。薄いブルーのストライプの掛け布団は、使い込んだ風情だけど清潔そうな匂いがした。

ふたりを包みこむ掛け布団のなかで、わたしとシンは、使い方がわからないおもちゃを与えられた子供のようにおたがいに触れ、横たわったまま抱き合った。

静かだった。

窓の外は無音で、まるで世界にこの部屋だけが存在しているようだった。スウェットを着たシンの胸に顔をうずめると、彼の心臓が打つ音だけで耳がいっぱいになった。

波打つ窓ガラスに散らばる外灯のひかり。スウェットに濾過された、男の子の肌のあたたかい匂い。白く隔離された空間で、まだ知りはじめたばかりの人の腕の中にいるこの時間が、今朝までの現実と地続きだなんて到底思えなかった。

やがてシンが、子供のように無防備な寝息をたてはじめた。おそれていたことと期待していたことが起きないとわかり、硬くしこりになっていた緊張が、布団のあたたかさのなかにとけていく。眠気がのしかかってくる。もうすこしだけ。わたしはまどろみをひきのばそうとこころみる。

現実から浮いたようなこの空間で、何も起きないということを、味わっていたかった。


さわさわというかすかな音で目が覚めた。

水音と衣擦れの中間のようなふしぎな音だ。目を開くとどこもかしこも白くて、どこにいるのか一瞬わからなくなる。

何時頃なのか見当がつかなかった。カーテンが完全に外の光を遮っているからだ。いい遮光カーテンなんだろうなと、どうでもいいことを思いながら、めくって外を見てみる。

緑のシャンデリアのようなきらめく光が目に飛びこんできた。若い葉を茂らせた木の枝が、窓ガラスにくっつくほど近くにある。見下ろすと石塀で隔てられた申し訳程度の庭があり、クスノキが庭のスペースいっぱいに生えている。さわさわというのは、風に葉が鳴る音だったのだ。

「蚕たちが桑を食べる音に似てる」

背後で眠たそうな声がきこえた。ベッドの軋みでシンが身を起こしたのがわかる。

「何万匹もいると、もっとすごい音になるんだよ。信州の友達の家では、蚕を飼ってる屋根裏部屋から潮騒みたいな音がいつも響いてるから、海の夢を見た」

「蚕ってどんな姿なの？」

わたしがきくと、シンはデスクの上にあったノートとえんぴつを取ってきて、ベッドに腰かけてさらさらとスケッチしだした。

何も見ずに描いたとは思えない、写実的で精巧な絵だった。

要は芋虫で、それもけっこうグロテスクなやつなのだが、ノートの白い紙一面の大きさで描かれると何か違うもののように見える。たとえば、神話にでてくる生き物のように。

「こんなに大きいの？」

「違う。実際は六センチくらい」

シンが笑い、親指と人差し指で大きさを示した。

「これは幼虫の最後のころの姿だよ。もうすぐ繭をつくってサナギになる前。ここまでになるのに、四回脱皮をくり返して、生まれたころと比べると一万五千倍の大きさになる」

「一万五千倍！　人間で考えると怖くない？　自分の子供が一万五千分の一の大きさだったら大人は認識もできないよね？」

「人間ならね。でも蚕は産卵してすぐ死ぬから認識する必要はない……」

そこでシンは何かに気づいたように目を見開いた。

「改めて考えると、蚕は大人と子供が出会うことがないんだ」

「そういえば蟬もそうだもんね」

幼虫と成虫は全く別の生き物のように生き、自分の子供を見ることもない。当たり前に知っていたことなのに、改めて意識してみるとはっとする。

「蚕はどれくらい生きるの？」

「繭をつくって成虫になって、産卵して一生を終えるまではだいたい五〇日間」

「……一ヶ月半くらいか。蚕の一生は短いんだね」

シンはさらに、蚕の背中に黒く塗った模様を書き足した。

「こっちは半月紋、下にあるやつは星状紋。つまり、月と星の形の模様っていうこと」

「……あんまりそうは見えないね。あ、でも」

閃いて、勢いよく上半身を起こす。

「天の虫と書いて蚕だから、天界から来たんじゃない？　だから月と星の模様があるんだ」

「布珠ちゃんならわかると思った」

シンがあまりに嬉しそうな顔をしたので、わたしは戸惑ったほどだった。

「馬の蹄《ひづめ》の模様だとも言われてる。天に昇った馬の生まれ変わりだから」

「……天に昇った馬？」

シンが話してくれた物語は、こうだった。

ある長者が飼っていた名馬が、長者の娘であるお姫様に恋をした。

恋い焦がれ、お姫様以外の誰が餌をやっても食べなくなってしまったので長者は怒り、その馬を殺して皮をはぎ、河原にさらしておいた。お姫様が供養のためにそこを訪れると、馬の皮はお姫様をくるくると巻いて天高く舞い上がって消えてしまった。

それから一年後の三月十六日に、天から白い虫と黒い虫が降ってきて桑の木にとまり、その葉を食べていた。馬とお姫様が生まれ変わったその虫が蚕で、人々に貴重な絹糸をもたらすようになったという。

蚕の食べる桑の木でつくった神様を、その地域では三月に祀るようになった。

「東北や信州の伝承だけど、中国にも似た話がいくつもあって、元々は大陸から伝わった話がその土地の信仰と融合したんじゃないか、って友達は言ってた。ちなみに、『桑』という漢字は『喪』から来てるらしいよ。喪《うしな》う、の喪。ほら、象形文字の成り立ちも似てるでしょ？」

シンは蚕の絵の隣に、木をかたどった象形文字を書いた。

――なんてエロティックな話だろうか。肉体を喪ってもなお死なない馬の情念も、皮でお姫様を巻き取ってさらっていくというところも。

わたしは昂奮を伝えずにはいられなかった。

「だって、生きてたら皮の外側でしか触れあえないでしょ？　皮の内側でくるむって、生きてるときはありえないやり方で想いを遂げるって、すごくない？　くるまれるお姫様もきっと、ありえない快楽を感じたと思う。だからほんとに、昇天なんだよ」

シンが不意を衝かれたような表情になる。湖に波紋がひろがるように、瞳が揺らいだ。

「そういう解釈はしたことなかったな。古事記にも、スサノオが生皮をはいだ馬を機屋に投げ込んで、驚いた機織り女が機の梭《ひ》で陰処《ほと》を突いて死んでしまう、という記述があるから、馬の皮は性的なものの暗喩かもしれない」

「いいなあ、わたしもくるまれてみたい」

ため息まじりにつぶやいた。そこまで他の生き物に想われるとは、どんな気持ちなのだろう。

「じゃあ布珠ちゃん」

シンが意味ありげな声音で言う。

「ここに横になってくれる？」

見つめられ、血液が瞬間的に沸騰したような気がした。断る術はなかった。にわかに体温が上がったように火照った体で、そろそろとベッドに横たわる。シンが身動きした。

と思うと、ストライプの掛け布団でくるくると体を巻かれていた。

「こういうことじゃない！」

海苔巻きのようになったわたしが怒ると、

「望みを叶えてあげたのに」

シンは体を二つ折りにして大笑いした。

「布団じゃん！　全然違う！」

布団巻きから自力で脱出すると、仕返しにシンを巻こうと躍起になる。巻き合いは白熱し、意味のない雄叫びを上げながら我を忘れて夢中になった。最後にはふたりとも汗びっしょりになっていた。

「ああもう、無駄な汗かいた」

「――むだ」

シンがわたしの言葉をくり返す。

「無駄、かあ。無駄っていいものだね。それがほしかったものかもしれない、ぼくの」

「そうなの？」

シンが出してくれたタオルで汗をふく。タオルは、部屋を覆うフェルトとおなじように白かった。


スリー・グレイセズ。

明治時代、布引《ぬのびき》の山道にある茶屋を切り盛りしていた美人三姉妹は、外国人たちにそう呼ばれていた。

布引の滝は、その名の通り白い布が糸を引いて流れ落ちているような優美ないくつかの滝の総称で、雄滝と雌滝と、ふたつの流れが合わさる夫婦滝と呼ばれる滝などがある。平安の時代から何度も歌に詠まれ、街が異国へと開かれてからは外国人たちをも惹きつけた。

滝に向かう深閑とした山道を、英国人海軍士官やポルトガル人領事官、ドイツ人技師たちは、スリー・グレイセズに会い言葉を交わしたい一心で登っていった。

登山口のあたりにはいま、新幹線の駅がある。どうしてその駅が、この街の名前に「新」をつけた名前なのかはわからない。

布引のあたりの山肌が紅葉で色づいているのを見ながら、シンに会うために坂を登っていく。それはいつのまにか、わたしの習慣になっていた。

シンと過ごす十一月は、琥珀に閉じ込められたような日々だった。不思議と懐かしい色をしていて、光に満たされ、何度も取り出して眺めていたくなるような。

ふたりで街を歩き回り、いくつものギャラリーに入り、美術館へ行った。わたしには何がいいのかまったくわからない絵をシンが熱心に賛美し、その様子が好ましすぎて絵も名作に見えてきたり、わたしがある絵に引き込まれて身動きができないでいるうちにシンが展示をひとまわりしてまた戻ってきて、「一周回って、ていう意味がわかった。一周回ったら同じ場所に戻っても見え方が変わるんだね」と言ったり、若冲《じゃくちゅう》の大作に圧倒されて「すごかったね」「記憶を失ってもう一度この絵を見たい」と昂奮して言い合ったりした。ふたりとも裸婦の絵や彫刻が好きだというのは共通していた。絵やアート作品をレンズにしてお互いの中を覗き合っているようだった。

地下の映画館で、名前すら知らなかった国の映画を観て、そのあと本屋に行ってその国のことを調べたりした。シンは独学で勉強して英語の他にフランス語とドイツ語が少しできるらしく、わたしにはわからない洋書をめくって内容を教えてくれたりした。

本でできた牢獄のような古書店で長い時間を過ごしたり、一〇〇年前からある喫茶店で濃いコーヒーを飲んでその日見聞きしたものについてお喋りしたりもした。

山から海へと移動しながら、山の空気と海風の境界線を探したこともあった。

おなかがすくと、ロシア料理やマレーシア料理、インド料理の店、高架下のホルモン焼きの店などで昼食をとった。ボルシチ、自家製サワークリーム、ナシレマ、サンバル、緑のカレー、豚の小腸。

行列ができている店を見かけると好奇心にかられ、並んでみた。ふたりで話していると、待ち時間はあっという間に過ぎた。その時間は、揚げたてのコロッケや、中国系の従業員たちがものすごい速さで作り続けている豚肉の脂がはじけるような肉まん、完璧なかたちのオムライスなどに変わった。

街に関するシンの知識はわたしをはるかに上回っていて、いつも感動させられた。たとえば、布引の滝を歌に詠んだ歌人の名や歌の解釈なども息を吐くように自然にでてくるのだ。

どこかを通るたびに、シンはその場所に眠る物語を語ってくれた。シンの話しぶりはイメージを喚起する力があり、映画のなかを歩いているような心地にしてくれた。

日本に亡命していた孫文《そんぶん》が好んで散策していた北野《きたの》町、革命家の夢想をくぐりぬけて、華僑のひとびとが多く住むトア・ロード周辺へ。その路地では大正から昭和初期のあたりまで、むすめが嫁入りで実家を出る日に、母親が泣き叫んでそれを止める演技をする中国の地方の風習が再現されることが、たびたびあったという。

広東語で嘆く老婆の声がひびく過去を背にして、トア・ロードを海に向かって下り、百貨店を横切って西へ歩くと、赤く彩られた南京《なんきん》町の入り口へ行きつく。

明治の開港後、この街にたくさん流れ込んできた清国の商人たちは、条約国ではないため外国人居留地に住むことができなかったので、居留地に隣接する場所に集まり住み、小さな大陸を形成した。かれらが囲った愛人たちは南京むすめと呼ばれ、南京町から北西にある一帯にかまえられた妾宅《しょうたく》に住んだ。日清戦争のあおりで商人たちが引き上げたのち、彼女たちは世話をされなくても生き抜く花となり、料亭が軒をつらねる花街をつくった。

赤い活気のある町から海の方へさらに歩き、波止場にいきつく。

第一次世界大戦で日本の捕虜となり、後にバウムクーヘンの名店を開くことになったカール・ユーハイムは、海の向こうからやってくる妻子の船を出迎えた。中国で引き離されたときに妻のお腹の中にいた息子のフランツ君は、知るはずもないのに「お父さん」とまっすぐカールのもとへ駆け寄った。

真逆の表情でいたのは、昭和初期の小学生たちだ。南米へ送り出される移民たちを埠頭で見送るかれらは、勇壮な歌を歌わされながら、沈痛な面持ちをしていた。

そんなふうに物語を辿りながら、メリケンパーク――かつての名前はメリケン波止場だった――に着いて夕暮れの海を眺めていると、いまという時のなかにいることがなんだか信じられないような気持ちになるのだった。

わたしはシンの博学ぶりにすっかり引き込まれていた。嫌味でも一方通行でもなく、その場に調和していて、こちらを活性化してくれるような知識のありかただった。武装やアクセサリーとしてではなく、勝ち上がるための道具でもなく、ただこの世界を、その欠片である目の前の人間のことを理解しようとして身についた教養なのだ、ということが感じられた。それは、地に足のついた生活や労働によって自然についた筋肉のように、無作為な色気があった。

本を読んで考えたことを、お互いに話し合うこともよくあった。たまに内田《うちだ》百閒《ひゃっけん》や谷崎《たにざき》潤一郎《じゅんいちろう》など、共通して好きな作家が見つかった。

夕暮れの光が消え、街灯りが取って代わると別れる時間になる。だけどどうしても離れがたくて、朝まで一緒に話したことも何度かあった。

大きな繭のようなシンの部屋で。


その日はふたりともやけに眠くてたまらず、部屋のベッドでひたすらまどろんでいた。目が覚めてはまた眠る、という波のような時間のなかで、シンに聞いた蚕の「眠《みん》」のことを思い出した。脱皮がはじまる前、約一日半のあいだ、じっと動かなくなる時期がある。眠っているように見えるけど、体の水面下で着々とあたらしい皮膚が準備されているその時期を「眠」とよぶのだそうだ。

十一時近くなってから起きだし、ふたりともぼんやりしながらとりあえず部屋を出た。

朝ごはんとランチの狭間の中途半端な時間だった。どの店に入るべきか決められないまま街を下っているうちに、旧居留地の百貨店も過ぎ、かなり港に近い界隈まで来ていた。

「とりあえずコーヒー飲もう」

正面が一面ガラス張りのコーヒーショップに入った。コンクリートうちっぱなしの広い空間で、天井の配管が剝き出しになっている。

見慣れないドリンク名がならぶメニューにわたしは戸惑い、いちいち店員さんに説明を求めた末にコーヒーチェリーのソーダとオリジナルグラノーラを頼んだ。

シンはわたしの後に、「シングルオリジンのドリップコーヒー」ときっぱり注文した。

シンのこういうところがすごいと思う。メニューを作るとき、きっとそのお店の人間が「これを一番届けたい」という、真ん中に位置するものがあると思うのだ。一見地味でつまらなく思えるけど実は主役で、その他のものは装飾、というようなものが。

シンはいつも何を迷うこともなく、その真ん中を選ぶ。わたしが装飾のあいだで迷い、決めたあとも「正しい選択だったのか」とくよくよ考えているあいだにも、彼は惑いもなくすっきりしているのだった。

シナモンシュガーがふんだんにまぶされたグラノーラは固くて、分け合って食べるわたしとシンは咀嚼に集中して会話が途切れがちになった。

コーヒーカップからふと視線を上げると、店員さんが正面の大きな窓ガラスを磨いているのが目に入った。逆光で輪郭が光っている。その光景が美しくて泣けてきそうになった。

わたしも大人になれば、こんなふうに美しく仕事をするようになるだろうか。

――おとなに、なれるのか。

ふと考えたとたん、未来は灰色にけぶる靄に隔てられて見えないことに気づいて、目の前にあるコーヒーの香りに意識をもどした。

「まったく未知の音楽を聴いてみたいんだけど」

いきなりシンが言った。ようやく目が覚めたというような顔をしている。

「いいね。部屋にあるレコードプレーヤーってまだ動くの？」

わたしがきくと、シンはうなずいた。

「じゃあさ、中古のレコード屋さんにジャケ買いしにいこう」

やったこともないことを提案する。心が浮き立ち、さっき一瞬感じた重苦しさは吹き飛んでいた。

コーヒーショップを出てから、高架下や古いビルの一室にある店を探し出し、見て回った。

「どれが一番当たりだと思う？　勝負しようよ」

「勝負って、どう勝ち負け決めるんだよ」

「買ってから聴きくらべて、ふたりで決める」

「それじゃあ、自分が買った方を贔屓しちゃうんじゃないの」

「わたしはそんな不公平な人間じゃない」

「ぼくだってそうだよ」

「じゃあ問題ないじゃん」

レコードというものを手に取るのは初めてだった。ビニール包装されたジャケットはおどろくほど大きくて、音楽という存在がこんなに場所を取るものだった時代を、どこかうらやましく思った。

「これは良さそうな予感がする。これに決めた」

シンが思いのほか早く決断したので、わたしもあわてて選んだ。

「もっと迷っててもいいのに。いつも選ぶの時間かかるじゃん」

「いいの、わたしは迷わず真ん中を選べる人になりたいんだよ」

何だよそれ、とシンは笑ってから、

「ぼくは迷ってる布珠ちゃんを見るのが好きだよ。迷えるのも選べるのも幸せなことだから」

とつぶやいた。

店を出てから、高架下の一角のシャッターにもたれてお互いのレコードを見せ合った。

シンが手提げ袋から取り出したアルバムは、黒地の中央に抽象的な写真を配したジャケットだった。無数の光の粒が寄りあつまって好き勝手に疾走しているような、心象風景のような写真だ。モノ・フォンタナというアルゼンチンの音楽家のものらしい。

手に取って、しげしげと眺めた。レコードのジャケットは紙なのがいい。テカテカしていない和紙のような質感にふれて、音楽の手触りを感じているようですてきだなと思う。

わたしが直感で選んだのは、チェット・ベイカーというジャズシンガーのレコードだった。ジャケットのモノクロ写真をあらためて見てようやく、これに惹かれたのは横顔と雰囲気がすこしシンに似ていたからだと気づいた。直感の正体なんてそんなものだ。

電車が通る音がして、汚れた灰色のシャッターが震える振動を背中に感じた。

ブツブツとつぶやくようなレコードの摩擦音のあとに、トランペットの音が流れてきた。

一杯呑んだあとの足取りのように軽快なリズムなのに、それに乗る声はどこか陰鬱だ。でもふしぎと澄んだ感じがするのは、少年のような細い声質と素朴な歌い方のせいかもしれない。

わたしはベッドに座り、窓にもたれてチェット・ベイカーのレコードを聴いていた。

ひとりだった。急にどうしても会いたくなって、約束していないのに部屋まで来てみたものの、めずらしくシンは不在だったのだ。

はじめて合鍵を使って部屋に入った。合鍵をもらったときは舞い上がるほどうれしかったのに、いざ音をたてて錠を外して空洞の部屋に入るときは、わるいことをしているようなうしろめたさがあった。

夜。細い糸のような雨がふっている。空からふってくる白い糸が積み重なってこの部屋ができたような錯覚をおぼえる。錯覚をもっと深めたくて、レコードの針をはじまりにもどしては繰り返し、チェットの歌声とトランペットを聴く。

シンはどこへ行っているのだろう、と思う。

生活感のないひとだった。このアパートは親戚の持ち物らしく、おそらくは家賃を払わず住まわせてもらっているのだと思われた。働いているのかと訊いたことがあったけれど、「いまは、狭間にいるようなもの」という答えが返ってきただけだった。それ以上追求するのはなぜかためらわれ、「わたしもそうだよ。狭間組だ」と茶化して終わった。

この部屋にいる時のシンは、人型に凝縮された何かとてつもなく壮大なものに思える瞬間があった。コンパクトに折りたたまれていて、どんどん開いていったら目がくらむほど広がっていく、膨大な物語をしるしたアポカリプスのようなものに。

かと思えば、外に出ている間は、たまに驚くほど物馴れない様子を見せることがあった。

——モノが多すぎて目眩がする。こんなに必要なの？

量販店やドラッグストアなどに入った時に、そう言って本当に気分が悪そうになったり、券売機の前でうまく操作ができずぼんやりしていたり。まるで世間知らずの王子様か、ちいさな子供のようだった。

もしかして、子供の頃から病気療養をしていてあまり外に出たことがなかったのだろうか？と考えてみたりしたけれど、本人に直接訊くことはできないままだった。

ベッドの上には、シンが脱いだ紺のスウェットが無造作に置いてある。脱皮のあとみたいなそれを拾い上げると、シンの匂いがした。着てみる。痩せていても男の子の服はやっぱり大きくて、からだがゆったりと包まれた。湯船に入ったときのような安心感と、身体のなかの水分がいっせいにさざめくような昂ぶりを同時に感じる。

何度目かに音楽が途切れたとき、ふとデスクの横の籐の引き出しに目がいった。古いけれどしっかりしたつくりの四段の引き出しで、下の二段はより縦幅がおおきく、衣類やタオルが入っているのは知っていた。

上には何が入っているんだろう。シンの見えない部分が隠れているのかもしれない。好奇心がにわかに押し寄せ、抗えなかった。一番上をそろそろと開けてみる。

一番上には、新しいノートが入っていた。無地のクラフト紙の表紙に、綴じ部分が青色の、シンプルなノートだ。

開いてみて、どきっとした。流れるような独特の達筆で書かれたそれは、日記のようなものだった。最初のページは十一月一日——はじめて出逢った日の日付で、今日に至るまで、わたしと話したこと、わたしの断片のような描写、いっしょに行った場所などが散文のようにぽつぽつと書いてある。

ひとしきり読みふけったあと、ノートの下に入っていた雑多な紙の束を取り出した。

変色して黄ばんだわら半紙の一枚には、色鉛筆でイラストが描いてあった。「どうぶつレストラン」とタイトルがあり、それぞれのテーブルで食事をしているどうぶつたちの絵だった。紙ナプキンをつけてはちみつたっぷりのホットケーキを食べる熊のカップル、マグカップにはいったミルクを子猫に飲ませる母さん猫、大きなステーキをフォークにつきさしたライオン。遠近法はなく、ぜんぶが並列におなじ大きさで描いてある。

子供が描いたにしては上手すぎるけれど、大人が描いたにしては牧歌的すぎる絵。誰が描いたのだろう。なぜか胸がしめつけられて、涙がでそうになった。

その下にあったのは、こちらも変色し、あちこちが茶色のしみのようになっている原稿用紙だった。時折にじむインクで書かれた字は、ノートとおなじ——シンの筆跡だった。

名前のない神がいました。

自らの世界を創ろうと長い間ふさわしい土地を探し求めていましたが、どこもすでに名前をつけられている場所ばかり。

疲れ切った神が座り込んでいると、大きな岩を見つけました。洞窟のような穴があり、そこをふさぐ戸のようにそびえる岩でした。

神は三日三晩かかってその重い戸を動かし、足を踏み出しました。空洞の向こう側へ。そのとたん、眩しい光が目の前に広がりました。澄んだ明るい色の海が反射する光でした。海岸線と並行するように連なる山々が、海の光をさらに反射して嬉しそうに輝いていました。

海と山の間には、反物を広げたような手つかずの地が広がっていました。ここが探し求めていた土地だ、と神は思いました。

たくさんの緑や花を植え、山と海が交流するためのゆたかな水路をつくりました。その合間に高い塔をいくつもつくり、そのなかに自分の子供たちを住まわせました。先端が珠のような形になった、白亜の塔でした。

子供たちは、ずっと成長することなく、自分がどこから来たのかも、いつから住んでいるのかも知りませんでしたが、その中にいるとすべてが快適で満ち足りていて、窓から外の景色を眺めて暮らしていました。

空も海も、刻一刻と色合いを変え、その青の種類は千も万もあるかと思われるほどで見飽きませんでしたし、変わらずそこにある山々は頼もしく、塔の裾には、白銀の粉をまいたように輝く背の高い草が美しく生い繁り、大きな生き物の鬣《たてがみ》のようにつややかに風になびいていました。

あるとき、白亜の塔に住む少年のひとりの胸に、抗いがたい衝動が生まれました。この快適な塔の外へ出たいという衝動です。……

「おねがいです。どうか外へ出してください」

壁を叩いて少年は叫びました。

――子供らよ。外に出てしまってはおまえたちを守りきれない。

どこかから聞こえる声に、

「構いません。どんなことがあっても、世界を見てみたいのです」と少年は懇願しました。

ため息のような音を立てて、白い壁の一部が開きました。風が吹き込んできます。少年が見下ろす地上は、はるか下にありました。

足がすくみましたが、少年は飛び降りました――


突然、玄関で鍵を回す音が静寂を破った。

背後から切りつけられたように仰天し、体がびくりと跳びはねた。紙の束が床に落ちる。心臓が体を揺らすほど大きく鳴っていた。

ドアノブを回してドアを開けようとする音、続いて「あれ？」というシンの声。どうやら、鍵を開けようとして逆に閉めることになったらしい。部屋に入ってから鍵をかけ忘れていたことに気づく。震える手で、床に落ちたノートとわら半紙を拾い、元通りに引き出しに収める。

「布珠ちゃん、いたんだ」

部屋に入ってきたシンに、「おかえり」と言う声がうわずった。

「ごめん、勝手に入って」

「なんで謝るの？　そのために合鍵渡したのに」

シンが薄手のロングコートを脱ぐ。外の空気を纏ったコートを受け取ってハンガーにかけてあげ、「お茶淹れるね」と殺風景なキッチンに移動する。うしろめたさからサービス過剰になっていた。

ベッドのほうへ戻ろうとして、シンの様子がいつもと違っていることに気づいた。

周りが目に入っておらず、心がどこか別の場所をさまよっているような感じだった。夢想というよりは、自分の中の何か辛い記憶を見ているような、うつろで暗い目をしていた。

こういうときに使える言葉がないよなと思う。「どうかした？」なんて声をかけて、それが何であれ、シンの中で起こっていることを中断するのは違う気がした。「悩んでることがあるなら話してみて」なんてのもバカみたいだ。そんな言葉でシンから何かを引き出そうとする権利はないと思えるし、それでシンが何かを話したとしても、それはきっと今彼の中にあるものとは変質しているだろう。

言葉は口から出て空気に触れたとたん、酸化して別のものになってしまう。だからきっと、何も入り込まないほど密な距離にふたりがいる奇跡的な瞬間にしか、そのまま伝わらないのだ。

ただ、彼と同じ時間と場所の中にいるということだけが伝わるように、パーソナルスペースの境界くらいのところを見定めて近づく。息をつめて、そっと腰を下ろした。

チェット・ベイカーのレコードは、音楽が終わったあとも回り続けている。レコードが何千回転かしたあと、やっとシンはこの場に戻ってきたように身じろぎして、プレーヤーに目を向けた。

シンは立ち上がり、レコードプレーヤーからチェット・ベイカーを取り出すと、モノ・フォンタナに入れ替えた。黒い円盤がまた静かに回り出す。

あてもなく漂うようなピアノの音。そのまわりに、カメラのシャッター音や時計の秒針の音、誰かの足音やテレビの音が次々と現われては消える。ピアノを基調にした音の散文のような、ピアノの音という乗り物に乗って架空の世界を旅するアトラクションのような音楽だった。

並んでベッドに腰かけて壁にもたれ、熱いお茶の入ったマグカップを手にぼんやりと音楽を聴く。

「どこがいいの、これ？」

数日前に「勝負」でお互いの買ったアルバムをはじめて一緒に聴いたところ、ふたりとも自分の選んだ方がいいと主張し、どちらも不公平な人間であることがわかったのだった。

「何かを強要しないところがいい。感動とか高揚とか、一体感とか」

「わたしはちょっと不安になるかも」

「不安？　どうして？」

「強要じゃなくても、提示してもらわないとどう感じていいのかわからなかったりするから」

「そんなことも人に教えてもらわないといけないの、布珠ちゃんは」

シンの声には軽蔑するような響きがあった。わたしはむっとして反射的に体を離した。

「じゃあシンは何もかもわかるわけ？　他人の感想をバカにできるくらい高尚な人間だっていうの？」

「そんなこと言ってないよ」

「何もかもわからなきゃいけないの？　わからないままじゃなんでいけないの」

どうしてこんなに腹を立てているのか、わからなかった。感想が食い違うことなんて何度もあったのに。

こちらを見るシンの困惑した表情が、徐々に険しいものに変わっていった。

「わからないままでいたいなら、それでいいんじゃないの。ずっと無力なまま、与えられたものを食べてる家畜みたいでいれば。布珠ちゃんもそういう愚かな人間の一人だってことだね」

わたしは絶句して、シンの顔を見つめた。突き放したような表情は、まるで知らない人のように見えた。

「……もう帰るね」

ふるえそうになる声で言い、コートと鞄を拾い上げると足早に玄関に向かう。シンは動かないままだった。

もしかして聞こえなかったのかと思い、靴を履いたあと部屋の方に向かってもう一度「帰るから」と声を放つ。何も言葉は返ってこなかった。シンのいるベッドの方は玄関から見えない。

どんな顔をしているのか確かめたい衝動を押し殺して、外へ出る。

寒かった。刺すような夜の冷気がコートのすきまから入り込み、身震いする。

あちらとこちらの空間を切り離すような音を立てて、ドアが閉まった。


ずっとシンとすごす時間だけにピントを合わせていたので、その他のことはぼやけて意識から遠のいていた。予備校もバイトも家も遠景になっていた。

あらためてそのことに気づいたのは、シンの部屋を飛び出した翌日の夜。久しぶりにママに面と向かって話しかけられた瞬間だった。

「最近、勉強はちゃんとしてるの？」

まるで背景に描かれていた人の絵が急に喋ったように、ものすごくぎょっとした。いることは知っていたけれど、本当にいるのを忘れていた。

ママは、デパートのデリで買ってきたお惣菜をダイニングテーブルに並べているところだった。

土曜日の夜。コンサルティング会社で働いているママは忙しく、休日出勤も多い。家でちゃんと顔を合わせることが少なかったし、食事はたいていそれぞれが作って勝手に食べる。たまに顔を合わせると、どう喋っていいのかわからなくなるときがあった。

「えっと、勉強？」

阿呆のようにくり返す。

「そろそろ、共通試験の勉強も佳境でしょ。でも最近、よく遊び歩いてるみたいだし夜も帰ってこないこともあるし……大丈夫なの？」

「まあ、なんとか」

しどろもどろになった。受験勉強をする時間は明らかに減っているし、予備校をさぼったことも何度かある。

「彼氏？」

ママは単刀直入に聞いた。質問というよりは宣告のような調子だった。

「……うん、そう」

「受験勉強とのバランスが自分で取れるなら、野暮なことは言わない。でもたぶん、無理だったんでしょ？」

返す言葉がなかった。

「目の前の遊びに夢中でやめられない三歳児じゃないんだから」

ママはため息をついた。

「恋愛は女を呆けさせるんだよね。優秀で頭が良いのに、男のことだけはリスク計算できない友達を何人も見てきた。受かるも落ちるも自分の責任だから、本当は口出ししたくない。でも学費を出すのはこっちだから、もう浪人はしないでねって言う権利はあると思うんだよね」

「あのね、ママ」

話を中断させられたママが、訝しむような表情になった。

「受験する学部なんだけど、わたし本当は文学部に行きたい」

タイミングが悪いことなんて分かりきっているのに、そう口にしていた。

去年受けたのは、経営学部だった。そのほうが就職に有利だと、両親も先生も言った。両親は、本当は理系学部を受けてほしそうだったけれど、理系科目が壊滅的にできなかったので、文系の中ではそれがベストな選択なのだろう、とわたしも思っていた。

「ずっと考えてたんだけど、やっぱり文学を学びたい気持ちが大きい」

言い出せなかったのは、それが正しいのか確信が持てないからだったし、反論されることを想定して身がすくむからだった。

「……そう。気持ちはわかったけど、それはどうかな」

ママは、固いものを飲み込むような顔で言った。

「文学部を出て、どんな仕事につくつもり？」

「それは、えっと……研究者とか、編集者とか？」

うろたえて、あやふやな回答しかできなかった。不用意だったと後悔したけれどもう遅い。

「それがどれくらい狭き門か知ってる？　それに、編集者ならむしろビジネスに強くないと」

「そうかもしれないけど……」

「文学を馬鹿にするつもりなんてないよ。ママだって小説は読むし。ただほんとうに文学に殉じる人間と、ただのフォロワーの間には決定的な溝があると思うの。文学部出身の、文学フォロワーなだけの人って、頭でっかちで夢見がちで、妙に高尚ぶってて打たれ弱くて……正直言って実戦で使えない人が多い気がする」

「そんなの……偏見じゃん」

やっとのことでそれだけ言い返した。

「そうね、偏見だと思う。でも、ママの実体験から形成された認識だから、サンプル数は少ないとはいえ、まったくの的外れではないと思うな。ねえ、ちょっと冷静に考えてみてほしい。好きなことはすればいいよ。だけど、本当に大学でやるべきことかな？　今まで本を読むのが好きだったからっていう、単純な延長でしかないような気がするの。投資するコストに見合ったリターンが得られる道かどうかっていう視点をまだ持てないのは仕方ないと思う。でも将来につながる道を選択するには、子供の視点だけじゃ不十分なの。先を行ってる人間からのアドバイスが必要なの。だからこうしてママが話してる。鬱陶しがられるリスクを冒してもね。それが親の務めだと思うから。そこは理解してくれる？」

「うん……それは、わかるよ」

声がどんどん尻すぼみになっていく。

「それがどう将来に役立つのか、その知識やスキルをどう生かして自分が社会に役立てるのか、しっかりしたビジョンが必要だと思うよ」

じわじわと真綿で首をしめられているような苦しさを振りほどくように、

「ねえ、すぐ役に立つことじゃないと学んじゃだめなのかな」

きっぱりと言いたかったのに我ながらなさけないほど弱々しい声になった。

「そんなことは言ってないよ。実用的じゃないけど学びたいことがあるなら、趣味や独学で後からでもできるでしょ？　ママは、布珠にまずはちゃんとこの社会で生き残れるようになってほしいの」

生き残ったあとのわたしは、どんな姿をしているのだろう。たぶん今のわたしではないことは確かだ。「生き残る」には変態するしかないのだ。変態したところで、その先は……？

一万五千倍の大きさに成長して、自分のためにせっせと繭を作っても、煮殺されて「役に立つ」繭を剝奪されてしまう蚕のことを思い出した。

「……ママは生き残ったの？」

「そうだね。努力と戦略のおかげで」

なんてこの人に似合う言葉だろうと、揶揄《やゆ》ではなく思う。

「なんのために生き残るの？」

わたしの質問は一瞬、ママに隙を作ったように見えた。ほころびを隠すかのように、ママは腕を組んだ。

「布珠を無事に育てて、大人にするためだよ」

目を伏せると、テーブルの上に置いたままになっているお惣菜のパックが目に入る。空のパックにはマヨネーズがべったりついていた。

ママは組んでいた腕をほどき、思い出したようにお惣菜を皿に移し替える作業を再開した。

翌日も、その次の日も、わたしはシンに会いに行かなかった。

代わりに、予備校以外は家から一歩も出ずに勉強をした。問題集と殴り合うように、けんか腰の勢いで設問を解いた。実際に、答え合わせで間違うと解答集を殴った。正解すると、「よし、倒した」と荒々しく快哉《かいさい》を叫んだ。そうしていると、ぼんやりと向かい合っていたときよりはるかに進んだ。

そうして勉強していると、よるべなさを感じたり、こんなことに意味があるのかなんて考えていた頃の自分が、ひどく弱々しく愚かな生き物だったような気がしてきた。だんだんシンのことも、わたしを堕落させる危険分子のように思えてきた。実際に、シンといると他のことがどうでも良くなってしまっていたじゃないか。

あの日、シンに言われたひどい言葉と軽蔑するような目を思い出すと、胸を押さえるほどの痛みが走った。

——残念ながら、社会の役に立たない人間に居場所を提供する余裕は、今の世界にはあまりないんだよ。

お惣菜のエビマヨを食べながらそう言ったママの声は、ずっとわたしを追い詰めるものとして響いていたのに、今は、シンの軽蔑したような目からわたしを守ってくれる盾のような気がした。

いずれこの世界から居場所がなくなる側の人なんだ、シンなんて。なのにわたしのことを家畜よばわりするとは。

もう会わない。そう思ったとたん、また胸のあたりにひどい痛みを感じた。

ママはあの日から、やけにサービスが良くなったというか、珍しく早く帰ってきて夕食を作ったり、わたしの服を畳んでおいてくれたり、昨夜なんて帰ってきたらアップルパイを焼いて出迎えてくれたのでほんとうにびっくりした。

「なんか別人みたいなんだけど」と言うと、「受験生の親として駄目だったなあって、ママも反省したんだよ」と返ってきた。

三日、四日と日は過ぎ、週末になった。

勉強をしているうちに夜遅くなり、お風呂から上がったときはもう日付が変わっていた。鏡に向かって、ドライヤーで髪を乾かす。肩にかかってはねている濡れた髪、眠気で半分閉じかかった目、青白い肌色、半開きの唇。鏡の中の自分は、輪郭がぼやけて今にも消えそうな、ひどくあいまいな生き物に見えた。

ふいに、シンと交わした会話を思い出す。

——脱皮する前と、直後の蚕はすごく無防備で弱い状態だから、ちょっとしたことで致命傷になっちゃうんだ。脱皮自体命がけで、途中で死ぬ蚕もいるくらいだから。

——脱皮が命がけっていうのはわかる気がする。十代で自殺するような人は、脱皮に失敗したのかもしれないね。

乾ききっていない髪のまま、自分の部屋に戻ってベッドに横たわる。そのまましばらくぼんやりとしていた。

そのうちに、頭の中――厳密に言うと頭の斜め上あたりに、何かの気配を感じた。わたしと外の世界とのあいだの微妙なところにいて、わたしの位置からはどうしても見えない、近づこうとすると風圧でふいっと物陰に移動してしまって、正体を確かめることができない何か。だけどどうしても捕まえたくて、いそいでカバンからペンとノートを取り出した。ペンとノートがそのための道具だと、どうして思ったのかわからない。気づくと、紙の上に文字がつぎつぎに姿を現わしていた。

ベッドの上の抜け殻　に　入って
わたしは君だったことを思い出す

わたしはその文字を見つめた。これがほんとうにさっき気配を感じたやつなのか、いまいち確信がなかった。

そっとやらないと逃げられるし網もすぐ破れてしまう、縁日でめだかを掬うのにも似た行為だけれど、めだかと違ってこれがそうだとははっきりわからない。

自分が掬った生き物のようなもの。言葉でできたその生き物は、仲間を呼び寄せるようにペン先から増殖していく。

つながったからだを　切り離す音

軋む夜　蛇行する鼓動
どうしようもなく同質で　とほうもなく異物だ

ひとしきり文字を吐き出してからノートをしまい、電気を消し、しずかな高揚に包まれて目を閉じた。

だけど、眠りに押し戻されるように意識が覚醒してしまう。

シンと最後に会ったあの夜に何が起こったのか、ようやくまともに考え始めていた。考え出すほどに、このまま会わなくなってはいけないという気持ちになる。

わたしのベッドは、シンの匂いがしない。そのことがにわかに苦しくなって、布団の中で、動き回る。緑の匂いを求めてやみくもに動き回る、目の見えない虫のようだと思った。

蚕は成虫になっても目が見えないのだろうか。くわしい話を聞いていたのは、幼虫だけで、おとなになった蚕のことはまだ知らないことに思い当たる。それにわたしはまだ……。

籐の引き出しから出てきた紙束の、かさかさした手触りがよみがえる。

わたしはまだ、シンの書いた物語の続きを読んでいない。


土曜日の夕刻、バイトを終えたわたしは駅の方へ歩き出した。

変わりかけの信号を小走りで渡り、飲み屋の看板が連なる東門通りを下っていく。十二月に入り、どこも気の早いクリスマスソングを流していた。まっすぐ行く気になれず、のろのろと脇道を右へ逸れて東口から神社へ入り、境内を突っ切っていく。

ハート形の絵馬がみっしりとつり下がっている場所を通りかかり、思わず足を止めた。縁結びで有名な神社なのだ。この絵馬の数だけ想われている人がいるということに、圧倒される。

啓治《けいじ》君と両想いになれますように。S．Y．君がふりむいてくれますように。渡邊《わたなべ》君の気持ちがわかりますように。

念を込められた文字たちが結界になっているように、どうしてもそこから先に足が向かなかった。境内を歩く人たちの砂利を踏む音が、何度も通り過ぎる。

くるりと向きを変え、元来た道を戻っていく。会えるのかどうかも、会ってどうするのかもわからないまま、シンの部屋へとつづく坂を目指して歩いて行った。

幹線道路に辿り着き、信号を見てはっとした。道路の向こうに、シンがいたのだ。

わたしに視線を固定したまま、歩行者信号の点滅をかいくぐるように横断歩道を渡ってくる。強い力で吸い寄せられそうになるのに、同時に逃げ出したくもなった。立ち尽くしているわたしのそばを、アーリア系の少年が乗った自転車が通り過ぎ、独特の強い匂いが鼻をかすめる。

信号が赤になった。すぐそばに、シンが立っている。実物を目にしてやっと気づいた。わたしの中にはシンのかたちでしか満たせない空洞があって、何をもって埋めようとしてもすべて無駄だったことに。

抱きついて会いたかったと言いたいという、おそろしいほどの衝動が沸きおこる。でも、できなかった。

「……おとなになった蚕ってどんな姿なの？」

視線をそらしたまま言うと、シンが「え？」とまぬけな声を上げた。

「まだ知らないから、聞きに来た」

仏頂面で目を合わせると、シンは笑おうかどうか迷うような顔をした。

「かんたんに言うと、飛べない蛾……といっても、羽は極端にちいさいんだ。かつては飛べたっていうことを思い出すためだけにあるみたいに」

持っていた手提げ袋からシンは、ノートを取り出す。

「今絵に描いて見せようか」

「今はいい。あとで」

「あとで、ね」

シンは軽く息を吐く。

「ぼくはいまから本屋さんに行こうとしてたんだけど、一緒に行かない？」

「いいよ。受験勉強で忙しくてほんとはそんな暇ないけど」

並んで歩きながら、ケンカ別れした一週間前のことをシンが軽くでも謝ってくれたら、と思った。そうすればこっちも素直になれるのに。

だけど隣にいる人はわたしと同程度には未熟らしく、ふたりともぎこちない空気のまま、ビルの中の本屋に入った。

限られたスペースの一階は、雑誌類と話題書だけがあり、ジャンル別の棚では、それぞれの答えを求める人達が本を開いている。だけどわたしがどうしても欲しかった答えは、連立方程式の解でもビジネスレターの和訳でもない。ケンカしたまま別れた男の子と、どうしたらまた元通りになれるかなのだ。

「すごく綺麗で美味しそうだね」

シンがわたしの手元をのぞきこんで言う。

「……ほんとだ」

開いていたタウン情報雑誌に目を落とし、初めて料理の写真に気づいた。気もそぞろで読むフリをしていただけだったのだ。

フレンチレストランの、芸術品のような一皿。マップを見るとその店は街の北側、坂の途中にあるようだった。

「いっしょに食べに行く？」

思いがけないシンの言葉に、うれしさで体が熱くなる。だけどわたしは、うれしさを取り締まる検閲官のように無表情で言った。

「受験生なんだよ。こんないいものを食べに行くのは、大学に受かってからじゃないと」

「ふうん」

シンはしばらく黙ったあと、じゃあさ、と続けた。

「布珠ちゃん、ヒールのパンプス履いてみたいって前に言ってたね。それはいつ買うの？」

「大学に受かってから」

「ダンス習いたいって言ってたのは？」

「それも大学に受かってから」

「百閒の生まれた家に行くのは？」

「それも大学に受かってから」

「その前に死んじゃったら？」

「それも大――」

言いかけて口をつぐむ。

「ひっかけるな！　卑怯者！」

「だって機械みたいに喋るから」

シンはわたしに揺さぶられながら大笑いした。

「いいよ、もう明日行こう。すぐ予約する」

わたしは腹を立てながら携帯電話を取りだし、店の名前を検索する。

「急に一八〇度変わってる。わけがわからない」

店の人と通話しているわたしの横で、シンは笑いすぎて涙目になっている。

ほんとうは、待ちたくなんてなかった。何も先送りになんてしたくなかった。その前に死ぬかもしれない、そんなことほんとうはわかってた。

通話を終えた後、

「わたしと会えなくて、寂しかった？」

勢いのまま挑むように問いかけると、シンはぴたりと笑い止んだ。

「いや、そうでもないかな……布珠ちゃんにもやることがあるだろうし、しょうがないと思って」

シンの言葉は、どことなくプラスチックの膜で隔たっているような遠さがあった。わたしはシンがたまにやるように、内側をのぞきこむようなつもりで、じっと目を見つめる。みるみるうちに、シンが落ち着かない様子になっていく。

「どうしてごまかすようなこと言うの？　シンの中にあるほんとうのことを話して」

シンは観念したように目を閉じる。ふたたび開いたときには、表情ががらっと変わっていた。

「……布珠ちゃんが出て行って、ずっと会えなかったあいだ」

シンが言葉をつむぐ。ダミーのような商品を並べた店の奥から、本当は売りたくない大切な品物を出してくる店主のような態度で。

「自分があんなふうになったことがなかったから、どうしていいのかわからなかった。不安で、怖くて……寂しさに殺されるんじゃないかと思った。また会えるなら何でもするっていう気になって、でもそんな自分が軟弱で許せなくなったり、すごく混乱してたよ」

シンの不安そうなまなざしを見たとたん、なにかが溶けたような気がした。わたしはずっと誰かとこんなふうに話をしたいと思っていたんだ、という発見が、体内に差し込む光のように、わだかまっていたものをすべて溶かしたのだ。

わたしは深呼吸をひとつすると、自分もシンとおなじことをしようと口をひらく。

茶色い電車から吐き出され、街に出るとずいぶん気温が下がっていた。

人が流れる川を遡るように信号をいくつか渡り、山の手に向かう。夜行性の店がひとつ、またひとつと起きだしてくるこの時間帯が好きだと思った。好きな人との待ち合わせに向かう夜は、街に祝福されているような気分になる。

待ち合わせ場所が近づくにつれ、落ち着かなくなってきた。通りかかった店のガラス戸に映った自分の恰好をたしかめる。

新しく買ったヒールの靴を履いて、グレイのコートの下に薄衣の白いレースワンピースを着たわたしは、われながら頼りなかった。ワンピースは、一目惚れして買ったものの、自分のキャラじゃないと我に返って、一度も着たことがなかったものだ。

待ち合わせ場所は、北野坂のにしむら珈琲のまえだった。時間ぎりぎりに着いたのに、店の赤い庇《ひさし》の下にシンの姿はなかった。いつもは絶対にわたしより早く来るのに。

そわそわしながら、建物の角にしばらく佇む。一〇分過ぎても、十五分過ぎてもシンは来なかった。二〇分。慣れないヒールを履いた足が痛くてたまらなくなり、突然迷子になってしまったような不安におそわれる。

どうしたんだろう？　何かあった？　それとも、急に会いたくなくなった？　……わたしのことが、嫌いになった？

さっきまであんなに親しげだった風景が、がらっと冷たい顔に変わったように見えた。心臓が硬い音を立てて鳴る。怖くて動けなくなりそうな体を奮い立たせて、歩き出す。まるで何かのスイッチを押したように、もう会えないかもしれない、という恐怖が、血液といっしょに体中を循環しているような気がした。それでも、坂をしばらく登っていくうちに、ふと違う考えが湧いてきた。

そういえばにしむら珈琲は、北野坂のふもとだけではなく、坂の途中にもあったのだった。そちらは、元々会員制のサロンだったので、ひっそりとしていてあまり目立たない。祈るような気持ちで、坂の中ほどまで登っていく。

果たして、蔦のからまる赤煉瓦の建物を背に、シンが佇んでいた。カジュアルなスーツのようなツーピースの濃紺が夕闇にとけあうようで、とても絵になっていた。

安堵のあまり、おもわず涙がにじんだ。

わたしに気づいたシンは、目を見開いてわたしを見つめた。文字通り頭からつま先まで見られ、羞恥と腹立たしさが湧いてくる。

「下の方のにしむら珈琲で待ってたのに」

おもわず責めるような調子になった。

「え？　そうだったの？　北野坂店ってこっちのことだよね。下にあるのは本店じゃなかったっけ」

「どうして捜しに来てくれなかったの」

「遅れてるだけだと思ってたから。きっと、お洒落するのに時間かかってるんだろうなと思って待ってた。僕はいくら待っても苦にならないし」

「……会いたくなくなったのかと思った」

「どうしてそんなことになるの？」

心底驚いたような声でシンは言い、

「どういう道筋でそんな考えに至ったのか教えて」

顔を覗きこもうとしてきた。

「うるさい」

涙を見られたくなくて、手に持った鞄で顔を隠す。

シンはまたわたしを上から下まで見つめると、

「待ったかいがあった」

にやりと笑う。初めて見る類いの笑みだった。

「こういう恰好って、ぜんぜん実用的じゃないよね」

シンの視線を追い払うように、ぶっきらぼうに言ってみる。

「走れないし、作業もできないし、汚せないし。役に立つことなんも、できないよ」

「布珠ちゃんは走ったりする必要ないよ。何も急がなくていい」

シンがわたしの手をとって言った。

「役に立つことなんて、しようとしなくていい。布珠ちゃんはただ、しあわせそうにしてるだけで世界を救ってるんだよ」

——わたしの中の防波堤が決壊したのは、その瞬間だった。

それまでも、シンに惹かれていたしその存在は大きかった。それでも、自分自身とシンが混じらないよう、シンの存在がわたしに浸食しすぎないよう、防壁を築いていたところがあった。そうでなくては、脱皮したての蚕のようにあまりに傷つきやすく、世界に対して無防備になってしまうからだ。それなのに。

このタイミングで、この場所と状況で、シンが選んだたったひとつの言動によって、一瞬で防波堤が押し流されてしまったのだ。まるで砂の城が波にさらわれるように。体の中に、波のようにシンの存在が押し寄せてきて、混じりあい、自分自身と分けることがもう不可能になってしまった。数分前とはまるで別の人間になったようなわたしは、なかば茫然自失で、シンと一緒に店に向かって歩いて行く。


さざ波が立ったような表面をした、おおきなガラスのプレートが運ばれてきた。

十一月のひかりのような色をした洋梨のジュレがうすく張られていて、すきとおるヒラメの身が、湖にうかぶ小島のように載せられている。そのまわりに散っている色とりどりの花やハーブは、風の所業でたまたま湖におちてきたように見えた。

「こんなにうつくしい料理が、存在するんだね」

感に堪えないという口調で、シンが言う。

「神様になった気分」

わたしは荘厳な気持ちで、湖の水ごとヒラメをすくって口にはこぶ。

「わあ、美味しい」

声を上げてシンを見ると、目を閉じて唇をひきむすび、じっとしていた。まるで感動を一滴も外にもらすまいとしているかのようだ。感情を、とっさに隠すようにして表に出さないシンのこういうところはおもしろいけれど、もっと共有してくれてもいいのに、とも思う。

コースのメニューに書かれていた「冷製ボルシチ」にも衝撃を受けた。てっきり、あの素朴な赤い煮込み料理がつめたい状態で出てくるのだと、そんなもの美味しいのかと疑いながら待っていたわたしたちの前に供されたのは、カクテルグラスの中におさまった、想像とまるで違うものだったのだ。

コンソメのジュレに、やわらかくほぐされたゼラチン質の牛肉、ビーツでつくられた鮮やかなムースのマゼンタ色、サワークリームの白。それぞれが独立したものとして重ねられたそれは、口の中でいったん合わさると、食感や構造はまるで違っていてもたしかに経験したことのある組み合わせなのだった。

ボルシチという概念が解体されて、シェフというフィルターを通じて再構築されたような料理。初めてなのになつかしい、知らないようで知っている、未知なのに馴染みがある……シンと初めて出会ったときの感情が、思い起こされた。

生まれて初めてシャンパンも飲んだ。百閒が好きだったと書いていたのを読んで、いつか飲もうと思っていたのだ。

サービスをしてくれているのは、ショートカットの小柄なマダムだった。分不相応な客だという態度などみじんも見せず、きちんとわたしたちを大人としてあつかい、それでいてとてもフレンドリーだった。

デザートと食後の珈琲をサーブしながら、東日本大震災を機に、シェフである夫とこの街へ移住してきたのだと話してくれた。

「震災のときはまだ子供だったから、あんまり覚えてないんです。こっちはちょっとしか揺れなかったし」

わたしが言うと、マダムは「年取ったって思い知らされた」と驚いた顔をする。

マダムに顔を向けられ、コメントを催促されたと感じたのか、シンも口をひらいた。

「震災は……僕は生まれる前だったから、話にしか聞いたことがないけど」

「あれ？　同い年だから、震災のときは小学生でしょ」

「……ああ」

困惑した表情のシンを見て、わたしは助け船を出す。

「もしかして阪神大震災と勘違いしてた？」

「うん、そうだね」

「シンって頭良いのに、いつもへんなとこで抜けてるよね」

笑いながら珈琲をのむ。

デザートのアイスクリームには、ラベンダーの蜂蜜が入っていて、憧れをかきたてるような甘い後味だった。

厨房からあいさつに出てきてくれたシェフは、しみひとつない真っ白なコックコートを着ていて、歌舞伎役者のような顔をしていた。

「コース料理って、物語なんですね」

わたしが話しかけると、シェフは「そうですね」とうなずいた。

「いろいろと制約はありますけどね。ホラーやサスペンスは無理だし、驚かせすぎてもいけないし、ハッピーエンドにしかできないから」

出会ったものを咀嚼して体内に取り込み、その人だけの糸を吐いて物語をつむいでいく。そういう営みを、無数のひとがしているのだ。誰かの物語が体内に入ると、またそのひとの生成する糸の色合いもかわっていく。

店に残っている客はわたしたちだけだったので、それからシンはご夫婦と話し込み、わたしはその様子を好ましい気持ちで眺めていた。

雑多なエネルギーをかかえているのにすっきりと澄んでいて、夢想しているようなのに合理的で。この街そのものみたいな男の子だと思った。

震災後の街がどう立ち直っていくのか、という話をしていたとき、マダムが言った。

「1989年にサンフランシスコ地震があったとき、復興に向けてサンタクルーズ市は復興後の街のイメージを語り合う討論会を市民と一緒に何百回も開いたんですって。その上で出てきた街の姿を、復興計画に取り入れた。住民から出てきたイメージのなかには、『広場でおばあさんが編み物をしている』『日曜日の昼、教会の鳩時計が時を告げている』というものもあったんだって。そういうところから、何をすればいいのか決めていくって素敵だよね。規模は小さいけどわたしたちがお店をつくるときもそういう考え方でやろうと思ったの」

「そうすると、街ってひとりひとりの断片的なイメージの集合体ってことになりますね。素敵です」

シンが熱っぽくうなずいた。

レストランを出たあと、少し坂を下り、ずっと入ってみたかったジャズバーに行った。

足を踏み入れたとたん、美しさに包まれたような感触があった。入ってすぐ右手にあるバーカウンターには、カウンターとおなじくらい年季の入ったマスターが正装で立っていて、ガラスケースの中には名札をかけられたたくさんの山崎のボトルが並んでいる。

奥行きのある店の中へ歩き出すと、じゅうたんを踏みしめる一歩一歩がふわふわとしていて、シンの部屋を思い出させた。

つやつやとダークブラウンにひかる角材の柱、天井の梁、音符のように並ぶ丸いテーブルたち、みんな琥珀色のライトを照り返して、夜にしかない種類のひかりかたをしている。

グランドピアノは黒光りする帆をはった船のよう、ライブスペースの壁を構成するレンガはリズムを刻んでいるよう。

一番うしろの席につき、注文した飲み物が運ばれてくると同時にライブがはじまった。ピアノ、ベース、ドラムのトリオに若い女性のボーカル。流れ落ちる滝のようなロングヘアをした歌い手の女性は背が高く、声までもが、のびやかな直線を感じさせるひとだった。

Heaven, I'm in heaven

青い空にはためくリネンを思わせる声が、わたしは天国にいると歌う。

白シャツにぴたりとした黒ベスト、黒いギャルソンエプロンをしめてまっすぐ背筋を伸ばした店員さんたちが、音と音の合間を滑らかに通りぬけるように立ち働き、グラスやプレートを運んだり下げたりしている。仕事という糊のきいた衣服に身を包んだこのひとたちも、個人に戻ったらスウェットでだらだらしたりコンビニに行ったりする生活があるんだと想像してみると、なんだか切なくなった。

ライブはその名の通り、生きているということなんだ、と思う。

テーブル席に点在しているかつての美青年たち（かもしれない）、いまは薄い髪に線のぼやけたようなおじさんたちは、生きているということを求めてこの店に入ってくるんだろうか。清流から掬いあげたばかりの魚のような、今まさに生きて跳ねている自由を感じるために、かろやかに踊れるはずの精神を固まった肉体から解放するために、ライブの中に身を置いて、キープボトルから自分でつくったハイボールを飲んでいるのかもしれない。ソーセージ五種盛りを、友達のようにかたわらに置いて。

シンとわたしは、生きている音のなかで目を合わせ、肩を寄せ合った。

ボーカルの女性が動くたびに、彼女のつけたネックレスがきらきらと一緒に動く。そのひかりの記憶をたいせつにお土産として持ち帰るようにして、店を出た。

その夜は、一気に冬が来たように冷え込み、帰りみちに吐く息はくっきりと白かった。シンの部屋の窓は結露し、窓の外の灯りが涙を流しているように見えた。

わたしは、シンがお風呂に入っているあいだに原稿用紙に書かれた文章のつづきを読んだ。

それはただの物語というより、神話のようだった。


――とたんに、傘をひろげたように背中から翼が生えてきて風を受け止めたのです。

翼があった。この体には翼があったのだ。飛び降りることをしなければ気づかなかったその秘密に、少年の胸は激しく高鳴り、爪の先まで力が満ちるように感じました。眼下の世界は、硝子ごしに見ていた時とまるで違い、自らの一部のように脈打っていました。

空をただよう少年は、同じように翼を生やした少女が、向こうの塔から飛び降りているのに気づきました。同じようにこちらを見るその少女のまなざしは、やはり自らの一部のように感じられたのです――。

降り立った最初の少年と少女は子を生し、やがて地上には彼らの子孫が増えていきました。

長い年月の後、空に新しく大きな天体が姿を現わしました。つめたく輝くその天体の影響で重力が何倍にもなり、地上で暮らす人間たちは、自分の体の重さで地上に縛り付けられるようになりました。いつしか翼も退化していき、かつて飛べたことも忘れていきました。

白亜の塔にいつづけた少年少女たちは守られ、軽やかなままでした。軽い種族のかれらは、そのうちに、気負いもなく空に羽ばたくようになり、外へ飛び出すことに勇気が必要だった時代があったことも、地上に生きる人々とかつて同じものだったことも忘れていきました。

海には時折、異国からの船が流れ着くようになり、街には異国の音楽が流れるようになりました。その調べは、蠱惑的で、我を忘れさせ、人知れず音楽の中に姿を消してしまう者もいました。

地上には人間が増え続け、神は考えあぐねました。大切な子供たちを、この土地の外に行かせるのは本意ではなかったのです。

神は、眠っていた山の女神の体を切り取ることにしました。それで新たな島をつくろうとしたのです。

目を覚ました山の女神は、体の一部を喪っていることに気づき、激しく叫びました。叫びは地上を揺るがし、建物や道を破壊しました。女神は醜くえぐり取られた体を嘆き、無くした自らの体の一部を恋うて、請うて、乞うて、ひと月のあいだ泣き暮らしました。地の下に染みこみきらず地上に留まった涙は、集まって花の群れとなりました。夕暮れの空の色彩を写し取ったようなその花は、軽い種族の心をとらえ、彼らは花からとった色で羽を染めるようになりました。

神は、山の女神の体の一部で新しく創った島に、あふれた人間たちを住まわせました。そして、赤い首長竜の群れを配置して海岸線と島を守護させました。絵描きたちが時折やってきては、首長竜の餌になる白い絵を描いて食べさせるのでした。

それでも、やがてこの土地が病に冒される時がやってきました。病は空からでも海からでもなく、地を伝ってきたからです。

やがて、灰色の時代がやってきました。

うつくしい色がひとつ、またひとつと消し去られ、何もかもが枯れ葉や灰のように変わっていったのです。色を奪ったすえに命を消し去る病を伝播する魔物は目に見えず、それゆえ人々は戦い方もわからないのでした。

神は、とうとうこの土地ごと病を焼き払うしかなくなりました。

みずからつくったすべてのうえに、神は炎を投じました。逃げ惑ういきものたち。人の焦げる匂い。羽の残骸、炭化してゆく大木。燃えさかる炎のなか、時を経て廃墟になった白亜の塔も焼け落ちていきます。

少年が、焼け跡に立っていました。

名前も燃えてしまい、自分が誰なのかもわからなくなった少年の前に、名前のない神は現われました。

――君が何者なのかを知るために、君の姿を映してくれる相手を探しに行きなさい。また一から新たに国をつくるために。

空っぽだった少年の瞳に、怒りが燃え起こりました。

――あなたはこの空白だった場所に、おのれの勝手な幻想を描き散らかし、気まぐれに焼き払ったのではないか。幾度、喪わせれば気が済むのか。すべてを喪ったこの場所に、あらたなものを創るための何が、いったい僕に遺されているというのか。

――遺されている最大のものは、いま君がここに在るということ、そのものだよ。

神の姿はあっという間に消え、焼け残ったものたちのあいだに声だけがこだまします。

――保護された場所からこの地上に最初に飛び降りる勇気を持ったふたり。君はその子孫なのだから……。


その夜、おおきな物音で目が覚めた。

あわてて上半身を起こしたものの、意識も思考もうすぼんやりしていて、しばらく何が起こったか分からず、動けなかった。恐怖で暴れるように鳴っている心臓を押さえて、薄闇を見渡す。ようやく、シンがベッドから飛び降りた音だったらしいことに気づいた。

シンは幻覚を見ているようにせわしなく部屋中を動き回ったり、カーテンを開けて窓の外を確認したりしている。

あまりに異様なので、わたしは声をかけることも忘れてしばらく固まっていた。「シン」と呼びかけると、シンはこちらを見たけれど、その目はわたしを通り越して違うものを見ているようだった。

「どうしたの、ねえ」

立ち上がってそばに行き、背中をさする。シンが座り込んだので、一緒に崩れ落ちるようにわたしも床に腰を下ろした。

片手で顔を覆い、シンは泣き出した。空気を必死で吸い込もうとするような、苦しそうな泣き方だった。どうすればいいのか見当もつかず、ただ背中をさすり続ける。

嗚咽のあいまに、シンが何かを言った。

「ほんとうの、ことを」

「え、なに?」

耳を近づけて聞き取ろうとすると、涙のせいなのか、湿ったあたたかい空気が頬に触れた。

「ほんとうのことを、話さなきゃいけなかったのに」一気に吐き出すように言い、「どうして」と続けようとして、シンは喘ぐように息を吸う。

「……今は声出さないほうがいいよ、ちゃんと呼吸しよう」

苦しそうで見ていられず、そう声をかける。

嗚咽がおさまるころには、二人ともその場で眠り込んでしまっていた。寒さで目が覚め、シンをひきずるようにベッドに移動したことが、夢の中の出来事のように思えた。

朝になって目を覚ましたシンは、いつもと変わりなく見えた。
「大丈夫？」と訊いても、「何のこと？」と、真夜中のことは何も覚えていないようだった。

十一月が終わり、月が変わると本格的な冬の訪れを感じるようになった。わたしは、十二月があたえてくれる日々の断片をひとつも逃さず貯めこむように、ノートに文字を書き綴った。シンと会わなかったときに出てきた言葉をきっかけに、詩のできそこないのようなものも書くようになっていた。

古文書の起動音　目を覚ます夜の部屋　覚醒する夢の剝製
キンモクセイのお酒を手放せない　かきむしるような甘さを浴びる夜
きみの息継ぎのような白　とけないアイスクリームのいろ

どういうきっかけがあったのか思い出せないけれど、その日、シンが「髪を染めてみたい」と言い出した。
センター街の入り口にあるドラッグストアに行ってみたけれど、あまりヘアカラーの種類がなかったので、ＬＯＦＴに移動したら各階で商品を見るのに夢中になってしまい、店を出るころには暗くなっていた。

買ったヘアカラーは、わたしはピンク、シンはシルバーだった。

シンの部屋に戻ってから、ふたりで狭い浴室に詰めて、おたがいに髪を染め合った。鼻につんとくる薬剤の匂いをかぎながら、シンに身をまかせて髪をコームでなでつけてもらう。体の奥底からくすぐったさが湧いてきた。

反対にわたしがシンの髪を一ブロックずつ、真剣に染めているときは、シンが自分の創作物で、いま創っている最中であるような気がした。

浴槽のふちに腰かけて染まるのを待っているあいだ、さむくならないよう、シンは狭い脱衣スペースに石油ストーブを置いた。

「ねえ、初恋がいつだったか覚えてる?」

何の気なしに質問したわたしの声が、浴室にひびいて増幅する。

「初恋は、お正月に見た芸妓さんだったな」

シンは意外なほど迷いなく、こたえた。

「近所に花街があって、お正月はお姉さんたちが一番綺麗な恰好をするんだ。おつかいを頼まれて商店街を歩いてたら、向こうから背の高い芸妓さんが、上等な着物で歩いてきた。商店街に、日本髪専門の髪結いのお店があって、大晦日は夜通し営業してたんだけど、そこから出てきたところだったみたい。艶々した履き物ですっすっと歩く足捌きがすごく優雅だったよ。結いたての髪が崩れたり汚れたりしないように、薄く透ける白いジョーゼットを頭にかぶっていて、綺麗にお化粧した顔のまわりでふわっと揺れるのがほんとうに素敵で、天女の羽衣みたいだった。ばかみたいに立ちっぱなしで見とれたよ。あんなに美しい人は見たことないと思った。大人になったら僕も、きっとこんな人と恋をするんだと思った」

シンは、横にいるわたしの存在が見えていないみたいにうっとりと遠くを見ていた。

ふうん、と生返事をするとわたしは浴室を抜け出した。

「ちょっと待って布珠ちゃん、どこいくの。まだ髪流してないじゃん」

背中からきこえるシンの声を無視して足早に玄関に向かい、靴を履く。

「背が低いし優雅じゃないわたしが、ここにいてもしょうがないから」

ヘアカラー剤をつけてオールバックになった髪のままで、坂を下りていく。ショックで足の力が抜けそうで、頭がぼんやりする。後ろから追いかけてくるシンに追いつかれないように、ほとんど駆け足になった。

「待ってよ。なんで怒ってるのかわからない」

「怒ってない。ただひとりになりたいだけ」

「昔の話だよ」

「わかってるってば」

「綺麗だって言ったのが駄目だったの？　綺麗なものを綺麗って言うのがいけない？」

「そういうことじゃない。いくらでも言えばいいじゃん」

そうだ。言えばいい。ただ、あそこまで万感を込めて言う必要はないのではないか、と思うだけだ。

「『布珠ちゃんだって、綺麗だよ』」

「そんな棒読みで言わないでよ」

立ち止まって振り向く。

「じゃあさ、今もしその人が目の前に現われたら、わたしよりそっちに行くんじゃない」

「ほらやっぱり、そこに怒ってる」

「違うって。違うのにシンが決めつけるからつい、そっちに引っ張られただけだって」

シンは、わたしがショックを受けた本当の理由には気づいていなかった。

「布珠ちゃん」

にわかに真剣な声音で動きを封じられ、その場に留まる。目を合わせてしまい、腹立たしいことに視線をそらせなくなった。

シンがわたしの手をとった。どちらの手もつめたい。

「ぼくには、いましかないいんだ」

――このひとがそういう言葉を言わないのはどうしてなのか、と思う。

好きとか、愛しているとかいう言葉は、刻一刻と質感と色合いを変える感情を押し込めて差し出すには窮屈すぎると思っているのだろうか。

それとも。

わたしに対する気持ちがその言葉に値するのかどうか、わからないのだろうか。

ものすごく何かを求めているけれど、言って欲しいのがそういう言葉なのかどうか、わたしもわからなかった。土台を固めるような何かを欲している。けれど、土台なんてものを作ればきっと、この関係は成り立たない予感がしていた。

「風邪ひいちゃうよ。帰って髪、洗って乾かそう」

シンに手をひかれ、わたしはおとなしく従った。

わたしをやさしく引っ張っていくシンの、空気を乱さない歩き方、背中のかたち、おおきくて華奢な手の感触。

つないだこの手の先にあるものが、どんな矛盾やいびつさや、その他わたしの想像しえないなにかの集合体だったとしても、それがシンのかたちをしているかぎり、

「……ずっと一緒にいたい」

言葉がこぼれて、白い息になる。儚いその白は一瞬で、つめたい夜風のなかへ消えていってしまった。


石油ストーブの上にのせたヤカンが、しゅんしゅんと鳴っている。

わたしの意識と現実世界をつなぐものは、その音だけだった。

肩に触れられると、肩があってよかったと思う。まぶたに触れられると、まぶたがあることがうれしくて気が遠くなる。指が髪に分け入ってくると、髪の毛の一本一本が昂奮してさざめくのが頭皮にひびいてきて、彼ら彼女らも生きていたことに気づく。そして、シンの指を感じられる髪が何万本もあることが、なんてしあわせなのだろうと思う。

髪、耳、指、表皮の細胞すべて。自分にこれほどたくさんのパーツがあり、そのひとつひとつでシンという存在を感じられる幸福が、身体の枠にとどまりきらずあふれだした。涙というかたちになって頰をながれ、その熱がまた身体をとかし、わたしは液体になってもうひとつの身体にしみこんでいく。部屋に満ちている薄闇は親密だった。

銀色になったシンの髪は、薄闇でもよく見えた。ストーブの灯りでふちどられた上半身は、知っているよりもおおきく、逞しく感じられた。それでも、触るとやっぱり骨張って細かった。

おたがいの過剰と欠落はこのためにあったんだと、こうすることのほんとうの意味がようやくわかった。今までも経験がなかったわけじゃないけど、あんなものはただのニセモノだった。湯船に映る、月のふりをした外灯みたいなものだ。

「おとなになってどうするんだろう、ってずっと思ってた」

シンのつぶやきが不意にふってきて、わたしは目をひらいた。

おたがいに腕をまわして横になり、まどろんでいるときだった。シンはわたしの頭に顎を乗せていて、その声が頭皮にひびいてくる。

「繭から出ておとなになっても、何もできない。羽があっても飛べないし、口があっても何も食べない」

「……ああ、蚕のこと」

「オスはメスに出逢って交尾して死ぬだけ。お前も交尾するためだけに心地良い繭から出るのか、そんなにまでそれっていいものなのか？　ってずっと訊いてみたかった。繭を助けて羽化させたけど、大人になっても交尾のあとすぐ死んじゃうから、大人になる前に死ぬのとたいして変わらないんじゃないか、と思ったりもした」

シンはにわかに、わたしをきつく抱きしめた。どちらの体温なのか、どちらの鼓動なのかわからなくなってくる。

「やっとわかったよ。このために生まれてきたんだ。もうこれ以上望むことなんて何もない」

わたしはまた、まどろんでくる。

手をにぎりあって、眠りに落ちきる一瞬前、無重力のような感覚につつまれた。ふたりで同時に眠りにおちたのだと、夢のなかで思った。

翌日、ベッドから出たのは午後もおそくなってからだった。

一緒に坂を下っていくあいだ、一瞬でも体を離すと昨日の記憶が消えてしまいそうな不安におそわれ、ずっとシンにつかまったままでいた。

交尾をしている蚕の雄と雌は、放っておくと数時間も離れないのだとシンが教えてくれたのを思い出す。無理矢理離すことを「割愛」といって、それが転じて今の「思い切って省略する」という意味になったのだ。

「布珠ちゃん、お昼食べない？」

「食べる。おなかすいた」

初めて会った日に一緒に入ったパキスタン料理のレストランに入り、テーブルを挟んで離れて座った。

香辛料の香りが複雑にからみあうプラウを食べると、辛さと外との気温差で涙と鼻水が出てきた。お使いから帰ってきたパキスタン人のオーナーの息子さんが水を注ぎ足してくれて、彼と世間話をした。就職したばかりだけど、職場の人間関係に疲れたのだそうだ。

坂をまた登り、いくつものブロックをでたらめに組み合わせたような建物の半地下にあるギャラリーへ行った。気になる展覧会がやっていたのに、さっきは空腹で素通りしてしまったのだ。

階段を降りていくと、コンクリート打ちっぱなしの壁に突き当たる。あたたかくもつめたくもない、ニュートラルなグレイの壁の前に、強い力で押しつぶされたような鉄のオブジェがあった。常設の作品らしい。阪神大震災の日付がついたタイトルが、土台にそっとついていた。

室内でやっていた展覧会に並べられていたのは、さまざまな世界のつまった箱だった。木箱や古いトランク、棺のようなもの。色んな形状の入れ物に、割れた鏡、人形の足、新聞の切り抜き、動物の羽などが配置され、内側にペインティングがあるものもあり、立体的なコラージュとも言える作品たちだった。

そのなかのひとつに、また阪神大震災を表わしたものがあった。震災の起きた時間で止まっている古い時計や、当時の新聞記事の切り抜きが入った箱は、一瞥しただけだと、ゴミ捨て場に放置されて朽ちている残骸のように見えた。

シンはその前に立ち、まるで自らがこの場にいないような様子で、長いことじっと眺めていた。その横顔を見ていると、言いようのない胸騒ぎをおぼえた。

「ここに入ってみたい」

シンに言われて、わたしは顔をこわばらせた。

「……本気で言ってる？」

午後三時頃。ギャラリーを出てから海のほうへ歩いてきて、ウォーターフロントをそぞろ歩いているときだった。店が建ち並ぶ半屋外の通りを抜け、海辺につきあたるところにあったのは、「アンパンマンこどもミュージアム」だった。

「だって楽しそうだから」

シンは真顔でうなずき、その大きな建物に入っていく。わたしも渋々後をついていった。

館内には親子連れがみっしり詰まっていた。キラキラしたピンクのドキンちゃんのネックレスやアンパンマンの顔型ポーチなど、さまざまなグッズを身につけた子供たちが走り回り、スマホで撮影しながら必死で後を追いかけ回す親たち。異様な熱気にあてられてぼんやりする。

奥にある劇場で、アンパンマンショーが始まるところだった。満席で、最後尾の手すりの向こうまで親子連れがあふれている。お父さんに肩車されたちいさな女の子の後ろに立ち、ショーが始まるのを待った。

そのうちに、完璧な声の張りと笑顔のお姉さんがステージに姿を現わし、

「みんな、呼んでみよう。せーの、あんぱんまーん」

言い終わらないうちに、人間の1・5倍くらいの大きさのアンパンマン、ホラーマン、ばいきんまんが出てきた。リアルとは別の次元にあるその実存性に、世界の認識が二重になるような感覚をおぼえる。

着ぐるみを着た三名も、インストラクターの女性も、速度やリズムはもちろん手の角度まで完璧に揃ったダンスで会場中のこどもたちと両親たちの注目をひきつけ、一体感を醸造している。重い着ぐるみであそこまで動けるなんてすごい。完璧なまでのプロフェッショナリズムだ。

こどもたちはアンパンマンに会いたくて、大人たちはこどもを喜ばせたいためだけにここに集ってこの時間を共有しているのだ。平和だなあ、と思ったとたんに涙があふれてきた。

となりを見るとシンも涙を目にためている。涙の理由はわたしと違うかもしれないけど、ふたりとも泣いているということが奇跡に思えてまた泣けてくる。どうして泣いているのか訊きたい気もするし、訊かなくてもいい気がする。どっちを選んでもいいことがとても自由に思えた。

ミュージアムから出ると、夕暮れだった。

デッキからは、タワーマンションに遮られて夕日は見えなかったけれど、十二月にしてはゆるやかな風が心地よく、すっかり暗くなるまでそこにいた。

帰りはショッピングモールを抜けず、外を歩いて駅へと向かう。

通りかかったビルを見上げると、地上から最上階へとつきぬける空洞が見えた。ガラス張りになっているエレベーターの通り道だ。

ガラス張りの空洞を透かして、ひかりが差しているフロアが見える。中年の男性の警備員が、上下にバウンスするような歩き方で通りすぎた。しばらくすると、今度は体の大きな若い警備員が、すーっとムービングウォークで運ばれるように通りすぎた。次は、少し背中の曲がった年配の清掃員の女性が、一歩一歩を踏みしめるように歩いて行く。それぞれの仕事を示すユニフォームを身につけた彼らは、人生のランウェイを歩いているモデルたちのように見えた。

しばらくぼんやりと眺めたあと、ふと気づいて、

「今何時?」

シンに尋ねた。時計を持っていないのを知っているのに。

「さっき見たときは七時半くらいじゃなかった? どうして?」

「八時と九時と一〇時に、ガス燈通りの灯りが全部消えるんだって」

わたしは、歩道にならぶ外灯を指さした。

「消えちゃうの? けっこう暗くなるだろな」

「一瞬だけだよ。何て言ったたっけなあ、すごくロマンティックな名前がついてたんだけど思い出せない」

ふうん、と言ってシンはまた歩き出す。

「そういえば、布珠ちゃんの誕生日はいつだっけ」

歩きながらシンが尋ねてきた。

「七月三日」

「梅雨が明けて初夏がくる、いい季節だね。ぼくは三月になったら二〇歳になるよ」

わたしは立ち止まった。

数歩先を行ったシンが、「どうしたの」と戻ってくる。わたしは地面を見つめたまま、しばらく黙っていた。

「シンは、二〇歳にはならないんでしょ」

声がふるえる。

おそるおそる、シンの顔を見る。

見なければよかったと後悔する。おねがいだから、そんな遠くにいるような目で見ないで。

叫びたいのにわたしは、もっと遠ざけてしまうかもしれないことを言う。

「……なれなかったんだよね」

しらないふりを続けていれば、ずっと一緒にいられるのかもしれないと思っていた。

それでも、続けるほどに、幸福の裏側で恐怖が爆音で鳴り響くようで、正気を失いそうになった。口に出してはいけないと思うのに、もうこれ以上留めておけそうになかった。

シンの話や行動に、そうかもと思えることはいつでも……最初から、あった。

——白い館って、中はいまどうなってるんですか？

決定的に認めるしかなくなったのは、シンが初恋の話をしたときだった。

どう考えても、一〇年前やそこらの話ではなかった。花街じたい、三〇年か四〇年前にはもう途絶えていたはずだ。シンの子供のころにあったわけがない。

手の込んだ芝居かと思ったこともあるけれど、違った。シンがこの世の人ではないなんていうことが、ほんとうにあるのだろうか。あんなにたくさんのことを一緒に見て、感じて、話して、触ったこのひとが？　わたしはまだ信じられず、目の前で確かに息をして、動いて喋っている人間を呆然と見つめる。

「……奪われて禁じられてたこと、できなかったすべてのことを、それだけを考えてやろうと思ったんだ」

わたしを見つめるシンの目は、街灯りを映してひかっている。シンは何かを探すように、空を仰いだ。すっかり伸びた銀の襟足が、日焼けしたうなじを覆っている。

「美味しいものをおなかいっぱい食べること。美しいものを愛でること。一度も起こされず、安心して好きなだけ眠ること。楽しむこと、羽目を外すこと、自分だけのための、ふたりだけのためのこと。音楽、芸術、文学。役に立たない研究、お洒落をすること、がまんしないこと。自由に議論すること。国のことなんて、全体の利益なんてひとつも考えないこと。ただ、いまこの瞬間だけを生きること。……と、女の子と恋をすること。ほんとうのことを話し合える女の子と。だからぼくは、布珠ちゃんを見つけたんだと思う」

今までに読んだたくさんの本、観てきた映画のなかにある無数の言葉から、ふさわしい言葉を探そうとするのに、ひとつも見つけられなかった。

世界中のどの書物にも芸術の中にも今、機能する言葉がなく、じぶんで生み出すにはあまりに時間がなく、必要なときにはいつだって混乱しすぎていて捕まえられないのだ。

言葉はいつも、間に合わない。

一瞬でそのことに気づいてわたしは絶望し、

「……シン、わたしといて楽しかった？」

まぬけなことを口走る。

何をどう伝えればいいのかわからなすぎた。あまりにも多くの感情が押し寄せて、玉突き事故のように喉元でぐちゃぐちゃのかたまりになる。ただ窒息しないようにすることしかできなかった。

「楽しかったなんて言葉じゃ、言い表せないよ。世界は言い表せないことばっかり。布珠ちゃんもそうじゃない？　だから布珠ちゃんは」

——詩を書くんでしょ？

その言葉は、からだの中に直接ひびいてきた。

シンの声。シンの匂い。シンの目を伏せて笑う顔。シンの大きな手に包まれる感触。抱き合った時にふたりの間で生まれるもの。なくしたくないすべてが、からだのなかでひしめきあい、その言葉に反響する。

ふいに、外灯の灯りがすべて消えた。

一瞬、音までも消えた気がした。じぶんから重さが消え去ったような感覚。夜に落ちる。昨夜、シンと手を繋いで眠りに落ちた瞬間のからだが浮くような感じと、すこしだけ似ていた。

……ハーバーウィンク。

次の瞬間、街に灯りが戻る。同時にその名前が記憶によみがえってきた。口に出そうとして、シンの方を見る。

そこには、誰もいなかった。

シンがいたはずの空洞を、ランニングウエアの女性が走り過ぎる。青信号が点滅する。黒光りする車が、ゆっくりと車道を進んでいく。

わたしはただぼんやりとそこに立っていた。濡れた頬が、つめたい風に冷やされていく。

シンと初めて出会った日から、五〇日が経っていた。

*

となりに人が座る音で目が覚めた。

横向きに伏せて寝ていたせいで首が痛い。机から顔を上げ、首筋をさすりながら座り直す。ひとつながりになったカウンターのような、年季の入った大型の木製の閲覧机には、横並びに幾人かが座っている。となりに座った男子は、自分のエリアにてきぱきとパソコンやペットボトルの飲み物をセッティングし始めた。

頭が働かず、しばらくぼんやりする。

青い光を感じて顔を上げると、高い天井にある青いステンドグラスが目に入る。ゆるやかなアーチ形の天井と座席のあいだには、たっぷりとした空間がひろがっている。差し込む日の光は、正午の位置にあるようだった。

まるでおおきな教会のような、賛美歌が響いていてもおかしくないような部屋だけど、静寂のなかで時折聞こえるのはペンを走らせる音、ノートをめくる音、キーボードをはらはらと打つ音だけだった。部屋の前方正面の位置には、オークの飾り格子のある三つの縦長の窓があり、絵画のように屋外の緑を切り取っている。

静かで厳かな心持ちで勉強と向き合える気がして、いつもこの場所を使っていた。1930年代に建てられた学内最古の図書館で、文化財にもなっている。わたしが所属する文学部の図書館や自習室は別のキャンパスにあるけれど、現代的な建物で味気ないのだ。

ゴシック調の手すりのある広い階段を降りていく。この建物の様式は、生糸検査所だったあの場所に似ていた。

踊り場の壁一面に、大壁画がある。森に囲まれた湖のほとりに、上半身裸の若者たちが集う絵だ。その絵の真ん中に、絵の奥にある世界へ続くかのような、現実のちいさな扉があった。ガラス戸のむこうに見える薄暗がりは、昇降階段のある書庫になっていて、司書以外は入れない。分かっているのに、絵の中にある扉という特殊さに吸い寄せられていつも覗きこんでしまう。そのたびに、彼がいたら一緒に覗きこんだだろうな、と思う。

外に出ると、屋内との光量の違いに一瞬めまいがした。生き物の気配が濃い五月初旬の空気が、一気に体内に流れ込み、久しぶりに体があることを思い出したような気分になる。とくに濃いのは、クスノキの匂いだった。

山の手にある大学の中でも一番高い場所に位置するこのキャンパスは、初めて訪れたときにオリエンテーションで知り合った子が言っていた言葉を借りると「ほぼ山じゃん」。山肌の起伏をぬって、どうにか建物を置ける場所を探したという感じで、かなりの間隔をあけて棟が点在している。坂道や階段を登ったりおりたりして、各建物を行き来する。ところどころに山の木々がそのまま残されていて、樹齢を重ねた壮麗なクスノキがたくさんあるのも、わたしがこのキャンパスを好む理由だった。

合格を知ってから入学までの日々は、不安でも期待でもない、宙づりのような不思議な気持ちのなかにいた。喜びを弾けさせるタイミングを逃したという感じだった。

それでもいま、こうしてキャンパスでクスノキを見上げていると、じんわりとあたたかい幸福感が湧き上がる瞬間がある。

図書館を出たところから延びる石畳の小道を歩いていると、道沿いにあるベンチにオリエンテーションで知り合ったあの女の子が座っていた。

「図書館にいたの？　全然気づかなかった」

「わたしも。そもそも、居眠りしてたから。授業なかったんだね」

「休講になったんだ」

「こっちもそう」

なんとなく、彼女と連れ立って歩く形になる。

校舎から吐き出される学生たちの数が増えてきて、正門へ向かう大階段を流れ落ちていく。来た時はあまり人気《ひとけ》がなかったキャンパスの敷地が、にわかに大学らしくなる。

大階段を降りようとして、眼下にひろがる街に一瞬、目を奪われた。街の向こうには濃い青の海、海を眺める巨大な赤いキリンのように湾岸に配置されているコンテナクレーンたち。

街の上には、色あせたような薄い空がひろがっていた。

――こういう色には名前があるのかな。静脈みたいな色だね。

そんな言葉をかけたくなったけれど、となりに並んで歩いている、まだ友達と呼ぶべきかもさだかでない女の子には言えない気がして、

「これからどうするの？」

と声をかける。

「学食でお昼かな。一緒に食べない？」

「ごめん、実は部屋の鍵なくしちゃって、今から大家さんのとこにスペアもらいに行こうと思ってるんだ。大家さん、昼間しか捕まらないからさ。五限の課題忘れちゃって、一回家にも帰らなきゃだし」

わたしが言うと、彼女は取り残されたような、心許ない表情になった。それを覆い隠すように笑顔をつくり、

「下宿の人はすぐ帰れていいな。近くだっけ？」

「自転車で三〇分くらいかな」

「遠っ。もっとキャンパスの近くにすればよかったのに」

「たまたま、気に入った物件がそこだったから」

「そういえば布珠ちゃん、サークルとか決まった？　私、テニスの見学に行きたいんだけど、あとで付き合ってくれない？」

「テニスかあ、入る確率はかぎりなく低いと思うけど見学だけでいいなら」

右肩にかけていたリュックを両肩にかけなおし、駐輪場へと歩いて行く。フランス語で話している留学生のグループが、わたしを追い越して行った。

大学というのは、いろんな動物があつまる水辺のような場所だなと思う。みんな、知識と学びという水を飲みに来る。

ブレーキを握りながら急な坂道を下り、東西を走る道路を西側へ折れる。大学周辺を離れていくとだんだん学生らしい若者の数は減ってきて、昼時の歩道はほとんど人通りもない。

西へ、西へと自転車を走らせる。いくつかの川と、いくつかの教会と、小学校、神社、公園、たくさんの住宅を通り過ぎる。時折右を見ると登り坂と山が、左を見ると下り坂と海が見える。動物園の前を通ると、緑の匂いのかたまりに動物の糞の匂いがまじる。

青い庇に惹かれて、入ったことのないパン屋の前でなんとなく自転車を停めると、少し高い食パンとクロワッサンを買った。

それから、五叉路の北西にある画材屋へ向かう。すぐそばなので、自転車を押して歩いた。

「すいません」

店の奥のカウンターの中にいる新谷《しんたに》さんに声をかける。

パソコン作業をしていた新谷さんは細面の顔を上げ、シルバーの細いフレームの眼鏡ごしにわたしを見た。白い麻のシャツを着ていて、七〇代なのにどこか青年のような雰囲気がある。

「どうしました、西野《にしの》さん」

「ごめんなさい、部屋の鍵をなくしてしまって……」

入居して一ヶ月も経たないうちに面目ないことだ。恥ずかしい気持ちでいっぱいだったが、新谷さんは嫌な顔ひとつせずに、二階の居住スペースにスペアを探しに行ってくれた。

大家の新谷さんは、勤めていた新聞社を退職したあと、所有するアパートの管理をしながら、自宅の一階でちいさな画材屋を細々とやっている。フラットな物腰で感じが良く、たまにわたしが店に寄っていろいろと話を聞くときも、時間が許す限りていねいに答えてくれる。旅行のお土産を部屋のドアにかけておいてくれることもあった。

「良かった、ありました」

戻ってきた新谷さんが、鍵を渡してくれる。

ずっしりと重たい鍵には、ピンクのフレームのプレートがついていて、新谷さんの手書きなのか、マジックで「eden102」と書いてあった。

エデンハイツの所有者は、もともと新谷さんのお母さんだった。幼少期に住んでいた古い日本家屋を取り壊して建てられたアパートで、両親から引き継いだものだという。

四年前に九〇歳で亡くなられた、お母さんの新谷幸江《さちえ》さん――旧姓黒岩《くろいわ》幸江さんは、絵を描くのが趣味で、やさしくおだやかな人だったらしい。

二〇年ほど前から、空襲に遭った経験について新聞の取材を受けたり、戦争を語り継ぐイベントに招かれて体験談を話したりする機会があり、新谷さんもあらためてその頃の話を聞くようになった。幸江さんの話には、たびたび三歳年上の兄が出てきた。

黒岩真悟。

上にいた二人の兄と区別するために「シン兄」と呼んでいた彼を、幸江さんはとても慕っていた。優しくて思慮深くて物識りで、茶目っ気があるシン兄は、いつも本を薦めてくれたり、映画に連れて行ってくれたりした。叔母が働いていた生糸検査場によくふたりで遊びに行ったりもして、シン兄がうつくしい絹糸に見とれていたのを覚えているという。

病弱でよく寝ついていた幸江さんの枕元に来てくれて、一緒に長いこと話し込むことも多かった。幸江さんにはとっつきにくい哲学書などを読んだり、当時は人に聞かせられないようなお国の批判をしたりする反面、ロマンティックな物語世界を愛するところがあった。

シン兄が薦めてくれた岩波文庫を夢中になって読んでいた幸江さんが、「私はただ楽しんで読んでいるだけで教訓などを読み取れていないような気がするが、これでいいのだろうか」と打ち明けたところ、「それでいいんだ」とシン兄が力強く肯定してくれたことにとても安心して、大人になってからも本を読んだり映画を観ているときによくそのことを思い出したという。

上の兄二人と議論をしている場面もあり、「この街は軽佻浮薄で歴史がない、だからこそ愛しているんだ。あたらしいカンバスのようなものだろう。重苦しい伝統なんてものに何かを強制されるのは、僕は嫌だ」というシン兄の言葉も、後々よく思い出すことがあった。

当時の高等学校や大学へ進学できるほどの秀才だったのに、戦争が始まって家に余裕がなくなり大学へ行く夢をあきらめてしまった。

一時は長野の親戚宅へ疎開したけれど、上の兄たちが戦死したため神戸に帰ってきて、動員された軍需工場で働いていた。

当時は商業大学という名前だった、街の名を冠した大学でも、戦時中は入学者の八割が出征していった。

１９４５年三月十七日の大空襲で、黒岩の家は燃えてしまい、貿易商をしていた父親が、ドイツに引き揚げていった仕事仲間から買い受けた北野の家に、一家で移り住んだ。空襲のなかを逃げ惑った記憶――防空壕のなかで目の前で息絶えた赤ん坊や、焼夷弾が直撃した人間のこと、子供を抱いて黒焦げになった母親の死体、髪の毛に火が燃え移ったときの匂い――は、幸江さんが晩年になるまで語ることができなかったという。

空襲で、同じ町内に住んでいた親友が亡くなったことにシン兄は強いショックを受けていた。彼は、律儀に防災訓練で教えられた通りにバケツで消火活動をしていて逃げ遅れたのだ。空襲警報が鳴った時、幸江さんとシン兄、母親の三人が家にいて、消火をしようとする母親を必死で止めさせ、シン兄は二人を先導して逃げた。後から、同じ隣組で一緒に訓練をしていた人たちの大半がすぐに逃げていたことを知り、「本当に思っていることを話し合わなかったから死なせてしまったんだ」とシン兄は泣いていたという。表向きには、誰もが上からの通達通りに消火訓練をし、非常時に逃げるのは非国民だという話をしていたのに、本音ではそんなことは馬鹿げていると思っていたことが土壇場になって判明したのだった。シン兄自身もそうだったのに、誰もが言葉を飲み込む空気の中で、親友とすら本音で話すことはなかった。そのせいで彼は死んでしまったのだ、と。

戦局が悪化し、食料も行き渡らない中、現実から逃れるようにシン兄は、疎開先の長野から持ち帰り繁殖させてきた蚕の世話と観察に没頭した。時折机に向かって、原稿用紙に熱心に何かを書いたりもしていた。口には出さなかったけれど、作家になりたかったのではないかと幸江さんは思っていたらしい。

幸江さんにとって逃避の手段は、絵を描くことだった。「どうぶつレストラン」の絵は十六歳だったその頃に描いたもので、「あんなに深刻なときに、どうしてあんなのんきな絵を描いていたのか自分でもわからない。おなかがすいていたからかしら」と後々、笑っていたらしい。

当時は白い館と呼ばれていた外国人住宅に住む人と知り合い、中に入れてもらったときは別世界を訪れたような気持ちになったという。

シン兄はその後、ふたたび大規模な空襲があった六月に、動員先の工場で亡くなった。十九歳だった。

がちゃりとドアノブを回して、部屋に入る。

わたしが住んでいる部屋は102号室だ。真上にある202号室は、幸江さんの遺品などを置く物置として使っていて、貸せないと言われたのだ。幸江さんがずっと捨てずにとってあったシン兄の遺品や写真なども置いてあるという。

実家から持ってきたベッドの上に、ばたりと倒れる。枕元には、読みかけの文庫本が置いてある。やけに眠たいのは、昨日遅くまで読んでしまったせいだ。

最近、彼と同世代――1920年代生まれの作家の本をかたっぱしから読んでいる。宮尾登《みやおと》美子《みこ》、アイザック・アシモフ、石垣《いしがき》りん、赤木《あかぎ》けい子《こ》、豊田穣《とよだじょう》、ローズマリー・サトクリフ、松谷《まつたに》みよ子《こ》、茨木《いばらぎ》のり子《こ》、山口瞳《やまぐちひとみ》、ポール・アンダースン、三島由紀夫《みしまゆきお》、永井路子《ながいみちこ》。場所や環境が違っても、同じ時代の空気を吸っていた人たちの感じていたこと、考えていたことを読めば、少しでもつかめるのではないかと思ったのだ。

シンが語らなかったたくさんのことを。

――母が言ってたことで妙に心に残ってることがあるんです。

大家の新谷さんの言葉を、ベッドの上でうつらうつらしながら思い出す。

――話せば話すほど、これじゃない、と思うって。経験したことが自分から遠ざかる気がするって。

アンパンマンの作者はシンのお兄さんと同い年だということを、最近知った。天皇陛下のために生まれ、国のために死ぬ。その答えしか許されていなかった世界にいたシンが、アンパンマンの歌を聴いて泣いていた理由がわかった気がするけれど、もう確かめることはできない。

繭の中ですごした秋、存在したこととしなかったことの狭間を見たこと。今まで生きてきた年月より長かったようにも、港がまばたきをするほんの一瞬のあいだだったようにも思える。ともすれば消えていきそうになるあのことを、すこしでも自分の中にとどめておくために、何かをしたい。そんな焼けつくような焦燥が、この部屋で目をさましたときや、坂を登っているとき、大学から街を見下ろしたときに、脈絡なく湧きおこる。それでも、まだわたしは書けそうになかった。

だけどきっと、いつかは。

眠気を覚まそうと窓を開けると、暖かいなかにもきりっとしたすがすがしさのある風が部屋に入ってきた。

アルミサッシの窓枠が、外のクスノキを、二階の窓とは違った場所で切り取っている。あのときは下に聴いていた葉ずれの音が、いまは降りそそぐように聞こえてくる。

わたしから生まれた言葉を初めて詩と呼んでくれた人の声が、透明な音のなかに不意にまじったような気がした。最後まで「好き」と言ってくれなかったあの声が。

彼のいない部屋のなかで、目を閉じる。

わたしという存在のなかにある、彼のかたちに似た空洞に、無数の卵が産み付けられているのを感じた。
いつか孵るときを待っている、言葉の卵たちが。

Let's get lost

誰かを捜していた。ものすごくせっぱつまった気分で。

夜の路地をさまよっていた。焦点のぼやけたレンズごしに見ているように光がにじみ、人々の笑いさざめく声が、水中で聞くように遠くゆらめいている。

ああ、見つけた。その後ろ姿だけ、ぼやけた世界の中でくっきりと感じられたのですぐにわかった。誰とも違う鳴り方をする背中。どうやら私は、視覚だけでなく周波数を感じる受容体のようなものを使ってその人を捜していたらしい。歩いて遠ざかっていく背中が、さざめく有機物たちや立ち並ぶ無機物たちに紛れそうになる。

後ろ姿を追いかける、追いかける、力のかぎり追いかける。

その人が、振り向いた。とたんに、見えている世界がふるえ、はげしく揺らぎだした。街のネオンが光の筋になってめちゃくちゃにのたうち回り、その人をぬりつぶして見えなくしてしまう。服の色と柄、背中を描く線、その人を構成する要素がふわっとほどけて、とりとめがなくなり、リズムになって飛び散っていく。夜のなかに。

またあの人を見失ってしまった。

湧き上がる悲しさが、これが初めてでないことを教えてくれた。必要なのに。これ以上ないほど、自分の生そのものほど必要なのに、その姿形も名前も、自分にとって何なのかということすら、確かなものとして捕まえられない。

いま感じているこの強い感情も、それがあるということは確実なのに、薄皮一枚のところで触れることができないのだった。


目が覚める。

体を包んでいるシーツの白さが、信用ならないものに感じられた。おそるおそる、身を起こすと涙がこぼれた。自分の腕が視界に入り、しなびた皮膚と骨張った細さ、不健康な白さにぎょっとする。私はこんなに年老いていただろうか。

ベッドのマットレスの固さが、体を支えているのを感じてはいても、まだ夢の中のあやふやな空間にいるようで不安になる。

ベッドを出て歩こうとするが、何かがおかしかった。

どうも体がよそよそしい。私の意志を分かっていてわざと従うまいとするように、意図と動きのタイミングがずれる。右足に左足、てのひらと手指、各パーツが、別々の人間のものを寄せ集めてくっつけたようなチームワークの悪さだ。

それでもどうにかコートを肩にひっかけ、靴をつま先にひっかけて、外へ出た。

こんなに思い通りにならない体で外出したら、自力で戻れなくなるかもしれない。ふとそんな不安がよぎるけれど、プールサイドを蹴って泳ぎ出すように、私は街へ出て行く。


ディオールの店内に入ると、みたことがないほどたくさんの店員がゆらゆらと立ち働いていた。それなのに、誰もこちらに気づかない。電灯が切れるように、胸の中が暗転する。そういえば店内も、どこか仄暗い。もう閉店しているのだ、店員たちがやたら動き回って棚をたしかめたりしているのも、閉店後の検品作業なのだ、と思い当たり、それならそうと言ってくれればいいのに……全員で無視することもないだろうに、といたたまれない気持ちになる。

が、しだいに、この人たちもこの店も何かが足りないような気がしてきた。

――見えていることと存在していることは違う。

「違う」のはこちらなのか、この人たちの方なのか。間違っているのは世界か、それとも私か。

追い立てられるように走り出す。教えてくれる人を探さなくては。誰かを……

誰を？

捜しているのは、誰なんだ？

そこでまた私は、その地点に戻ってきたのに気づいた。

Let's get lost lost in each other's arms
Let's get lost let them send out alarms

ここはどこなのだろう。

気づくと、灰色の雨が降りしきる街にいた。

雨に濡れた道路が、水面のように曇り空を映している。カメムシのような色のキャブが、タイヤを湿った音で擦らせて走っている。イエローのプレートに、0―25008というナンバー。ぽうっと灯るバックライトのオレンジ色が、落とし物のように道路に映っている。黒い傘を持ったスーツの人影が道路を横切り、キャブが速度を落として止まる。

キャブに乗り込もうとしたとたん、体がその場を離れていくのを感じた。


いつのまにか、また別の場所にいた。

電車内なのか、どこかの建物の中なのかわからない。二人掛けの固そうな椅子に腰かけている五歳くらいの女の子が見える。金髪を大人のようにまとめ、サングラスをかけ、ふわりとした質感の白いカーディガンとサーモンピンクの広がったスカート、白いタイツ。新聞を広げて読んでいるふりをしている。もしくは、ほんとうに読んでいるのかもしれない。

新聞の見出しをよく見ようとしたとたん、その光景は煙のようにたなびき、霧散していく。

今度は、どこかの部屋の中にいた。

分厚い臙脂色のカーテンのすきまから、外の景色が見える。

道を挟んで向かいにあるビルのざらついた質感の壁、なぜか三階くらいの高い位置にある扉、
その横にあるスチールの階段が、濃い影を作っている。

その下の歩道では、「NO　PARKING」という札が取り付けられた鉄柱の下で、着ぶくれしたおばさんがふたり、立ち話をしている。

ひとりは、頭に巻いた水色のスカーフをあごの下で結び、黒いコート姿で、おおきな麻の買い物バッグを地面に置いている。もうひとりは丸々とした体をベージュのコートに包み、黒いヒールパンプスを履いて犬を連れている。

ほどなくして、写真の劣化を早回しで映したように、彼女たちの姿が急激に色あせていく。

And though they'll think us rather rude
Let's tell the world we're in that crazy mood

入れ替わるように、大柄な黒人の後ろ姿が現われる。

色あせたベレー帽。細いオレンジの線が縦横に交差する、チェックというには大柄すぎる柄のシャツは、ところどころ穴が空いている。彼の向こうの景色は灰色にぼやけて見えない。手前に何かあり、彼の背中から下を隠しているが、こちらもはっきり見えない。

彼の体が、リズムに乗るようにしきりに前後左右に動いている。それに合わせて私の視界も揺れだし、しだいに目が回り、焦点が合わなくなっていく――

海にいた。
白い船が、灰色にけぶる海をわたっている。デッキに人が数人乗っている。クルーズ船のようだ。その向こうに陸地があり、右手に何かを大きく掲げた銅像のブルーグレイのシルエットが見える。
自由の女神だ。

また、場面が切り替わる。どこかの店の壁一面が鏡になっていて、白いライトや時計が映っている。たくさんの男達の後ろ姿。ネオン管で作られたアルファベットの文字たち、カウンターに乱雑に積み上げられたたくさんのネクタイは、売り物にも、彼らが仕事を忘れるために外して放り出したようにも見える。

体にぴったりとした赤いワンピースを着て、艶々とした黒いハイヒールで空気を切るように歩いている女性。黒いショートカットからのびるうなじ。その顔をたしかめようとしたとたん、街路樹に隠れた。また場面が切り替わる。

Let's defrost in a romantic mist
Let's get crossed off everybody's list

窓の外は雪。白く覆われた道路の上を、傘を差した人々が歩いて行く。窓ガラスに触れそうなほど近くを、ボリュームのある毛皮の帽子をかぶり、同色のマフラーをした女性が通る。ちらりとこちらを透かし見たそのまなざしは、物憂げなのにどこか鋭くてびくりとさせられる。

がらんとした箱のような、天井の高い大きな部屋。むきだしのコンクリートの左右の壁には、さまざまな大きさの絵が飾られ、その多くは喪服姿でかたまりになっている女性達の絵だ。おおきな窓から外の景色が見える。向かいの建物が雪をかぶっている。

床は乱雑に積み上がったものたちで埋まっている。本、書類、箱に入った印画紙、ペン立て、コード類。いくつか置いてある椅子の上にも、新聞なんかが積まれている。

To celebrate this night we've found each other

めまぐるしい場面転換がフェイドアウトしていく気配があり、いつのまにか私はどこかのライブハウスの客席にいた。

音楽が鳴っている。薄暗い客席からステージを見ると、カルテットがジャズを演奏していた。左側のスポットライトのなかにサックスプレイヤーがいる。

はっきりと姿は見えないのに、まるでそこだけがまっすぐ私の視界に直撃してきたように、眩しかった。

どうしてサックスプレイヤーというのはこうもセクシーなのだろう。躍動する指、金色に光る楽器とともに踊るように、または格闘するようにリズムをなぞる体。力強く柔軟な厚い唇が、別個の意志を持った生き物のように動く。奏者はサックスに自らの命を吹き込み続け、人工呼吸を受けているあいだだけ蘇生する金の魔物のようなサックスは、ライトを反射して絶えずきらめき、聴く者を高みへ、深みへと縦横無尽に誘うように歌う。

音楽が鳴っている間、その場、その瞬間だけ現われるワールド。私は自分がたしかにその中にいるのを感じ、またここに来られるときがくることを切望し、もう来られないかもしれないことに絶望した。

調子の悪いテレビが、奇跡的に一瞬だけ正常運転になったように、プレイヤーの姿がくっきりと鮮明になる。

浅黒い魅力的な肌をした東洋人。

小柄なのにおどろくほどパワフルで、出す音は情熱的でありながらどこか繊細で。あの瞬間、私は完全に魂を奪われた。

彼が何かを言っている。いつの間にか演奏は止まり、ライトも消え、仄かに暗い場所に彼がひとり、立っている。私は近づこうとするのに、見えない何かに阻まれたように一定の距離以上は近づけない。

So, I will be waiting for you in the music.
じゃあ、音楽のなかで待っているよ。

きみは確かにそう言った。music でなく song だったかもしれない。いや、やっぱり……

「音楽、だよ」

ふいに、声に包まれた。チェロの木目のようにつややかで、成熟と含羞を同時に感じさせる声。

「この曲はぼくらの家みたいなもの。その意味では song だけど、この場所は音楽というもの、もっと大きな、それの一部なんだ。そうだな……たとえば、音楽は海全体で、この場所は内海のようなものと言えるかもしれない」

独特の、流れるようななめらかな口調。それなのに、語順が整わず形容詞を後から付け足すことが多いきみの話し方が、一瞬で「知っているもの」として立ち現われる。

「どうして今まで忘れていたんだろう？　ずっと奇妙な夢の中にいるみたいだったんだ。というか、夢と現実を行き来しているうちにどっちがどっちかわからなくなったような……せわしなく色んな場所に連れ回されて、混乱して、探していたのがきみだということも、自分が誰かというのも忘れていて、とにかく、おかしかったんだ」

「体があったときの感覚をまだ覚えているからだよ。だからずっと、同じ曲のなかにいるのに出会えなかったんだ。同じ五線譜上にいるのに、離れたところにある音符同士みたいに」

教え諭すような調子に、自分がまったく振る舞い方を知らない子供のような気分にさせられるが、悪い感じはしなかった。

そう、きみは私より三〇歳近くも年下なのに、時折そういうところがあった。


初めてステージ上のきみを見つけた日、終演後に私は近くの花屋にすっ飛んでいき、バカみたいなほど大きな花束を買って楽屋をおとずれた。

演奏をしていないきみは、ステージにいる時の激しさはなく穏やかで優しげに見えたけれど、直視できないほど眩しかった。若さのせいもある。細胞ひとつひとつが真新しくて美しく、肌にも体つきにもまったく淀みがなかった。

――あなたの演奏は素晴らしかった。

あまり熱心に聞こえすぎないように賛辞を述べながら、きみの目を見るのがためらわれた。自分の目から疚しい感情を読み取られ、警戒されるのを怖れたのだ。自分自身を、父親的な気持ちで応援している無害なファンに見せたかった。

――特別なミュージシャンだけが、聴衆を別の世界に連れて行くことができるのだと思います。私は自分が、その世界にいるのを確かに感じました。その世界では、時間も空間も、自分自身のことすら忘れて、ただ至福のなかにいることができる。

あの時、遠慮がちにきみの目を見たとき、私はたじろいだ。

きみはまるで、大人なら当然知っていること——例えば、水は蒸発して気体になるとか——を、自分が初めて発見したように得意げに話している子供を見守る親のような目で私を見ていたのだ。

——place のことだね、あなたが話しているのは。

意外なほど流暢な英語できみは言った。

——音楽そのものが、場所なんだ。ぼくも、あなたが同じ場所にいるのがわかったよ。

私が world と表現したものを、きみは place と言い表したのだった。

「ということは、私たちはあの……この、世界に、」

「場所に」

きみが厳しく訂正する教師のように言葉をはさみ、私が「……場所に」と言い直すと笑み崩れた。

「からかっただけだよ。本当のところ、言葉はどっちだっていいんだ。大事なのは、ぼくらがお互いを見つけたってこと。この夜を祝福するために」

「あなたたちが遊ぶとき、ぼくたちは生まれ変わる」

合い言葉のようにきみは言い、私は「そうだった」と思い出す。

レコード、もしくはCDプレーヤーのplayのボタン。私の母語では単に「演奏する」、「遊ぶ」を意味するそのボタンに、彼の母語では「再生」――再び生きる／生まれるという壮大な名前がついているということを教えてもらったときには、驚きよりもほんの少し早く感動がやってきた。

ということは、私たちは同じボタンを押しながら、まったく違うことをやっているのだ。

「だから言葉は、最終的には信用できないんだ。あなたがI love youという箱に入れて渡してくれるギフトの中身は、ぼくが思い描くものとは違っているかもしれない。あなたが渡したつもりになっているものと、ぼくが受け取ったものが全然違うことだってありえる。『なつかしい』という言葉でぼくの中にひろがる感情を、あなたが理解することは永遠にないかもしれない」

きみはそう言い、その感性をとても愛おしいと内心思いながらも私は、「それは母語が同じであっても言えることだ」とか何とか、反論した気がする。

その後、じゃあstopボタンは、と期待して訊いた私は、それは同じ「停止」だという答えに肩すかしをくらったのだった。

「そういえば、きみの家に行ったときは楽しかった。スピリチュアルな島の雰囲気も、信じられないくらい美しい海も、歌と踊りが生活の一部になっている音楽的な人達も、ほんとうに忘れられない」

　記憶を取り戻した安堵感のあまり、私は饒舌になっていた。

「きみのお母さんの出してくれた料理も忘れられないよ。なんだっけ、私が美味しいと言ったあの海藻《seaweed》」

「モズク。モズクもわかめも昆布も、海苔も天草《てんぐさ》もぜんぶ『海の雑草《sea weed》』で済ませるなんて信じられない。野蛮だ」

「蛇の入った酒を飲むのは野蛮じゃないのか」

「ハブ酒か。そのおかげで『男らしさ』を取り戻せたのは誰だっけ」

　きみのからかう声に、私は恥ずかしさで黙るしかなくなる。こんなふうに、きみの前では思春期の少年のようになってしまうことも、たまらなく懐かしかった。


「……また会えたら話したいことがたくさんあったのに、なんだって私は蛇の酒の話なんてしてるんだ？」

「何が悪い？　ぼくはこういう、ささいな、くだらない話を一番したかった。魂《スピリット》になった後にスピリチュアルな話なんてしても意味がないからね」

「きみは、なぜ……」

　尻すぼみになっていく私の言葉を吸い込むように、きみはまたしゃべり出す。

「急に全身の血液が冷たくなっていくみたいに、おそろしいほどの虚しさに囚われることがよくあった。どんなに何かに打ち込んでいても、そのとたんにエネルギーが体から抜け落ちていってしまうんだ。ずっと自分が、この世界から抜け出すタイミングをはかっていたような気がする」

きみの言葉で、私は一気にあのおそろしい喪失感と疑念の日々を思い出してしまう。訊きたかったことの代わりに、

「騒がしくて退屈なパーティーから抜け出すみたいにか」

意味のない返答をする。

「そうだね。パーティーの主催者だったことも、主役だったことも一度もない」

「時代というパーティー?」

「ある意味では、そうかもしれない」

あの馬鹿馬鹿しくも陽気で、金メッキの喧噪にみちた時代。マテリアルガールが大きく広がった鳥の巣のような頭で闊歩し、どんな貧弱な男もスーツの肩幅がやけに広かった年代。陰鬱さのかけらもないように見えたあの時代も、私たちにとってはそうではなかった。アダムとアダムの関係は神に背くものという考えはもっとずっと一般的で、同性愛は当時怖れられていた感染症の根源だというような偏見が、おどろくほど浸透していた。特にきみの国では。

平和な公園を一緒に歩いていて、ふと目が合って幸せを感じた時に肩を抱き寄せたい。一緒に泊まって、眠りたい。友人の集まりに連れて行きたい。そんなささいな望みさえ、見えない大きな力で抑圧されていた。

――いつか同性婚が合法化したら、プロポーズするよ。

私の言葉がきみを喜ばせることはなく、ただ鼻で笑われるだけだった。

――それ、いつ？　二〇〇年後かな？

なんというペシミスト、それならあなたはドリーマーだ、とお互いをからかい合ったけれど、あらゆる種類の失望が埋め込まれたそのやりとりは、心温まるものではなかった。

「実際には二〇〇年もかからなかったんだよ。世界で初めて同性婚が認められたのは、あれから二〇年も経たないころだった。ただ私は、喜べなかったけどね。一人で結婚はできないから。どうして私たちは、必要なときに必要なものを手にすることができないんだろう？　まるで、ずっとくるみ割り器を探していたのに、見つけたときには肝心のくるみを失っていたみたいなものだ」

「……あいかわらずだね」

きみのため息が聞こえた。

「ぼくはそんなこと、どうでもよかったんだ。どうして誰かの許可を得る必要がある？　政府にも神にも認められなくても、あなたに誓ってほしかった。ふたりのあいだで誓うこと。ぼくが欲しいのはそれだけだった」

「……だから、なのか」

そうだ。取り残された日々、何度そのおそろしい疑問に囚われただろう。私は意を決してその言葉を口にする。

「私のせいで、きみは……」

　本当におそろしいのは、真実を聞くことじゃなかった。きみの口から二度と真実を聞けなくなることだった。

「あれは、事故だった」

　きみがきっぱりと言う。

「……本当に？」

　もしきみが、東洋の無名のサックスプレイヤーではなくアメリカで名の売れたミュージシャンであれば、「泥酔してホテルの窓から転落　同性愛に苦しんだ末の自殺か」などとタブロイドに書き立てられていたはずだ。親ほど年の離れた、投資会社の社長である私との関係も興味本位で書かれていただろう。きみが好きだったチェット・ベイカーと同じ死に方をした、その符号に戦慄するファンも多くいたはずだ。

　むしろ、その方がマシだった。きみは、活動していた日本の港町で死んだ。私たちが出逢った街で。アメリカで仕事をしていた私に、それを知らせてくれる者は誰一人いなかった。お互いの連絡だけが頼りの関係だったから。当時多忙を極めていた私が、君からの手紙が途絶えて電話も繋がらないことを不審に思い、来日してそのことを知ったのは二ヶ月も後のことだった。

「ちょっと愚かだったせいで起きた事故だ。そこまで苦しんでいたわけじゃないよ、あなたがなかなか会いに来てくれないことも、妻子がいることも」

「……嫌味か？」

「違う、本当だよ。そのことであなたも苦しんでいたのはわかっているから、心配しなくていい」

きみは優しい。どうすればそんなに優しくなれるんだ。ずっと私は、きみの中に存在する海のような優しさの色を、きみの瞳に覗き見てきた。諦観にも似たその色を。

「そりゃあ、死に方にすごく満足ってわけじゃないけど、誰でもそうだろ？　自分の死因に納得している人間がどれだけいると思う？　アンケート：ご自身の死に方に対するあなたの満足度は何％でしょうか？」

きみのジョークに、私は自分のことを思い出す。体があった時代をすでに忘れかけていた。

「最悪ってわけでもないな。享年六十二歳・死因脳卒中。あっけない退場だったけど、あまり苦しまなかった」

「いいじゃないか。ぼくはもう幸せだよ。またこうして一緒になれたんだ」


きみの声と、ピアノの音の区別がつかなくなっていく。

私ときみを構成していたものは分解され、おなじリズムとして再生する。ハーモニーのなかで、私たちはよろこびを分かち合う。

一緒によく聴いていたこの曲のなかでまた出逢ったふたりは、音楽そのものになる。

曲が再生されるたびに、その場所を、その時間を生きる。

愛すべき迷子たち。永遠なんていう言葉すらもう、必要ない。

Oh let's get lost
Let's get lost

雪片がとけるように儚く消えていく歌声。
追いついて立ち止まるように、最後のピアノ音が鳴る。
虫の羽音のようなシンバルの振動が、かすかに夜を震わせる。

つめたいふともも

「最っ低。もういい」

低い声で吐き捨て、ココロが身を翻した。

直後に、甘すぎる香水の匂いが肘鉄のように鼻に当たる。ＩＴ企業の金持ち社長とスピード離婚したモデルがプロデュースした香水だ。ココロの部屋に、ラインストーンがふんだんについて、やたらとキラキラしたピンクのボトルが大事そうに飾ってあった。

日傘をさした後ろ姿。ミニスカートからくにゃっとのびたバービー人形のような足が、足早に交差点を渡って遠ざかっていく。

追いかけたほうがいいのだろう。でないと、さらに怒らせることになるのは目に見えている。だけど俺の足は動かなかった。ココロと付き合ってきた一年ほどのあいだに何度もくりかえしたやりとりを、習慣的にやればいいだけだとわかっていたけれど、このときは心底うんざりしていた。汗ばむ日差しにも、近頃のうまくいかないすべてにも。

歩行者用信号が赤になったのをきっかけに、ココロが去った方向に背を向けて歩き出した。しばらくしたら、ご機嫌をとる電話かメールをしたほうがいいんだろうな。いつものようにそう思ったけれど、それをする元気があるかどうかもわからなかった。


六月も中旬に入り、気候的にも精神的にもスーツを着るのが辛い。

大学四年生の初夏。就職活動を始めて八ヶ月になろうとしていた。周りの学生の過半数は、四月か、五月初旬にはどこかに受かっている。去年の秋の就活セミナーで、

「春には決めたいよな。夏にリクルートスーツとかだりぃし」

「それ悲惨。わー、夏にまだやってたらどうしよう」

と友達と笑いあっていたときは、それが自分のことになるなんて思ってもみなかった。どうしてあんなに根拠のない自信があったのだろう。

自分は要領がいいほうだと思って生きてきた。それほどがり勉しなくても第一志望の大学に受かり、交友関係をうまく使った出席対策とそれなりの勉強でまあまあの成績を保ち、サークルも楽しくこなし、彼女はバイト先で一番可愛い、二歳年下のココロ。就職活動だって、まあ一流企業は無理にしても、中堅どころの会社に難なく受かるだろうなんて漠然と思っていた。

ところが、志望企業には書類選考すら通らず次々に落ちていき、最初は受ける気すらなかった中小企業にも、ひとつも受からない。志望業界以外の会社も手当たり次第に受け、かろうじ

て書類や一次選考を通った会社にはすがりつく思いで、関東にも自腹で面接に行った。だけどとうとう、一社も内定を取れないままこんな時期になってしまった。

自分のどこがいけないのか。落とした理由を教えてもらえるならまだ救われるのに、そんなことをしてくれる会社はない。理由のわからない拒絶だけが重なり、みしみしと痛む自尊心をもてあまして眠れない夜が続いた。自分は社会に必要とされていない、価値のない人間だという気がした。全てにおいて自信がなくなり、バイト先でもつまらないミスをするようになり、人づきあいも億劫になってきた。

今日は面接の帰りに、「最近会う時間がへった」とココロからクレームを受けてデートをすることになったのだが、それが失敗だった。

一次面接では面接官と話が盛り上がり、手ごたえを感じた会社だった。今度こそいける、と思ったのに。

今日あたった面接官は、やけに威圧的だった。萎縮して思うように受け答えができず、ほんの少しのやりとりだけで、「では最後に何か質問はありますか」とたたみかけられた。あせった俺は、やみくもにくだらない質問を重ねてしまい、「会社説明会できいているはずですが」とにべもなく返された。面接官の目の中に、早く切り上げたいという色を読み取ったときの恐怖を引きずってしまい、ココロとカフェで向かい合っているときもまったく話がはずまなかった。

「祐介《ゆうすけ》さあ、最近感じ悪くない？」

ココロはどんどん不機嫌になっていった。

「そっちから会おうって言わんし、会っても暗くてぜんぜんたのしくない。なんか、あたしのことなんてどうでもいいみたい」

「そんなことないって。ちょっと就活で疲れてるだけ」

「疲れてる疲れてるって、社会人になったらもっと厳しいんじゃないの？　就活の時点でそんなにやられてどうするの。だいたい、祐介っていつもそうやってその場しのぎの言葉で済まそうとするっていうか、言葉が薄っぺらいっていうか。だから面接も受からないんじゃない」

さすがにむっとした。

「うるさいな。まだ二年生のくせにえらそうなこと言うなよ」

つい声を荒らげると、ココロは一番怒ったときの顔で黙り込んだ。自分はすぐ不機嫌になるくせに、ごくたまに俺が怒ることは許せないらしい。

店を出て、お互い黙ったまま歩いていると、

「今日これからどうするの？　あたしんち来るん？」

顔を背けたままココロは言った。こんな状態で一緒にいるより、一刻も早く一人で休みたかった。

「どっちでもいいよ」

と返すと、ココロが立ち止まった。

「……なに、どっちでもいいって」

そして、「最っ低、もういい」と立ち去ってしまったのだった。

商店街を歩いていた俺は、花屋の前で目をひかれて立ち止まった。

店先の一番目立つ場所に生けてあったのは、一〇〇本はあるかと思われるたくさんのあじさいだった。薄い水色から黄昏のような色、東雲《しののめ》色まで、すこし翳った青の存在を感じるあらゆる色がまじりあい、降りだしたばかりの初夏の雨のようにみずみずしくあふれだしている。

地味な花だと思っていたけれど、これだけ集まると圧倒的だ。しかし、こんなどこにでもある花でも売れるもんなんだな。そんなことを思って通りすぎようとして、ふとその奥に視線が吸い寄せられた。

……あじさいが動いている。

一瞬そう見えたのは、あじさいとおなじような色のグラデーションのワンピースを着た女の人だった。

あじさいの群れをながめる横顔は、ほのかに白い。ラフにまとめた髪が、店内の淡い光をうけて艶やかに黒くひかっていて、サイドの編みこみの曲線が、縄文土器の模様のように目にここちよい。しっとり濡れた花びらのようなワンピースの色は、暑気を払うかのごとく涼しげだ。思わず、店先のあじさいと見比べてしばらく見つめてしまう。

女の人がこちらに気づいた。すぐに視線を外したあと、もう一度確かめるようにじっと見つめてくる。

心臓がどくどく鳴りはじめる。知り合いだったっけ？　記憶をたどる暇もなく、女の人は俺に近づいてきた。

「明宏《あきひろ》くん？　……じゃないねぇ。もしかして弟くん？」

あじさいの匂いがする。いや、あじさいに匂いってあったっけ。ほのかに甘い水のような澄んだ匂い。彼女の香りに一瞬麻痺した俺の頭に、言葉の意味がしみこむまで数秒かかった。

「明宏は兄です。あの、知り合いですか？」

「やっぱり！　似てる弟がいるってきいてたから、すぐわかった」

彼女は、子供のように得意そうににっこりした。

「一瞬明宏くんかと思ったんだけど、スーツ姿が初々しすぎるからなんかおかしいなあと。顔のつくりは似てるけど、雰囲気は全然違うね。大学四年生なんだよね。就活中？」

「……すいません、どなたですか？」

年は三〇手前、くらいか。俺の知る限り、兄貴にこんな年上の知り合いはいない。会社の人だろうか。昔からの知り合いのように親しげな色をしていた彼女の瞳が、何かに気づいたようにはっと見開かれた。

「ごめん、自分がまだ名乗ってなかったね。みわ。美しい羽って書いて美羽です。明宏くんは、私のやってる気功のクラスに来てくれたことがあるの」

「気功？」

やたらに高い声が出てしまった。どういうものかよく知らないけれど、白髪の老人が、はああー、と気合を入れているようなあれだろうか。あの兄貴が、気功？

「そう。今の弟くんみたいな状態の人も、やるとすごくいいよ」

スーツのジャケットごしに、肩に小鳥がとまったような感触がした。美羽さんの手が、そっと肩から背中をなでおろす。

「うん。ヨロってるね。よろよろに鎧ってる」

鎧を着てるって意味なのか。変な日本語を使う涼やかな声は、

「弟くんは、なんて名前？」

と続けた。

「林田《はやしだ》祐介、です」

「ゆうすけくん」

美羽さんがそう繰り返したとたん、なぜか取り返しのつかない大切な情報を漏らしてしまったような気がした。俺の名前は、一瞬誰のことかと思うほど、他の誰が呼ぶのとも違う響きで、商店街のざわめきのなかを泳いでいった。


四歳年上の兄貴は、昔から自分に自信があるタイプだった。

勢いがあって怖いもの知らずで、そのぶん馬鹿な失敗や大ケガをすることも数知れず。

小学生のころ、近所の川の堤防から飛び降りる遊びを兄貴が始めたことがあった。低いところから始めて、どれだけ高いところから飛べるかで男子の中でのランキングが決まる。最高ラ

ンクを獲得した兄貴はそのかわりに骨折した。それ以来、俺までその遊びを禁止された。

そんな調子で、兄貴がやらかしたせいで俺ができなくなったことはたくさんあった。バイク、中・高校生の時の男女交際、一人暮らし。

東京の大学に通い、一人暮らしをしていた兄貴は、部屋をラブホテルがわりに他の学生に使わせて金を稼いでいた。あげくの果てに、そのうちの一人のタバコの不始末で火事を出して親にばれた。まだ二年残っていたので呼び戻すわけにもいかず、卒業するまで仕送りは続けられたが、とばっちりで俺が両親の愚痴をさんざん聞かされるはめになった。

「あんたは目の届くところにいてほしい」というプレッシャーをたっぷり受けた俺は、地元の大学に入って実家から通っている。

広告代理店に就職した兄貴は、去年から関西勤務になり、生活費を節約するため神戸の実家に戻ってきた。だけど、ほぼ毎日飲み会や接待で二時三時に帰ってくる兄貴と家で顔を合わせることはめったになく、ほとんど話すこともなかった。

「祐介くんは、お兄さんを見てるぶんバランス感覚がある人なんだね。そういう人って、どの場所でもすごく大切な存在だよ」

冷酒のグラスを片手に、美羽さんはほほえむ。カウンター席に横並びで座っている俺のほうに上半身をかたむけながら。

あのあと、「一杯飲みに行くつもりだったんだけど、これから暇ならつきあわない？」という美羽さんの誘いに「暇です」と恥ずかしいほど即答してしまい、この店のカウンターに並ぶことになった。一〇人も入れば一杯になるカウンターだけの割烹の店で、学生の俺ならまず入らないところだ。

本当の聞き上手とは、こういう人を言うのだろう。美羽さんは、体ごと俺の話を聞いてくれている感じがした。心地よい相づちと、ところどころにはさむツボをおさえた返答。美味しい日本酒の酔いも手伝って、俺はめずらしいほど気持ちよく自分のことをしゃべっていた。就活でやられていることも。

「友達が先に決まったりとか、そんなことでもすごく動揺して落ち込んじゃって。今ほんとに、メンタルが豆腐なんです。もろすぎて」

「プリンの方がいいんじゃない？」

「なんで」

「もろいし、甘い」

「うまい！　……て言えばいいんすか」

「あ、違った。プリンじゃなくてカスタード・プディングだ」

「正式名称にする必要ないやろ」

三十五歳という年齢と知的な印象（たぶん、服の色のイメージだけど）を裏切って、美羽さんの表情はよく変わり、その態度は無邪気といってもいいほどだった。バカな冗談を言うこともあり、俺もつい、ため口でつっこんでしまったりして、年上の女性にそんなことをする自分にすこし高揚した。最初の緊張は、すっかりほどけていた。

「じゃあプリン君。就職活動なんてやめたら」

「そういうわけにも」

「すいませーん、黒蜜プリン、ください」

俺には構わず、美羽さんはメニューを手に、カウンターの中にいる板前さんにオーダーをした。

和紙をコースターにした黒蜜プリンが運ばれてくると、

「これを君だとします」

美羽さんはスプーンを持ち、ふるふるしたプリンをスプーンでめった打ちにしてぐちゃぐちゃにした。

やめてえ、と思わず高い声を出して美羽さんの手を押し留める。近づいた時、ワンピースの襟元からのぞくなめらかな胸元に視線が吸い寄せられた。使い込んだ革製品みたいな触り心地がしそうだと、思わずそんなことを考える。美羽さんは、なにその声、と大笑いしたあと、

「ぐちゃぐちゃに壊れないと新しく始まらないものも、あるの」

涼しい顔で言った。

「それにね、長く働く場所を探そうなんて、今から考えなくていいよ。自分の中のどういう部分が、市場で価値になるかなんて色んな仕事をしてみなきゃ、わからないと思う。どんなことでも、それにお金を払う人がいる限りビジネスになるんだし」

俺は、ぐちゃぐちゃになった自分の甘いメンタルを美羽さんの前から取り戻し、微妙な気持

ちで食べた。

二軒目は、俺から誘った。最近見つけた地ビールのパブだ。

「いいお店だね」

そう言って席についたとたん、美羽さんの携帯が鳴った。

「え？　日報なら出しましたよ」

電話を取った美羽さんは、怪訝そうな声を出した。それから、ちょっと待ってください、と鞄をごそごそ探って手帳を取り出す。ぴんと張ったベージュの革のカバーに、どきりとした。さっき想像した美羽さんの肌の感触を思い出したから。

続いて取り出したボールペンは、女性が持つには珍しいごつめの黒いもので、なぜかノックヘッドのところからコードが伸びていた。美羽さんは急いでそれをひっこぬくと、ヘッドを押して芯を出し、手帳に何事かを書き付けた。

「ごめんね」と電話を切ったあと、美羽さんは上機嫌でジョッキを重ねた。俺も楽しくてつい、飲みすぎてしまった。

支払いを申し出ると、美羽さんは酔いでうるんだ目でふふ、と笑った。

「学生なんだから、かっこつけなくていいのに。でも甘えようかな。かっこつける男の人って、好きだな」

店を出てから、ゆらゆら揺れる街の光のなかを、つかず離れず、歩く。このあと、どうするんだろう。いや、そんなこと考えるなんてどうかしている。ココロと会ったのは今日のことなのにずいぶん遠く思える。

だけど、そんな時間はあっさり終わった。俺の心中のせめぎあいと甘い期待なんてまるで関係ないように、

「じゃあ、私阪急だからこっちで。またね」

と美羽さんはさらりと手をふると、背を向けて離れていった。

「あ」

思わずまぬけな声が出たけれど、夜の中でいっそう翳った青紫に見えるワンピースの後ろ姿は、振り返りもしなかった。

奇妙な喪失感と、高揚した気分がいりまじって、俺はしばらくそこに立ったままでいた。

次の日は、バイトだった。

飲みすぎて、仕事が始まる夕方まで頭痛がした。ココロから、何件かメッセージと着信があったけれど、反応する気力もなかった。

明後日、気になった会社の説明会に参加するために急遽休みがほしいと店長に頼まなくてはいけない。そのこともあって、職場に向かうのはすこし億劫だった。

バイト先は、シアトルが本店のコーヒーチェーン店だ。店に入ったとたん、普段は好きなコーヒーの匂いに胃がむかむかした。タイムカードを押すと同時に、ココロがバックヤードに

入ってきた。

「なんか、体調悪そう？」

俺を見たとたん、不機嫌そうだった顔に少し気遣わしげな色が浮かんだ。

「ちょっと飲みすぎただけ」と思わず正直に言ってしまうと、

「……あっそ、自分だけそんなことしてたんだ」

もっと不機嫌な顔になってしまった。

「誰と」

その時、他のバイトの女の子が入ってきた。助かったとばかりに、入れ替わるようにバックヤードを出て行く。

「ちょっときいてよ」

憤慨したようにココロがささやく声が背後で聞こえてきた。気が重くなる。

その日中ずっと、ココロの接客には不機嫌さがにじみでていた。仕事に私情を持ち込みすぎるのが、ココロの困ったところだった。俺に親しげにしてきた新入りの女の子に、あからさまに冷たくしていたこともあるし、俺とのあいだで気に入らないことがあると仕事中も態度に出した。他のスタッフに、俺とのこともいろいろしゃべっているようだ。俺のことが好きな証拠だと、そういうところをほほえましく思っていたこともあったけれど、今日は苛立った。

「じゃあ祐介、ココロちゃんとごみ捨て行ってきてくれ」

閉店後、店長に言われて「はい」と裏口にいたココロの近くに行こうとすると、

「いいです。あたし一人で行けます」

ココロは生ごみがぎっしり詰まった大きなゴミ袋二つを、両手でひきずっていこうとした。

「いや、女の子一人で無理だろ、じゃあ誰でもいいよ、桑《くわ》っち」

店長は、離れたところで違う作業をしていた他のスタッフを呼びつけた。

「自分ら、職場内で付き合うのはいいけど、仕事に持ち込むな。ケンカしたら一緒に作業できません、じゃ他のみんなに迷惑だ」

裏口のドアが閉まったあと、店長がきつい口調で言った。今日は忙しかったので気が立っているのだ。

すみません、とあやまって気まずくうつむく。明後日休みがほしいとお願いするつもりだったのに、言い出せる雰囲気ではなくなってしまった。

「では、みんなで笑いましょう」

美羽さんが言った。

え、と思ったのは俺だけなのか、他の五人は表情を変えなかった。

「輪になるように移動して、あぐらをかいてください」

十二畳ほどの広々とした畳の上に、縁側からのささやかな光が差しこんでいる。天井に渡された、大人の胴回りの二倍はある立派な梁は、どうやって手入れをしているのか、落ち着いた艶を放っていた。

この立派な日本家屋は、NPOが管理していて、文化的なイベントやギャラリー向けに貸し出しているらしい。美羽さんはここで、三ヶ月のコースで気功のレッスンをやっている。

参加したいと連絡をしたとき、美羽さんはとても喜んだ。

就職活動とバイト、たまに学校。そんなルーティンの日々に、何か変化がほしかった。美羽さんに言ったことを自分にも言い聞かせたけれど、連絡を取るための口実にすぎないと意識の底でわかっていた。

「笑うと免疫力が上がるって話、きいたことありませんか？　笑いは最高のリラックス法なんです。気功のファーストステップはからだをゆるめることってお話、しましたね。笑いでこころもからだもゆるめていきましょう」

美羽さんのやわらかい声が、部屋のすみずみに満ちていく。

「はい、イメージしてください。頭にお花が咲いています」

とっさに思い浮かべて、あまりのばかばかしさにすでににやけてしまいそうになる。

「みーんな、お花になってしまいます。あなたもわたしも、みーんな、お花。太陽のひかりがぽかぽかして、気持ちいい風が吹いて、はらっぱでゆれています」

みんなの口角があがって、空気がなんとなくてろんとしてくる。だらしない顔を見られたくなくて、無理に表情をひきしめようとすると、

「次はおなかに手を当てて。おへそを、前後ろにリズミカルに動かしてください。こうすると、おかしいことがなくても自動的に笑っちゃいます」

さらなる指令が下った。

「だんだん動きを早くして、それに合わせて、ハ、ハ、ハ、と声を出しましょう」

困惑して周りをうかがうと、あーっはっはっは。隣のおばちゃんがさっそく、笑い出した。あっというまに本物の笑いになり、体をふたつに折り曲げて、延々と笑い続けている。

不思議と、人がこんなに笑っているのを見るとつられてしまう。覚悟を決めて、言われたとおりにおへそを動かし、不自然なハ、ハ、という音を出していると、パチンとスイッチが入ったように腹筋が痙攣《けいれん》しだした。爆笑しているときの腹筋の動きを、体が勝手に先取りしている。気づくと、本当に笑いが止まらなくなっていた。苦しくておなかを押さえても、おさまらない。涙が出てくる。崩れるように前のめりになり、他の人も笑い続けているのを見てまたおかしくて新たな笑いがこみあげる。

たっぷり三分は笑いつづけ、ようやくおさまったときには、不思議なほど体が軽くなっていた。血行がよくなったのか、じんわり汗までかいている。

最後のレッスンは「寝る」だった。ことごとく、最初に持っていた気功のイメージと違う。

「上手に寝ると、ほんの一〇分くらいでものすごく体力を回復できるんです。自分の体がいちばん楽な姿勢を丹念にさぐってください。そこに座布団があるので、必要なら足や腰のあいだにはさんだり、枕にしたりしてくださいね」

そう言いながら美羽さんもくにゃりと横になる。猫のように、どこにも余分な力が入っていない動作で。

座布団を一枚取り、寝転がって頭をのせる。思い直して、二つ折りにして胸に抱えた。そういえば、ここ数ヶ月熟睡した記憶がない。

みなさんは、今日ずっとからだをゆるめるレッスンをしてきたからスムーズに眠れるはずですよ。息を吐くたびに、からだの力がぬけていきます……

美羽さんの声が、やわらかい大きなモンスターのように体にのしかかってきて、横になったからだがどんどん沈んでいく。頰に当たる畳の、夏の草のような匂いがする。

自分の呼吸が、寝息に変わる瞬間がわかった気がした。とたんに、凧の糸が切れるように意識がこの世から切り離されて、深い深い眠りに入っていた。

・

帰宅すると、玄関にベージュのパンプスがそろえて置いてあった。

そういえば、兄貴の婚約者が東京からあいさつに来ると母親にきかされていたのを思い出す。これから式場を探す予定で、初めての顔合わせなので両親はだいぶ前から浮き足だっていた。

気が進まなかったが、リビングに行って輪に加わった。

雪乃《ゆきの》さんという彼女は、白い耳に小粒のパールのピアスが控えめに光る、見るからに育ちのよさそうな雰囲気に包まれた人だった。コンサバな服装もおっとりと礼儀正しい話し方も、相手の親に会うための急ごしらえではなさそうだ。こんな人と兄貴が、二人でいる時に何を話すのか想像がつかなかった。

「こんな、女子高女子大育ちのお嬢さんが明宏に来てくれるなんてほんま、もったいないわあ。

この子ぜんぜん、文化的なところなんてないやろ。二人でいる時にどんな話するん？」

俺の気持ちを代弁するように母親が言うと、兄貴は一瞬苛立った目を向け、すぐにそれを笑顔で隠した。

「どんなって、いろいろだよ。政治経済とか。なあ」

兄貴に顔を向けられると雪乃さんは、口に手をあてて笑った。

「私、休日は美術館とかコンサートとか、決まったところしか行かなかったから、明宏さんにスポーツ観戦に連れてってもらったり、新しい過ごし方を教えてもらって世界が広がりました。たまには一緒にコンサートに付き合ってもらったりもしますし」

「家族は俺の文化度の高さを知らないからな。家で見せない部分なんていっぱいあるんだよ」

気功に通ってたりな。心のなかでつぶやくけれど、美羽さんのことをなんとなく話題にしづらく、口には出さなかった。

「ついに孫の顔が見れるんやね、楽しみやわぁ」

母親の先走った言葉に、雪乃さんは恥ずかしげに伏し目になった。

「結婚したら、すぐにでも欲しいねって言ってるんです。ね」

「そうだね、三人くらいできてもいいな」

雪乃さんの目配せを受けて、兄貴も言った。じゃあ雪乃さんには頑張ってもらわないとねえ、と母親はまた、やや不適切な発言をした。

「今日は泊まってもらったらいいのに」

雪乃さんがトイレに行っているあいだに母親が言うと、兄貴は面倒そうに軽く手をふって検討の余地がないことを示した。兄貴はよく、母親の発言をはなから聞くに値しないと決め付けているような態度を取る。

「今日はホテル取ってあるから。移動で疲れてるし、ただでさえ初対面で気が張る相手の家族のとこに泊まるなんて嫌だろ。それにこんな狭っくるしい家だし」

「なんや、今回はえらい気ぃ遣ってるな。恵子《けいこ》ちゃんがきた時は泊まってもらってたのに」

父親が茶化すように口をはさんだ。

恵子さんは、兄貴が大学時代から付き合っていた前の彼女の名前だ。何度か会ったことがあったが、さっぱりとした感じのいい人だった。二年ほど前東京に遊びに行ったとき、半同棲のような形で兄貴と一緒に住んでいた部屋に泊めてもらったこともある。

「恵子とは全然タイプが違うだろ。女の子によって扱い方は変えなきゃいけないんだよ。それより雪乃の前で絶対そんなこと言わないでくれよ」

「言うか。わしを空気が読めないおっさんみたいに言うな」

兄貴と父親のやりとりを尻目に、次は美羽さんにいつ会えるだろう、なんてぼんやり考えていると、ジーンズのポケットの携帯が震えた。あわてて取り出し、確認する。

岩崎心《いわさきこころ》。一瞬、罪悪感が体を駆けぬけた。彼女の名前が表示されているのに、軽い落胆を感じてしまったからだ。

体に意識を向けることがこんなに心に影響するなんて、思ってもみなかった。だいたい男は、ふだん体があることすら忘れていると言えるほど、自分の体のささいな変化なんかに意識を向けることがないと思う。だけど美羽さんに教えてもらった気功は、ほんの小さなことなのに、俺の生活を格段に楽にした。

寝つきが悪い夜には、スローモーションのようにゆっくり、何度も首をまわす。頭の重さだけにまかせて、力を入れずに。そうして首をゆるめてあげると、特に考えすぎて眠れない人は頭もゆるんで眠りやすいのだと美羽さんは教えてくれた。それから耳のこわばりをほぐす。かたい耳朶をじんわりひっぱると、頭の皮がゆるむ気持ちよさに思わず声が出るほどだった。うまくいかないことがあって心が波立つときは、蒸しタオルを作って鎖骨に当てる。そうすると不思議なほどに胸のかたまりが溶けて、深くリラックスすることができるのだった。

だから二回目以降、美羽さんのクラスに行ったのは下心だけだったわけじゃない。だけどその日、終わったあとに美羽さんが飲みに誘ってくれたのは予想外の嬉しさだった。

「この前おごってもらったから、今日は私がごちそうするね」

マスターと知り合いだというカフェダイニングで、向かい合って座った美羽さんは、しなやかな指の動きでメニューを差し出してくれた。

「何頼んでもいいよ。合計五〇〇円以内なら」

遠足のおやつのようなことを言う。

「何も頼めないじゃないですか」

「このミックスナッツにしとけば」

「木の実だけって。リスじゃないんだから」

とりあえず白ワインのグラスを頼み、白に合うフードで何かおすすめはないかと訊くと、

「白ごはん」

美羽さんは投げやりに答えた。

「白しか合ってないじゃないですか」

「白ワインには白い食べ物っていうでしょ」

「美羽さん、実はおごりたくない？」

「なんでわかったの。すごい洞察力」

けらけら笑う美羽さんは、携帯の呼び出し音に気づいて俺に目で謝ると、電話を耳に当てながら席を立った。

「一瞬、実家からの電話かと思いました。0386、下四桁が私の実家と一緒なんです。おっさんハローって覚えてるんですよ」

美羽さんの笑い声が遠ざかっていく。

体の動きがスムーズになると、心のリズムもなめらかになっていく。それにつれて、ものごとの運びもうまくいくようになるものなんだろうか。

美羽さんが通話しに行っているあいだにメールをチェックすると、就活サイト経由で数日前に受けた会社からメッセージが来ていた。東京の企業で、大阪で説明会と同時に行われた筆記

を受けたのだ。二週間ほど前に、店長に休み希望を言い出せなくて説明会に行けなかった会社だ。エントリーが多かったので、急遽追加で説明会の日程が追加され、運よくそちらに参加することができた。説明会で、かなり志望度が上がっていた。

メールのタイトルは、〝面接のご案内〟。筆記に通ったのだ。

やった、と小さく声が出る。

ココロからも、メッセージが来ていた。後で見ようか迷って、結局開いた。とたんに、後悔する。

〝祐介なんか、大っきらい。サイッテー。もう顔も見たくないから〟

最近、ろくに会わなくなったし連絡もあまり取らなかった。だからって、こんなにまで言われるほどのことか？　人の怒りに触れるのはどうしても苦手だった。特に女の子の怒りは。

「ねえねえ」

美羽さんが呼ぶ声に振り向くと、カウンター席に移ってオーナーと向かい合っていた。閉店が近く、カウンターは無人になっている。そのせいか、店内の空気は個人の家のように親密なものに変わっていた。

「マスター秘蔵のブランデー、サービスで飲ませてくれるって。祐介くんも、飲も」

ロックグラスに満ちた琥珀色の液体が、美羽さんの手のなかで秋の午後のように光っている。

俺は携帯をしまうと、カウンターへ向かった。

それからのことは、断片的にしか覚えていない。

大丈夫？　というやさしい声と、腕をつかまれる感触。美羽さんに、「送るよ」と言ったこと。突然降りだした雨で、濡れた道路に映った外灯の光。ふらふらしながら坂を登って——。

マンションの白い外壁ぞいに咲いているあじさいたちが、雨粒を受けて、いっせいに震えるようにゆれていた。


目を覚ますと、見慣れない天井が見えた。

一瞬、ココロの部屋かと思う。かすかに水音がしている。シャワーの音だ。

それが聞こえてくる方向が、ココロの部屋のバスルームの位置とぜんぜんちがう、と気づいたとたん、俺は跳ね起きた。

布団は壁際にひいてあり、家具は低めのデスクと籐の椅子、姿見、アジアンテイストの本棚があるっきりのそっけないほどシンプルな部屋だ。

シャワーが止まった。ドアノブを回す音に心臓が跳ね上がる。玄関に通じる通路から、頭にタオルを巻いた美羽さんが現われた。部屋の空気が湿り気を帯びる。それからあの、あじさいの匂いが広がった。

「これ……なんの匂い？」

とっさに、間の抜けた問いが口をつく。

「いい匂いでしょ」

美羽さんは、お風呂あがりのあどけない顔でうれしそうに笑う。

「『サボテンの透明感』っていう香水。シャンプーが無香料の石けんシャンプーだから、仕上げに香水入れた水で髪すすぐの」

「……サボテンの匂いなんてあるんだ」

「サボテンをイメージした香りってことだよ。体につけたらトップノートがほんの少しスパイシーで、棘っぽいニュアンスがあるんだけど、お湯にいれるとそれは飛んでみずみずしいところだけが残るの。サボテンから棘を抜いた感じだね」

美羽さんは姿見の前にあぐらをかくと、ドライヤーのスイッチを入れた。

「実際には存在しない香り、ってとこが気に入ってるの」

俺は布団に入ったまま、髪を乾かす美羽さんの背中をぼんやり見つめていた。体にゆるくフィットしたグレイのシャツの下で、肩甲骨が動いているのがわかる。

ぼやけた頭で必死に昨夜のことを思い出そうとする。記憶が戻るほどに、恥ずかしさに落ち着かなくなった。

「朝ごはんのパン買ってくる。その間に出る準備しといたら？　シャワー使ってもいいし。タオルはそこね」

美羽さんが出て行ったあと、あわてて布団から這い出した。昨日から着ていたシャツが、汗くさくて気持ち悪い。

三分ほどでざっとシャワーを浴びて戻ると、部屋の中をまじまじと見渡した。何か、美羽さんの考えていることに繋がる断片を見つけたい、そんな思いで。

その時、ふと目にしたものに違和感をおぼえた。壁のフックにかけてある美羽さんの鞄。外ポケットに挿してあるのは、最初に飲みに行ったときに見た、あの不思議なコードつきのボールペンだ。ポケットから少し見えている、コードのもう一方の先にくっついているものは、

「――リモコン？」

思わず口に出す。

好奇心を抑えられなかった。体が自分のものではないようなしれっとした動きで、コードをたぐりよせる。一昔前に持っていた、CDウォークマンの操作部分のような細長い黒い部品に、小さなボタンが並んでいて、再生、早送りなどのマークがついている。そこからさらに、イヤホンが伸びていた。

そっと耳に入れ、再生ボタンを押す。しばらく待つが、無音だった。巻き戻しボタンを押すと、タイヤが地面にこすれるような音がした。指を離すと、自動的にまた再生が始まった。ざわざわと、雑音のような音。複数の人の話し声が入り混じっている。

変わった形の音楽プレーヤーかとも思ったけれど、違う。レコーダーだ。

――人聞き悪いなあ。どうしても俺を悪者にしたいわけ？

突然、くっきりとした人の声が響いてきて、一瞬息が止まる。不意打ちで耳から流れ込んできたその声が、頭のなかでばらけて、また焦点を結ぶ。認めるまでに数秒かかった。機械を通して変質してはいるけれど、この声は知っている。

兄貴だ。

――違う違う、責める気なんか全然ないんだから。単純な疑問としてきいてるだけよー。

ふふふ、と軽やかな笑いをからめた女性の声。こっちも聞き間違えようがない。美羽さんだ。

――明宏くん、魅力的だし。自覚もしてるでしょう。

自分の心臓の音で、録音の声がかき消されそうだった。どうしてペン型のレコーダーなんかで、こうして会話を記録しているのか。その疑問より先に、兄貴と美羽さんが二人きりで会っていること、録音を通じてさえ伝わってくる二人の会話の温度と粘度が、思考を一気に漂白した。

そのとき、玄関でカギを差し込むかすかな音が聞こえた。かなり動揺していたのに、俺の体は不思議なほどすばやく停止ボタンを押し、耳からイヤホンを抜き取ってコードを鞄のポケットに押し込み、そこから離れていた。

ただいま、と声がして美羽さんが姿を現わす。間一髪だった。

「ごめん、ドライヤーの場所教えてなかったかな」

濡れたままの毛先が、シャツの腕の部分に水滴を落としてしみを作っているのに気づく。大丈夫だよ、と髪をかきあげる指先が震えた。

坂を下る途中で、中国人観光客の団体とすれ違った。

口々にアクセントの強い言葉を発しながら、洋館を改装したスターバックスの写真を撮っている。コンクリート打ちっぱなしの半地下のギャラリー、ジャズクラブ、ロシア料理店。見慣れない店たちを目の端にとらえながら、なじみのある駅界隈に近づいていく。

ほんの十五分ほど山の手へ歩くだけで、異国を旅しているみたいな街並みがあることに軽い驚きを感じていた。自分の縄張りといえる範囲がいかに狭かったか思い知る。今までは、駅の南側だけで生活が完結していたのだ。

美羽さんの住処は、この長い坂から脇道に入ったところにある、古いマンションだった。あれだけふらふらに酔いながらよくこの坂道を登ったものだ。昨夜のことを思い返すと、恥ずかしさにいたたまれなくなった。

酒を飲んだ流れで、女の子の家に上がりこんだことは何度かある。ココロと付き合ったきっかけもそうだった。だから、「終電がないなら泊まってもいいよ」と美羽さんが申し出てくれた時には、経験上そうなるものだと半分以上確信していた、と思う。

「俺、そのへんの床で寝るから」

紳士的に言ってみたけれど、完全に上っ面だった。

「いいよ、布団ひとつしかないけど一緒に寝れば」

美羽さんの声はさらりとしていたけれど、俺の心臓を殴りつけるのに十分だった。

「あの、俺」

つばを飲み込んで、床に正座した。思い出すだけで死にたくなる。酔っていたとはいえ、なんであんな発言をしたのか。

「彼女がいるんです。うまくいってないんだけど、別れてはいなくて。それから俺、下手くそです」

しばらく間があった。それから、美羽さんは火山が噴火するように勢いよく笑い出したのだった。

「なにそれ、どっちのカミングアウトもいらないよ！　誰がセックスするって言った？　しないしない！　寝ていいよって言っただけじゃん、寝るだけだって！」

布団の上を縦横無尽にころげまわってのびのびと笑いつくしたあと、美羽さんは、あー、よく笑った。と満足そうに眠りについてしまった。

残された俺は、ぎくしゃくと布団の端に横になったものの、色んな意味で眠れなくなり、辛い数時間を過ごした。

窓の外の夜の色が、ほんのりと薄くなってきたころだった。

「ねえ」

急に美羽さんがわき腹をつかんできた。

「っ！　びっくりした」

背を向けて寝ていた俺は、勢いよく体をひねった。

「寝てたんじゃなかったの」

「なんか目が覚めちゃった。お話してくれる？」

小さな女の子のようなことを言う。

「何の話？」

「じゃあ、うまくいってない彼女のこととか」

つまんない話だよ、とやんわり遮ったけれど、

「人と人との関係につまんない話なんてないよ。ねえ、なれそめからどうぞ」

と促された。

なんでそんなことを訊きたいんだ？　胸に走った妙な痛みをなだめて、訊かれるままに話した。

100％事実だけの、客観的な話なんて存在しない。話す相手によって、話の内容は微妙に色合いを変えていく。イラストレーションのソフトに表示される、カラーグラデーションボックスのどこをクリックするかを選ぶみたいにして。相手にどういう印象を与えたいか、自分で自分をどう思いたいかを、その都度計りながら。

だけど美羽さんの聞く姿勢はまるで、そのクリックしようとする手に自分の手を重ね、コントロールの意思をそっと読み取ろうとしているみたいだった。美羽さんの誘導は、俺の言葉から意図をぽろぽろと剝ぎ落としていく。

その結果、だまし絵みたいに、今まで見えていなかった絵柄が浮かんできた。

わがままで感情的な彼女に振りまわされて疲れる大人な俺、ではなく、中身のない、熱していない心をやさしげな言葉でごまかしている俺に、不安を抱えきれずにもがいている彼女。

本心が見えないから不安になるのか。当然かもしれない。本心と言えるものすら、ないのだから。あるとするなら、その心は――

「不安で怖いから、棘で武装するんだよ。抱きしめて安心させてみなよ」

こんなことを言う、目の前の女性に向かっていた。

「そしたらその棘、あっというまに全部落ちるから。本来の彼女の姿に戻るよ」

すかすかの中身が、美羽さんといるとみずみずしい液体で満ちてくるような気がした。

「……でも俺、彼女と付き合い続けたいのかな」

「そんなこと知るか。自分で考えろ」

頭を叩かれた。けっこう痛かった。

ちょっと待って、と言って美羽さんはベッドを出るとキャビネットの方へ歩いていき、巾着型のちいさな袋をふたつ持って戻ってきた。美しい光沢のある、シャンパンゴールドのような色合いの布でできている。

「なに、それ」

「真珠の会社に勤めてる人にもらったの」

美羽さんは袋からコンパクトを取り出し、化粧品のＣＭに出てくるモデルのようにエレガントな仕草でパフに粉を取り、すっとフェイスラインから首筋、胸元へとすべらせた。薄いヴェールをかけたように、肌がほのかに白い光沢を帯びる。

「真珠とシルクで作られたボディーパウダー。こっちはまだ新品だから、彼女に今度会うとき、仲直りのプレゼントに渡しなよ」

美羽さんは巾着のひとつをぽんと放ってよこした。

「……ありがとう」

複雑な気持ちで受け取り、鞄にしまう。

「どうしてこの街に真珠の会社が多かったか知ってる？　真珠って自然光で鑑定する必要があるんだけど、この街は海と山の両方が日光を照り返して街全体があかるいからなんだって」

「そうなんだ」

「祐介君も、自然光で女性を見られる男になりなよ」

「どういう意味？」

「適当に言ってみただけ」

突然、うう、と美羽さんがうめきだした。

「どうしたの」

「ふとももが、つめたいの。たまに冷えすぎると痛くなって、ずきずきしてくるの。あっためてくれる？」

何と呼ぶのか、スカートとパンツの中間みたいなボトムスをまくり上げ、美羽さんは素肌をあらわにした。

青みがかった暗い映像みたいな部屋のなかで、美羽さんのふとももだけが白く目に訴えかけてきた。生唾を飲んで手をのばしたけれど、夢みたいに触ったら消えてしまうんじゃないかと怖かった。

「ほんとに、つめたい」

「あったかい」

二人同時に声をもらす。美羽さんの内ももは、作り物みたいにひんやりとしていて、だけどその柔らかさが生々しくて、俺の手のひらの感覚は混乱していた。まるで手のひらに全ての触覚が集中しているように、他の部分がこわばって無感覚になっている気がした。

美羽さんはもう一度、あったかい、と心底きもちよさそうに息をもらして両足を閉じ、俺の手をはさみこむ形になった。呼吸が、規則正しく落ち着いていく。そのうちに、寝息にかわってしまった。

さっきは触れたら消えそうだと思ったのに、今度は離したら消えてしまいそうな気がして、俺は手を離せずそのまま固まっていた。そのうちに自分も眠っていた。


「御社を志望したのは、安定した業績を保ちながら常に革新し続ける、という社是に惹かれたからです。そういう環境でなら高いモチベーションで働けると考えました。それに……」

窓の外から蟬の鳴き声がきこえてきた。向かい合っている男が、急にしらけた目になり言葉を止めた。どこかで聞いたような言葉ばかりで、言っている本人がうんざりしてきたのだ。

あっちぃ、とつぶやいて鏡から離れ、台所へ降りていった。

集中できない時の常で、朝から何度も冷蔵庫を開けて物色していたから、もう麦茶くらいしかないのはわかっていた。お茶のボトルを取り出しながら、コンビニにアイスでも買いにいこうかと考えていると、

「おい」

背後から声がした。

「面接のシミュレーションしてたのか?」

兄貴が、当たり前のように俺の手元からボトルを取ると、手に持っていたグラスに注いだ。

「いたのかよ。てか、勝手に聞いてたのかよ」

恥ずかしさで体が余計に汗ばむ。

「次はどこ受けるんだ?」

「クレーンとか、土木関係の機械のレンタル会社」

「どこにでも当てはまるような志望動機なんて、全然相手に響かねぇよ。女の子オトす時と同じ。『それ、私じゃなくてもいいじゃん』て思われるような理由で告っても、モテる子ほど聞き流される。ほんとに自分のことわかってる、って思わせるポイントを摑んでプレゼンできればこっちのもんだよ。もちろん誉めるのも大事だけど、媚びるのとは違うからな。とりあえずヤレたらいいとか付き合えればいい、って雰囲気が見抜かれるとバツ。もしかしてそこ、はき違えてんじゃねえ?」

兄貴の質問はいつも、俺のことを知るためのものじゃない。自分が気持ちよく喋るための、とっかかりにすぎない。だからこっちの言うことを聞いているようで聞いていない。結局喋る内容は、自慢を織り交ぜたアドバイスのような説教のような何か。兄と弟という立場だからなのか。いつからか、こういう流れに疲れて、兄貴とは最低限のことを話すだけで済ませるようになった。

「……女の子といえばさ」

俺は話の矛先をそらそうとする。

「雪乃さんとは、うまくいってるの？」

「なんだよ、いきなり」

「マリッジブルーってあるんだろ。しかも遠距離だし雪乃さん、心配じゃないのかな」

「大丈夫だよ、その辺はマメにフォローしてるから」

「兄貴、美羽さんって知ってるよな」

兄貴の表情を盗み見る。動揺が走ったように見えなくもないけど、よくわからない。

「気功の美羽ちゃんのことか？　何でお前、知ってるんだ？」

馴れ馴れしく呼ぶなよ。かちんときた。美羽さんは、俺と会ってることを兄貴に言ってないのか。

「たまたま知り合って、最近よく飲んでるんだ」

飲んだのは二回だけなのに、張り合ってそう言った。

「偶然、兄貴のことも知ってるって話に出てきたから」

「美羽ちゃんとは仲いいよ。お前とも知り合ってたなんて、さすがだな。美羽ちゃん、会った奴みんな飲み友達にしちゃうからなぁ」

さもよく知っている、と言わんばかりの口ぶりだ。

「女の人と飲みに行くのとか、雪乃さんは大丈夫？　疑われるようなこと、しないほうがいいんじゃない？」

「わざわざ雪乃に言ったりしねえよ。お前も結婚することになったら分かるよ。就職なんかとは比べもんになんないくらい大仕事で色々大変なんだよ」

「たとえば？」

「ぶっちゃけ、向こうの親があんま賛成ムードじゃなかったりする」

「そうなんだ」

「つうわけで色々複雑なんだよ。ちょっといいなーと思って、向こうも自分に気がある女と楽しく飲むくらいの息抜きは必要なんだって」

とっさに返す言葉が見つからない俺に、兄貴の言葉がさらに追い討ちをかけた。

「それに美羽ちゃんも、もうすぐどっか行くみたいだから。ややこしくなったりする心配もないしな」

「……ああ、そうみたいだね」

平静をよそおってなんとか返事をしたけれど、頭の中は真っ白だった。


夕暮れの住宅街のなかを、コンビニへ向かう。

東京の面接は、明後日に迫っている。だけどさっきの兄貴とのやりとりで、考える余裕がなくなっていた。

頑張っているのに俺の何がいけないんだ、と落とされた企業に怒りをぶつけたくなることも、多々あった。だけど最近、どこかで気づいてもいた。

頑張っているのは、何かを一生懸命伝えるためじゃない。伝えるべきことがないってことを取繕うのに頑張っているだけだ。

俺には、本気のなり方がわからない。明後日の面接がだめだったら、どうしたらいいんだろう。

もう全部やめちゃおうか。

ふとそんな声が、からっぽの体のなかにこだまする。一瞬気が楽になる。そのあと、たまらなく怖くなった。今まで投げ出したくなったときは、その後の結果も簡単に想像できた。だけど今回は、やめたあとに落ち込む穴の深さと暗さが想像もできない。何度も足を運んだ就活セミナーやネット情報で刷り込まれた、就職に失敗すると人生取り返しがつかなくなる、というムードだけが頭にこびりついている。

どこかの家から、カレーの匂いがした。脈絡もなく突然、美羽さんと手をつないで家に帰りたい、という気持ちがこみあげてきた。

ココロの部屋は、しばらく来ないうちに知らない部屋のようになっていた。

模様替えがされているからだけでなく、たぶん俺が変わったからだ。

「テレビの場所変えると広く見えるね」

話しかけても、ココロは俺から離れた場所に横向きで座ったまま、うん、とけだるそうにつぶやいただけだった。

今日、バイトを五時に上がった後、店を出るとココロが待っていた。話し合いたい、と言われ、部屋に来ることになったのだ。

「最後にケンカして別れた日ね」

長い沈黙のあと、ココロが硬い声で言った。

「付き合って一年の記念日だったたん、おぼえてなかったの？」

必死で日付をさかのぼる。六月十二日。そうだったのか。すっかり抜け落ちていた。

「……おぼえてなかったんだ」

黙ったままの俺を見て、ココロがつぶやく。

「いくら忙しくても、記念日はさすがに考えてくれてると思ってた。大事な日だもん、ずっと楽しみにしてたんよ。もしかして祐介がサプライズでどこか予約したり、してるかなって思ったけど、でももし何もプランなかったとしてもただ一緒にいられるだけでよかったんだよ。私の部屋に来てお祝いする場合にそなえて、すぐ用意できるように前の晩から料理の下ごしらえとかして、ワインも冷やしてあったし」

「……ごめん」

だから、家に来るかと訊かれてどっちでもいい、と答えたらあんなに怒ったのだ。料理が苦手なココロが、前の晩から準備していたという言葉に、罪悪感で胸がずきっとした。

「あの日帰ってから、泣きながら全部捨てた。忘れてたんだね、ほんとに。あたしって、祐介の何なの」

「ほんと、ごめん。俺最近ずっと、自分のことだけで精一杯だったから」

ココロの傍に行き、抱き寄せる。そうする他に思いつかなかった。ココロの体は、ぎゅっと固く閉じていたけれど、だんだんと氷が溶けるようにして力が抜けてきた。そうやってやわらかさが戻ってくるにつれて、俺の体もココロの感触を思い出す。ココロは泣いていた。

「祐介、別の人になったみたい。どうして最近、あんなに冷たいの？　どうして連絡もくれないの？　さみしくって、辛くて寝れなかった」

俺はひたすら、ごめん、と言い続けてココロの頭をなでる。

ふと思い出して、鞄のなかから美羽さんにもらった巾着袋を取り出し、ココロに渡した。

「……プレゼント？」

うしろめたい気持ちを振り払うように、こくこくとうなずく。ココロは袋を開けて中身を見ると、泣いていたのを忘れたように嬉しそうな顔をした。

助かった、という安堵と、ずっと忘れていたココロを可愛いと思う気持ちが入り交じる。

「素敵。パールのピアスもセットになってるんだ」

知らなかったけれど、さもわかっていたような顔で「似合うと思って」と返した。

「祐介、あたしのこと好き？」

「……好きだよ」

「もしかして、他に誰かいるんじゃないかと思ってた」

「そんなこと、ないよ」

ココロはしばらく俺にしがみついて鼻をすすったあと、じゃあさ、と大きく息を吐くように言った。

「携帯見せて」

予想外の言葉だった。

「……なんで？」

「やましいことがないんだったら、見せて。そしたら信じられるから」

心臓が三倍くらいの大きさになったように、鼓動がひびく。プレゼントでおさまったと思ったのに、まさかこんな展開になるとは。

やばい、と思う。最近のメッセージのやりとりや、通話履歴をあわただしく思い起こす。美羽さんとのやりとりは、明らかに怪しまれる内容だった。ネットの閲覧履歴だって、見られて恥ずかしいものがかなり、ある。脳がフル回転する。どうにか思いとどまらせなければ。

「じゃあさ、ココロのも見せてくれんの？」

「いいよ。あたしは見られて困るものなんかないから」

必死に考えた反撃は、あっさりひるがえされた。

「ねえ、見せられないの？」

「……わかった」

ココロは一歩も退く気配がない。観念して、パンツの後ろポケットから携帯を取り出して渡す。視線をそらしたまま息をつめていると、「あれ」とココロの声が聞こえた。

「祐介、充電切れてる」

とっさに、ほっとしたような拍子抜けしたような脱力感が全身を襲い、今さらながら冷や汗が出てきた。昨夜、美羽さんのこと、面接のことを交互に考えて遅くまで眠れなかった。そのせいで、夜充電しておくのを忘れていたのだ。


家に帰って充電を済ませると、SNSのメッセージが届いていた。

送信者は意外な人物だった。清水《しみず》恵子。兄貴の元カノだ。二年ほど前に、社交辞令のように相互フォローしたことすら忘れていた。

「祐介君。お久しぶりです。突然ごめんね。明日、東京に来るんだね。急で申し訳ないんだけど、ちょっとでもいいから時間作って会えないかな？　お昼か晩ご飯食べるならご一緒できたらと思います。もちろん、ご馳走するし。場所は祐介君の都合のいいとこ、どこへでも行くよ。就活は大変？　がんばってね」

どうやら、東京へ行くという俺の投稿を見たらしい。

「なんで？」と思わず声が出た。元カレの弟なんて、別れてずいぶん経った今、わざわざ会いたいような相手じゃないはずだ。

新興宗教に勧誘されるとか？　やめておいた方がいいような、胸騒ぎがした。だけど、友達もいない東京で一人、孤独に面接に挑むことを考えると、会って話す相手がいることで多少心強くなる気がして、迷う。

とりあえず、しばらく間を置いて考えることにして、夕飯を食いに一階へ降りていった。


東京駅のホームの屋根からのぞく空は、久しぶりにすっきりと晴れて澄んだ水色だった。どこかに面接官が潜んでいて、すでに自分の一挙一動を観察されているような気がして背筋を伸ばす。面接は三時からだけど、まだ十時を過ぎたばかりだ。最寄り駅へ向かう前にどこかで時間をつぶそうか、と考えていると、もものあたりに携帯の振動を感じた。美羽さんからのメッセージだった。

「面接、がんばってね」。たった一言だけなのに、今この瞬間、自分のことを考えてくれていたのが嬉しかった。顔が勝手に笑ってしまう。この顔のまま面接に行けば、難なく受かりそうな気がした。勢いづいて、無意味に小走りになりながら改札を通り抜ける。


恵子さんは、面接を受ける会社の近くの店を選んでくれていた。真昼なのに、夜のような薄明かりのちいさなカフェだった。席数も少なく、正午前でまだ人もまばらだったので、壁際の席にいる恵子さんをすぐに見つけることができた。

スーツ姿の恵子さんはこちらに気づくと、キッ、と音がしそうな笑顔を作った。笑顔の強弱をコントロールし慣れている感じがする。二年前に会った時よりも、凄みのようなものが増していた。

「平日なのに、会社は大丈夫なんですか」

通りいっぺんのあいさつを済ませたあとで疑問を口にすると、

「うちはフレックス制だから。午前中はそろえなきゃいけない公的書類があって、外を回ってきたところなの」

恵子さんは淀みなく答えた。恵子さんの会社は、アメリカの大手化粧品会社の日本法人だ。つながりを作っておけば、もしかすると就職活動に有利かもしれない。迷ったすえ、会うことにしたのは、そんな下心もあった。

「明宏、最近どんな様子？　結婚するんだよね」

なかば予想していたことだけれど、恵子さんは兄貴のことを聞きだしたいようだった。

「前は毎日午前様だったけど、結婚を控えて飲みに行く回数は減ったみたいですね。最近よく家にいるの見るんで。結婚に関しては、なんか複雑な気持ちみたいですよ」

「複雑って？」

「やっぱりプレッシャーとか、あるんじゃないですか。わかんないけど。俺もあんまり兄貴と喋ることないんで」

「そうなんだ？　明宏は祐介君には色々話してると思ったんだけど。弟には、他の友達に言えないようなことも話しやすいって言ってたことあるから」

初耳だ。自慢話がしやすいの間違いじゃないのか。

恵子さんは、それからも兄貴に関する質問を連続して投げかけてきたけれど、俺は満足に答えられなかった。一緒に住んでいても、行動さえよくわからないのだ。ましてや、気持ちに関する踏みこんだことなんて知るはずもなかった。

恵子さんは、俺が思ったより役に立たないことに気づいてがっかりしたのか、オーダーしたマフィンセットが運ばれてきてからはしばらく食べることに集中して、無言になった。

「明宏の婚約者って、どんな人？　会ったこと、あるよね」

食べ物をおさめて余裕ができたのか、さっきよりもずいぶんやわらかい調子で、再び口を開いた。

「いかにもお嬢様って感じの、おっとりした綺麗な人でしたよ。兄貴がこういう人と結婚するんだってちょっとびっくりしました」

会ったこと、あるよね。そういえば、なんで知っているかのような断定口調だったんだろう。答えながらふと思う。

「あたしとは正反対のタイプだから？」

自嘲気味な笑みを浮かべながら、恵子さんが言った。

「別れるとき、『恵子は強いから一人でも生きていけるけど、彼女はそばにいてあげないとだめなんだ』って言われた。まさかそんな陳腐な決まり文句でふられると思わなかったな」

今まで冷静だった恵子さんの態度が、だんだんと波立ってきた。そもそも、俺と会ってどうするつもりだったんだろう。もうとっくに中身はなくなっているのに、俺はコーヒーカップに口をつけて飲むふりをする。

「便利なセリフですからね。便宜上使っただけかもしれないですよ。わかんないけど」

「ふうん。さすが弟君ね。そういうところは似てるのかな」

そういう言い方って、ないだろう。そう思ったけれど何も言わずにおく。

「でも、まだまだ遊びたい年齢の明宏が、今結婚して落ち着くとは思えないのよね。子供だっていらないって言ってたし」

「え？」

俺が発した声に反応して、恵子さんはまっすぐにこちらを見た。

「でも、婚約者の人と挨拶に来たときに、子供はすぐにでも作ろうみたいなことを言ってましたよ。三人くらい欲しいねって——」

言い終わる前に、まずいことを口にしてしまったらしいことに気づく。恵子さんは、沸きあがる感情を必死に抑えようとしているみたいに、テーブルの上の一輪挿しに視線を固定したまま動かない。息が詰まりそうな沈黙がしばらく続いた。

「祐介くん、別れさせ屋って知ってる？」

しばらくして恵子さんの口から出てきたのは、思ってもみない言葉だった。首をふると、恵子さんはこちらを見ないまま続けた。

「たいてい、探偵会社がやってるんだけどね。別れさせたい男女の、どちらかにターゲットを決めて、異性の工作員を接近させるの。それで恋に落ちさせて、本気になったターゲットは恋人と別れる。工作員はしばらくターゲットと付き合った後、フェイドアウトするっていう仕組み」

俺は、言葉を発しようと一息ついた。だけど恵子さんは、その息を吸い込むようにして一人で喋り出した。

「私、明宏と四年間付き合ってたの。明宏が一年ダブったから、私が先に就職して、社会人と学生になってすれ違って、別れそうになったこともあったけど続いてた。あの人、女の子の扱いがうまいじゃない。口ではいつも、熱烈なことばっかり。欲しいときに欲しい言葉をくれるの。だから、ずっと疑ったりすることもなかったんだけど。明宏が就職してしばらくして、浮気してたことがわかったの。それも一回じゃなくて、合コンで知り合った女の子をお持ち帰りしたりっていうのも含めたら何回も。今までの思い出が全部壊れるみたいなショックだった。そのとき、私は大きなプロジェクトに関わってて、ものすごく忙しくて参ってたの。なのに、何かにとりつかれたみたいに寝る間も惜しんで浮気の証拠を探そうとして、明宏の周辺を探し回ったり、毎日明宏が帰ってくるまで一時も気が休まらなくて、あまりのストレスで血尿出ちゃったんだよね」

圧倒されている俺にかまわず、恵子さんは切れ目なく喋り続ける。

「明宏って、考えなしの無邪気さと、計算高さが絶妙に両立してる人なのよね。たぶん、目の前に落とせそうな可愛い子がいたら考えなしで手をだしちゃう。でも、その後始末をする知恵はすごく働くの。女の子とのメールや電話の履歴は、逐一消去してたんだってその時わかった。

だから、私が知らずにのほほんとしてただけで、学生の時もそういうこと、あったんだろうなって思った」

店内の席はだんだん埋まってきて、ざわめきが増してきた。

「そういう人だから、成功率は低いですよって、ヒアリングした後で探偵事務所の人も言ってた。いざという時にはきっちりリスクの計算ができる人だから、結婚を控えた時期に、いくら魅力的な相手でも本気になって婚約者と別れることは考えにくいって」

話が急に別れさせ屋に戻り、俺は動揺して水のグラスをつかむ。注ぎ足しにきてほしいと店員に目線を送るが、忙しくなってきたせいで気づいてもらえない。

「つまり、もしかして、恵子さんはその、別れさせ屋に依頼したってことですか？　兄貴と、婚約者の雪乃さんが別れるように」

恵子さんはなぜか笑った。

「私がそんな状態になった頃から明宏、だんだん距離を取るようになって、あっさりお嬢様に乗り換えたってわけ。あまりに辛くて、ちゃんと笑えるようになるまで何ヶ月もかかったよ。で、やっと気持ちの整理がつくかもしれないと思ったら、友達づてに明宏が結婚することになったって聞いて……別れて半年も経たないうちによ。絶対に許せないって思った。まさか自分がそんなことするなんて、それまで考えたこともなかった」

成功率が低くてもいいから、と依頼に踏み切ったのが、五月のことだった。そして、工作員の女性がすぐに派遣された。

「美羽さんって人なんだけどね」

恵子さんは、なぜか親しい人物を呼ぶような調子で言った。


トイレに入ると、小便用の便器がなく個室ばかりだった。

何かおかしいと思って外に出てみると、女子トイレだった。中に人がいなくてよかった。

面接を受ける会社のビルは、小さいながら内装もトイレも新しい。すみずみを照らす照明の中を歩いていると、さっきの薄暗いカフェの中の出来事が夢のように感じられた。

――その美羽さんって工作員の人、事務所の社長さんによるとスゴ腕のスタッフらしくてね。まず、偶然を装った出会いの演出が天才的で、どんなターゲット相手でも初対面での連絡先交換率100%だって。私が直接会ったのは派遣前の一回だけなんだけど、報告書がすっごくきめ細やかでね。会った時の会話も毎回録音して提出してくれるし、明宏のささいな動作とか、自分はこう思うって分析まで書き込んでくれるの。それがけっこう的を射てたりして。

恵子さんの声が、まだ耳に残っている。今は意識の外に追い出したいのに、喋り続けている。

――変な話だけど、私、報告書を通じて美羽さんに親しみがわいてきちゃったの。明宏と恋愛関係になろうとしてる女だから、もっと複雑な感情を持つだろうと思ってたのに、自分の分身みたいに感じ始めた。彼女を通じて今の明宏を知ることで、間接的に会って話してるみたいな、一種のセラピーになったんだよね。それでなんだか気持ちがおさまってきちゃって。自分はなんてバカなことしてるんだろうって、逆に冷静になった。だからもう、依頼は打ち切りにするって、今日事務所に話しにいくつもりだった。もうこれで明宏とのことは終わりにしようって。自分でけじめをつけるために、祐介君に全部話そうと思った。本人に連絡を取るのはさすがにもう、できないから。

面接室の前には、俺のほかに三人の学生が緊張の面持ちで座っていた。軽く会釈して、隣に座る。

――でも、今日祐介君に会って話を聞いたら、やっぱりまだ終わりにできないって思った。成功するかわからないけど、やれるところまでやってもらうよ。まだ距離をつめてる段階で核心には入ってないらしいんだけど、明宏、けっこう揺らいでるみたいだし。まあ、ただの浮気心だろうし、本気になるかは全然読めないって言ってたけど。

制服を着た女性社員に、面接室に入るように促される。失礼しまーす、と野球部の挨拶のような発声で、先頭の男子学生がおじぎをする。

――次に会う約束をしてるから、美羽さんはその日に勝負をかけるつもりみたい。工作員の女性の中には、ベッドインNGの人もいるらしいんだけど、美羽さんは何でもありなんだって。

面接官の三人は、大きな窓を背にして座っている。逆光で表情がよく見えない。指示通りに順番に名乗って座ったあと、簡単に自己PRをするように言われる。部屋に入った順番かと思いきや、では林田君からどうぞ、と俺が一番に指名された。

「はい、私のアピールポイントは……」

――次に二人が会う日は七月三日。明後日だね。その後の報告を待つつもり。

耳が、自分の声を拾わない。自分が何を言っているのか、全く入ってこない。聞こえるのは、恵子さんの声ばかりだった。


「別れたい」

そう告げると、ココロの顔から表情がなくなった。

「……なんで」

「好きな人ができた。ごめん」

東京から帰った翌日だった。

決心をして、別れを切り出すのはこっちだというのに、自分が拷問にかけられに行くような気持ちでココロの部屋へ向かった。

この前のように、その場を収めるためだけの態度はもう、やめなくては。それを繰り返してきたから、自分の本当の気持ちさえわからなくなっていたのだ。

兄貴のようなことは、したくない。俺は兄貴とは違う。

沈黙が訪れる。いざとなると、考えていたスピーチなんて全く役に立たない。ミもフタもない、単刀直入な言葉を出すだけで精一杯だった。

「……うそつき。やっぱり、他に誰かいたんじゃない」

ココロが、聞いたこともないほど低い声を出す。

「その人、美人なの？」

「え？」

予想外の質問に虚を衝かれた。

美人かどうか？　考えたこともなかった。美羽さんの持つ空気のなかに入ると、そんなことを考える気にならないのだ。

「わからない」

「わからないってどういうことよ。会ってるんでしょ？　何歳？」

「三十五歳」

「はあ？　ババアじゃん。何してる人」

「気功教えたりとか……」

「何それ、怪しい。その人も祐介のこと、好きなの？」

「たぶん、違うと思う」

「バッカじゃない？　そんな、美人でもない怪しいババアに片想いして、それであたしと別れたい？　騙されてるんじゃない？」

「違うよ」

思わず反論していた。

「会ったこともないのにそんなふうに言うなよ。顔とか年齢で測れないすごく魅力的な人なんだ」

がきん。鈍い音がして、部屋中にむせ返るような甘い匂いがたちこめた。ローテーブルの上にあった香水のビンを、ココロが壁に投げつけたのだ。

「ふっざけんなよ。そんな女の魅力とか、わかるわけねーだろ！　わかりたくもねえよ。自分が嘘ついてたくせに、何えらそうに言ってんだよ」

ココロは、そのへんにあった雑誌や座布団を、手当たりしだいに投げつけてきた。

俺は腕で防御しながら、ココロのヤンキーのような豹変ぶりに呆然とする。そのくせどこかで、一年付き合ったって相手のことなんて何も分からないものだなあ、と悟ったような、冷静な気持ちでもあった。

腹の部分が割れた香水ビンが、撃ち殺された生き物のように転がっている。

「ココロ、あぶないよ」

床に足を踏み出しかけたココロを押し留めて、とっさに割れたガラスを拾おうとしてさっくり指を切った。指先から流れる血を見て、ココロは泣き出した。

男と女は、どうすればうまく終わることができるんだろう。美羽さんなら、答えを知っているんだろうか。

ピンクのガラスのかけらが光るのを見つめながら、ぼんやりと思った。


七月三日。美羽さんと兄貴が会う夜。夕食が喉を通らなかった。

「ごめん、明日食う」

一口食べただけのから揚げにラップをして、冷蔵庫に入れる。

母親が、不満そうにえー、と声を上げたけれど、俺の顔を見て何かを察したように口を閉じた。

階段を上っていると、「今時の就職って大変なんやねえ」と母親が父親に話しかける声が聞こえた。

ネットを見ても、来週に試験を控えた授業のテキストを開いても、雑誌をめくっても、何も入ってこない。脳が勝手に、美羽さんと兄貴が一緒に飲み、ホテルへ行き、セックスをしている映像を詳細に作り上げては再生する。止まらない。

いっそのこと、兄貴に全部バラしてしまおうか。

携帯を手に取る。新規メッセージ入力画面を開いたところで、思いとどまった。

俺にそんなことをする権利はない。どんな仕事であれ、美羽さんの仕事の邪魔をしたくなかった。

仕事。

そうだ、仕事なのだ。「偶然を装った出会いの演出が天才的」。恵子さんの言っていたことを思い出す。美羽さんが俺と「出会った」のも、情報を引き出すためだったのだ。仕事であれば、恋愛めいたことをしても、肌を重ねても気持ちが移らないものなのか。

十時をすぎ、両親も寝たらしく家が静かになった。部屋にいると、陰鬱な気持ちが煮詰まっていくばかりだったので、コンビニへ行く。普段買わないウォッカの小瓶を買ってきて、オレンジジュースで割ってひたすら飲んだ。そのあと、直接口をつけて原液を飲む。喉が焼けるように熱くなり、空っぽの胃が痙攣した。だんだんと、兄貴への憎しみがわいてくる。

恵子さんにあんなことをしておいて、まだ懲りないのか。自分の快楽だけが大事で、平気な顔で近くの人を騙し続けるのなら結婚なんてする資格はないじゃないか。今までだって、ずっとそうだった。兄貴が好き勝手しているおかげで、俺もずっと我慢を強いられてきたじゃないか。だけど俺の気持ちなんて想像もしたことないんだろう。あいつは学習しないんだ。うまく立ち回って後始末ができていたせいで、本当に痛い目にあったことがないからだ。

酔って平衡感覚を失ったまま、気づくと台所にいた。電気もつけず、シンク下の内扉にある包丁を取り出す。何包丁というのだろう、細長く刃先が鋭い包丁だった。右手に持ち、左手でよろよろと手すりをつかみながら二階へ戻る。

十二時をまわっていた。

もしかして理性を働かせて、何もないまま帰ってくるかもしれない。そうすれば、何もなかったことにしよう。終電で帰れば、十二時五〇分ごろには着くはずだった。

サイドテーブルに包丁を置いて、ベッドに入った。自分が何をするつもりなのか、わからない。布団の中で、ひたすら時間が過ぎるのを待つ。

窓から差し込む外灯の光に照らされた包丁。頭が痛いほどに覚醒している。心臓の鼓動に圧迫され、呼吸が苦しい。

——呼吸が大事なの。

美羽さんの声がする。

――体ってすごいんだよ。吐いて吸うって動きは、潮が満ちては引くのと同じ。自然のリズムを体は休むことなくやってくれてるんだよ。呼吸をコントロールできると、感情もコントロールできるようになるの。

大きく息を吐く。あえぐように深く吸う。繰り返すうちに、涙がにじんできた。ぼやけた部屋の灯りに、美羽さんと見た風景を思い出す。

雨が降っていた。

こまやかで優しい霧雨にけぶる街並みを、美羽さんは傘も差さずに歩いていた。差し出した傘を断られた俺は自分だけ差すのも気が引けて、一緒に濡れながら歩いた。

メリケンパークには、濡れて光を映した傘がいくつも行き交い、夕暮れの風景全体がブルーグレイに沈んでいた。

突堤に建つかまぼこ形のホテルの客室の窓には、薄緑の丸い光が灯り、水滴のように連なっていた。美羽さんの細い髪の毛一本一本に留まっているちいさな雨の粒たちも、おなじ色に光っていた。

雨に濡れて黒く沈んだ地面が、まるで水面のようにポートタワーを映して、その時にしか現われないもうひとつのポートタワーにしばらく見入った。

夢の中のようだった。

――雨を上から見下ろすのが好き。

そう言う美羽さんと、タワーの体内を上へ上へと昇り、展望ラウンジについた。美羽さんの向こうに海が見えた。

一周するのに二〇分かかるから、また海側に戻るまでここにいると美羽さんは言い、二〇分は確実に一緒にいられることに幸福を感じた。

見下ろす港に観覧船が停泊し、学生服を着た修学旅行生たちを黒い煤のように吐き出した。美羽さんの向こうで、ガラス越しにほんの少しずつ回転していく景色。時間とは別の軸の流れのなかにいるような、不思議な心地がした。

ずっと前にも、このひととふたりでこうして地上を見下ろしていたことがあるような錯覚にとらわれ、そんなことを思う自分が、俺のしらない俺である気がした。

手の甲で目をこすり、携帯で時間を見る。一時になろうとしていた。

何も考えず、体が勝手に動いて通話ボタンを押す。

「もしもし？」

コール音二回でつながったことに、心臓が止まりそうなほど驚いた。自分でかけておきながら、動揺して言葉が出てこない。

「祐介くん？　どうしたの、こんな時間に」

「美羽さん」

考える前に言葉が出てきた。

「今すぐ会いたい。ってごめん、俺何言ってんだろ、こんな時間に……。ごめん、でも、会いたい。じゃないと頭がおかしくなりそうだ」

「いいよ」

あまりにもあっさりと美羽さんが言ったので、俺は混乱した。

……兄貴と一緒じゃなかったのか。

今、オールナイトの映画上映を観ようとしているところだと美羽さんは言い、商店街の中にある小さな映画館の名前を告げた。

財布と携帯をポケットにつっこむと、階段をかけおりた。急がないと、美羽さんがいなくなってしまうんじゃないかと気が急いた。

玄関の扉を開けようと、ドアノブに手をかけた時だった。突然、ドアノブが勝手にがちゃりと下りて、よろめいた。開かれたドアの向こうに男が立っている。思わず、わっと声をあげる。

「なんだ、お前か。びっくりした」

兄貴は事もなげに言って、

「ちょうどよかった、携帯かしてくれねえ？」

と続けた。

「やだよ。今急いでんだ」

構わず通り過ぎようとすると、強く腕をつかまれた。

「頼むよ。今日携帯が壊れて、雪乃に連絡取れないんだ」

「家電からかけろよ」

「こんな時間に家の中で彼女と話せるかよ。頼むよ、すぐ済む」

　仕方なく、無言で携帯を渡す。兄貴は背を向け、中庭を門に向かって歩きながら、

「えっと、０９０……」

　と思い出そうとするように声に出して番号を押す。最後が思い出せないらしく、しばらく頭を抱えたあと、

「そうだ、おっさんハロー」

　とつぶやき、家の裏に姿を消した。一瞬、どこかで聞いた言葉のような気がしたが、今はそれどころではない。実際は一、二分ほどの時間が、舌打ちしたいほど長く感じられて苛立つ。ようやく戻ってきた兄貴の手から、ひったくるように携帯を奪うと、自転車に乗って住宅街の間の細い道を走り出した。


　真夜中の映画館は、どことなく水槽の中を思わせた。底のほうでじっとしている魚のような、覇気のない男性スタッフからチケットを買う。知らない映画監督の特集で、四本立ての三本目がすでに始まっていた。細く開けたドアの隙間に体を滑りこませ、分厚いワイン色の幕をくぐりぬけて劇場内に入る。スクリーンの中は夜明けなのか夕暮れなのか、暗い青色の光を発していた。まばらな観客のなかに、青白く照らされた美羽さんの横顔をすぐに見つけることができた。

となりに座ると、ちらりとこちらを見て唇の端を上げ、美羽さんはまたすぐに画面に見入った。途中なので筋がわからないのと、酒で思考がぼんやりと濁っているせいで、ほどなくして強い眠気に襲われた。スピーカーから流れる、ゆったりとしたラテン音楽が心地良い。美羽さんの気配と匂いをとなりに感じながら、引っぱられるように眠りに入っていく。

はっと目を覚ました時には、エンディングだった。

美羽さんのほうへ目をやって、おどろく。滂沱《ぼうだ》の涙が、あとからあとから流れていて、鼻水まで流しっぱなしだったのだ。

「ハンカチ、持ってないの？」

美羽さんはその顔のままこっちを見て、首をふった。

「俺の服でふきなよ。来る前に着替えてきたばっかりだから、きれいだよ」

いくら人が少なくても、大人の女性をこの顔のまま外に出すわけにはいかない。シャツのすそを差し出すと、美羽さんは言われるがまま、布地をひっぱって顔をうずめた。むきだしになった腹に、冷房のきいた空気が触れて鳥肌が立つ。美羽さんは、そのままシャツで鼻もかんだ。

二人で、映画館を出る。眠たくなったから帰りたい、と美羽さんが言ったのだ。泣き疲れたのか、歩きだした美羽さんは無言で、ぼんやりとしていた。人気《ひとけ》のない商店街を、酔っ払っているらしい大学生のグループが通り過ぎる。「二〇歳おめでとう！」と口々に言われている女の子は、なぜかひとりだけ酔いがさめたような顔をしていた。

何で帰る、タクシー？　道路に出て、捕まえる？　俺の問いのひとつひとつに、美羽さんはこくんとうなずくだけだった。

「俺、女の子に泣かれるの苦手だけど、美羽さんの涙と鼻水ならいつだって、俺の服でふいてあげたい」

美羽さんはこくんとうなずいた。

「美羽さんと映画観たり、お茶したり、ごはん食べたり、同じ家に帰ったりしたい」

また、美羽さんはうなずいた。

「呼吸するたびに美羽さんのことが、好きだって思う。前の彼女といた一年間より、美羽さんといた数日のほうが、たくさんのことを学べた。本当に、初めてこんなにはっきり思えたんだ。美羽さんのことが好き」

急に後頭部に手がのびてきて、美羽さんはバスケットでボールを奪うみたいにして俺の頭を抱え込んだ。そしてそのまま、頭をなで続ける。

俺は美羽さんの肩にあごをのせて、ずっとされるがままになっていた。

美羽さんの部屋の窓枠いっぱいに、暗い青色が広がっている。

映画の続きを観ているようだ。底からほんの少しずつ、明るくなっていく。夜が明けかけているのだ。窓辺には、ドライになったあじさいが一輪、飾ってあった。もう鮮やかな色を失って、遺跡のような風合いをしていた。

美羽さんのおっぱいは、水を入れたビニール袋みたいな感触がした。昔、縁日の金魚すくいで手に入れた、水と金魚を入れて紐で下げるあの透明な袋を思い出させた。水がこぼれないように、ずっと両手で受けておかなくてはいけない、という焦りに似た衝動にかられ、なかなか手を離すことができない。

体が触れあう部分から、美羽さんの中の水に溶けて同化していくような感覚。溺れる、という言葉が浮かぶ。長いこと、美羽さんの中に入らせてはもらえなかった。それも、全く気にならなかった。だけど、いざ招き入れられると、美羽さんは思う存分、泳がせてくれた。いや、一緒に泳いでいるみたいだった。いつもと同じように、余分な力の入っていない、自由な体。裸のままで、二人とも短い眠りについた。

蟬の鳴き声で、目が覚める。腕に美羽さんを抱いていた。窓から差し込む朝の光の色をした幸福感に、体が包まれる。それと同時に、腕の中の人が今にも消えるんじゃないかという、とてつもない恐ろしさがおそってくる。そっと、美羽さんのももの間に手を差し込んだ。体の他の部分はあったかいのに、やっぱりふとももはひんやりとしている。すべらかな肌に、かすかに溝のようなくぼみがある。シーツの皺のあとがついているのだ。そのあとを、何度も指でなぞる。

まぶたを上げる音がしたような気がして、美羽さんの顔を見ると目を覚ましていた。

「今から本格的に寝るとこなのに、明るくなるなんて何考えてんの」

美羽さんが朝に文句を言った。

「空気読まないんだから」

「美羽さん」

俺は、意を決して口を開く。この抱いている体の手ごたえを確かなものにするために、訊かなくてはいけないことがたくさんあった。なのにいざ出てきたのは、

「……仕事は楽しい？」

という情けないものだった。美羽さんは、しばらく考え込むように黙った。

「私、気功教えるほかにもうひとつ、仕事してるの」

どきっとする。

「コントロールできてるつもりだったけど、その仕事で気づかずに溜まったもののせいで体がおかしくなっちゃったことがあってね。それで始めた気功にハマって、先生にも学ぶものがたくさんあって、師範コースまで取ったんだよね。今は、どっちの仕事も手放せない。どっちが欠けてもバランスが取れない」

「……体おかしくなるような仕事、なんで辞めないの」

「上っ面だけじゃなくて体ごと入っちゃうと、仕事って辞められないの。自分の中のある部分をその仕事が必要としていて、自分のその部分もその仕事を必要としていて、苦しいことがあっても戻っていっちゃうの。それが私にとっての仕事」

——恋愛じゃなくて？

訊こうとしたけれど、意味がない気がしてやめた。美羽さんは意味もなく俺の髪をひっぱっ

た。

「……その仕事が必要としてる美羽さんの中の部分ってなに？」

「その話は、また今度」

「また今度？」

「うん。また今度ね」

だいじょうぶ。祐介くんはだいじょうぶ。そう言って俺の頬を両手ではさみこむ美羽さんの目は、たまらなく優しかった。

恵子さんから電話があったのは、それから二日後のことだった。

依頼案件が成功し、兄貴と雪乃さんが別れることになった。それで契約が終わったのだという。

「どういうことですか」

「明宏の婚約者の雪乃さんがね、同じ会社に依頼してたらしいの」

「へ？」

俺は事態が飲み込めず、素っ頓狂な声を出した。

恵子さんの話はこうだった。不倫大国とも呼ばれるフランスでは近年、浮気に関するネットビジネスが盛んである。不倫専用の出会い系サイトをはじめ、浮気の隠蔽を手伝ったり、妻と愛人との二重生活をサポートしたりするサービスもある。

中でも需要が伸びているのが、パートナーが浮気をする男かどうかを結婚する前に確かめたいというニーズに応えたビジネスだ。「誘惑者」と呼ばれるスタッフを使った調査を専門にする会社があるらしい。異性の誘惑者をターゲットに近づけ、浮気をするそぶりを見せるかどうかを試すのだ。

美羽さんの所属する探偵会社は、そこに目をつけ、今年からそのビジネスを日本で初めて扱うことになり、探偵会社にしては大々的に広告を打っていた。

そこに、浮気度チェックの依頼をしてきたのが雪乃さんだったのだ。

社会的地位のある家柄の人間が結婚する時に、親が探偵を使って相手の過去や経歴を調べさせることはよくある。雪乃さんは調査しようという親に反発し、必要ないと言い続けて婚約に至った。

ところが、雪乃さんの気持ちを変える出来事が起こった。親友が、信頼していた夫の浮気が原因で離婚したのだ。「あなたは女子高育ちで男がわかっていない」という両親と親友の言葉に押される形で、「過去は消せないから今までのことは調べなくていい。これからのことが知りたい」と、浮気度チェックを依頼することにしたのだ。

日本でその会社しか提供していないサービスだったので、必然的にそこに依頼することになった。

業務内容は、誘惑者を兄貴に近づけて、誘いに乗るかどうか、言動を記録して報告すること。もし、男女関係になる気があるようなそぶりを見せれば、それが分かった時点で任務は完了。

実際に肉体的接触は一切しなくて良い。

　そこで、工作員として美羽さんが選ばれた。先に恵子さんから依頼を受けていた美羽さんにしてみれば、ダブルで任務を課せられていたわけだけれど、守秘義務があるので、恵子さんも雪乃さんも、お互いが依頼していることは知らされていなかった。

「だけど、こないだ明宏と美羽さんが会った日に、明宏にチェック不合格になる言動があったらしいの。それで雪乃さんは別れることにして、こっちの案件も継続する必要がなくなった。でも、明宏と雪乃さんが突然別れることになったなんて聞いても私が全然納得しなかったもんだから、事実を教えてもらうことになったの」

　じゃああの日、兄貴と美羽さんは会ったけれど、何もなかったのだ。

　ひっかかっていた事がクリアになって、俺はほっとしていた。同時に、あ、と思い当たる。

　下四桁がおっさんハロー、0386の携帯番号。雪乃さんの番号を、美羽さんも口にしていた。

　あれは、依頼者である雪乃さんからの連絡だったのだ。

「美羽さんは何も言わないけど、もしかして最初に雪乃さんに浮気度チェックサービスの存在を知らせたのは美羽さんだったんじゃないかって気もするの。明宏が手ごわくて別れさせ業務がなかなか進まないから、違う作戦として、何らかの形で雪乃さんに接触して仲良くなって、仕掛けたんじゃないかって。あの人ならそんなことができても不思議じゃない。たいした仕事人だもん」

　気づかずに雪乃さん情報をリークしたのは俺かもしれなかった。

「なんだか、こうあっけなく終わると私も力がぬけちゃった。定年退職したあとのサラリーマンみたいに、どうしていいのかわからなくてぼんやりしてる感じなの」

恵子さんの声は、電話を通しているせいか、違う女性のもののように聞こえた。

「今さらだけど我に返って、祐介君にはひどいことしちゃったと思って謝りたくて。お兄さんのことであんな話を聞かせたりしちゃって」

「いや、ああいう人間だからしょうがないですよ。兄だからって弁護のしようがない」

「だから結局、東京で祐介君に会った日に私が依頼を取りやめてたところで、同じ結果だったってことよね」

俺の言葉には触れずに、恵子さんは続けた。

「私、明宏とのあいだにできた子を中絶したことがあるの」

俺は絶句した。あの薄暗いカフェで見た、恵子さんの暗い目がよみがえってくる。

「まだ学生だったから、自分の人生を中断されたくない、ごめん、て泣かれて、堕ろすしかなかった。でもこの責任は取るから、俺が就職して落ち着いたら結婚しようって言われて、お互いに結婚資金を貯金することにしたのよ。今考えると、アメとムチっていうか、ずるい丸め込み方だなって思うし、その時は本気だったのかもしれないけどね。だけど明宏の、結婚しても自由でいたいから子供はいらないっていう意見は変わらなかった。まあどっちにしても、あっさり捨てられたから同じことだけどね。結婚資金用に貯めてたお金を、やけになって別れさせ屋に使っちゃったってわけ」

だからあの日、「子供はすぐにでも欲しい」と兄貴が言っていたことを伝えたら、恵子さんの態度が急変したのだ。

「変な話きかせてごめんね。でも最後に言っとく。祐介君、避妊だけはちゃんとしなきゃだめよ。忘れないように携帯の下四桁を１１５６、イイゴムにしときなさいよ」

恵子さんは、変な締めくくりで電話を切った。無理やり冗談にする彼女の乾いた態度が、余計に痛々しかった。

＊

頰を水滴が流れ落ちた。雨がふりだしたのだ。

家を出る時は晴れ間すら見えていたから、傘を持ってきていなかった。あわてて、アーケードのある商店街に避難する。職場までは多少遠回りになるけれど、余裕を持って家を出てきたから大丈夫だ。

花屋の前を通りかかる。ガラスケースの中に、あじさいを見つけた。去年よりはだいぶこぢんまりとした本数だけれど、そこだけ、別世界のような空気に包まれている。

美羽さんがいなくなってから、来月で一年になる。

最後に会ったあの日から、連絡が取れなくなった。電話はつながらないし、ＬＩＮＥのアカウントも消えていた。任務が終了して、この街からいなくなったのかもしれなかった。

予想はしていたけれど、なかなか吹っ切れなかった。

美羽さんのマンションにも行ってみたけれど、人の気配はなくなっていた。ポストにもドアにも、名前は書いていなかった。もしかして、元から書いていなかったのかもしれない。きっと、探偵会社の社長か誰かの持ち物で、このあたりの地域にスタッフを派遣する時の寮がわりにしているのだろう。マンションの前の植え込みにあったはずのあじさいが、なぜか跡形もなく消えていた。

また今度。

やさしい声がよみがえる。もう二度と会わない相手にそう言える。そのやわらかな冷たさ。美羽さんのふとももにまたさわりたいと性懲りもなく、思った。

ココロは、俺と別れたあとバイトをやめた。それからすぐに、社員登用試験を受けてみないかと店長に持ちかけられた。思ってもみない選択肢だった。だけど改めて考えると、そこで働き続ける自分がスムーズに想像できたし、悪くないと思えた。

バイトをしていたから有利にはなるけどなめてかかれば落ちる、と店長には念を押されていた。だけど、緊張はしなかった。

面接では、半ばやけくそな気分で、「最近一生懸命になったことは何ですか」という質問に、「恋愛です」と答えて面接官の失笑を買った。そして最後は無理やり、お客様との恋愛のような、表面的ではないコミュニケーションから常に学び続けたい、というような話にまとめた。

それが良かったのか悪かったのか、この四月から俺は、その会社で働いている。バイトをしていた店とは違う店舗の店長だ。

卒業を待たずに家を出て一人暮らしを始めた。兄貴も、雪乃さんとの婚約が破談になって実家に居づらくなったのか、それから間もなく家を出た。


気づくと、ガラスケースの前に立っていた。

お伺いしましょうか、と近づいてくる店員に、

「これ、一本だけでも大丈夫ですか？」

あじさいを指差す。

もちろんです、と店員は笑顔で答えた。

どこにでもある花だと、去年まではこの美しい色に気づくことすらなかった。

どこでも見られる花を、つかのま自分だけのものにするため、俺はお金を払う。ずっと手の中に留めておけるものではないと分かっていても。

たった一本のあじさいは、丁寧にセロファンでくるまれた上に、切花が長持ちするという栄養剤を添えてさらに大げさな袋に入れられた。花を買うのなんて初めてだったから、その過保護ぶりに驚いた。

後先考えずに買ってしまったけれど、どうしよう。バックヤードのデスクの上にでも飾ろうか。

花に顔を近づけてみる。そして俺は、一年経ってはじめてそのことに気づいた。

あじさいに、匂いはない。

花びらにそっと触れてみると、やわらかく、ひんやりとしていた。

これから毎年、この季節になるたびに美羽さんのことを思い出すのだろうか。美羽さんの声や肌の感触、涙の湿り気や、交わした会話たち、あるはずがないとわかっていながら、何度も夢想した、これから先に共有したかもしれない場面たち。

それらはどこか、痛みにつりあうだけの甘さも含んでいた。あじさいの冴え冴えとしたつめたい青のなかに、甘いばら色の気配が混じっているみたいに。

——美羽さんに教わった体との付き合い方のおかげで、仕事でしんどいときもずいぶん救われているよ。

そのことだけでも伝えたい、なんてことをたまに考える。

美羽さんの「色」が、街を覆うやわらかな湿り気を帯びた空気のなかにたゆたい、俺を包んでいる気がすることもあった。色合いを刻々と変え、その時々の感情にとけこむようなグラデーション。

商店街を抜けると、花を包んだセロファンに雨粒が当たって音を立てた。花びらのひとつひとつの上に、水滴が止まっては次々に流れ落ちていった。

赤い恐竜と白いアトリエ

通りかかったホテルの前で左巴《さわ》は足を止めた。まるで誰かに呼び止められたように。

コロニアル様式の建築で、開港当初の時代を偲ばせる重厚なホテルだった。しばらく見上げているうちに、客室にひとつ、またひとつと灯りが点り出す。カーテンの質感のせいか、窓ガラスのせいなのか、どこかレトロな感じのする暖色の灯り。

今夜はあの灯りのひとつになろうと、にわかに左巴は決めた。

エントランスを通りぬけ、フロントを素通りしてエレベーター前まで行くと、男性客が一人、エレベーターの到着を待っていた。

細身で背の高い男だった。海外ブランドのものらしいダークグレーのスーツを着て、フレームの細い眼鏡をかけている。裏のあるインテリ風といった風貌で、冷静で少し酷薄そうにも見えるところに色気を感じた。

近づいて横並びになると、その距離の近さにぎょっとしたように男は左巴を見て、知り合いだったかと思案するような、戸惑った表情になる。主導権を手放したその無防備さを、左巴は好ましく思う。

「何階に泊まってるんですか？」

「……21階です」

答える義務などないのに、不意をつかれて男は答える。

「ひとり？」

「はい」

「私も一緒に部屋に行っていい？」

左巴の言葉に、男の目の色がめまぐるしく移り変わる。驚き、警戒、猜疑《さいぎ》。

そこから好奇心と、お酒を一気飲みしたような酩酊がまじり、最後に瞳の奥に欲望が灯る。

エレベーターの到着を知らせるライトが灯り、扉が開いた。だけど男はそちらへ注意を向けなかった。しばらくの間のあと、空っぽのまま扉が閉まる。

男の瞳が映したものをすべて確認したしるしに左巴は微笑む。男の袖に触れて、上りボタンを押す。ふたたびエレベーターが到着すると、左巴は男と連れ立って乗り込む。落ち着かなげな男は、何かを訊くと左巴の気が変わるのではと怖れるように、エレベーターの中では一言も言葉を発さず、時折唾を飲むだけだった。

部屋からの景色は、毎日目にしている景色より良いとは言えない。それでも左巴は気に入った。

湾岸道路を行き交う車のライトが夜に流線を描き、その向こうに見える墨色をした海には、船の灯りがゆっくりとすべっていく。でこぼこと立ち並ぶビル。斜め下のほうに見える、一番近くにあるオフィスビルの一室の白っぽい光の中では、まだデスクで仕事をしている人がいる。どの灯りになることも自分は選べるけれど、今はこのホテルの灯りのなかにいる。そのことに、恍惚に似た満足感が湧き上がってくる。

バスローブを着た自分の姿を、バスルームの大きな鏡に映して見てみた。

直線的な体、毛先を梳《す》いた栗色のショートカットに小さな顔、尖った細い顎、猫のような目には丸いライトが映り込み、瞳をふちどる光の輪になっている。アンドロイドっぽいなと思っていると、

「入っていいかな」

背後に男がやってきて、後ろから包み込むように左巴を抱きしめた。

名前すら知らないのに、朝が来たらまた他人になって別れて二度と会わないのに、まるで久しぶりに会う恋人にするような、熱烈で力のこもった抱きしめ方だった。左巴が何の反応もせず、鏡ごしに観察するように見ていることに気づくと、男の目に少し傷ついたような色が浮かぶ。そのとたん左巴の体の中に、日常では満たせない種類の快楽が駆け巡り、一瞬だけ男と同化したような気持ちになる。自分の一挙一動に影響力があることを感じられる、こういう瞬間をいつも左巴は求めていた。

学生？　この辺に住んでるの？　何歳？　どうして声かけてきたの？　いつもこういうことしてるの？　好きなブランドは？　水とお茶どっちがいい？

男の質問に、即興劇のようにその場で思いついたことを答えながら、左巴は部屋をうろうろと見て回ったり、椅子に座ってぼんやりと夜景を見たり、あまり喉が渇いていないけど惰性で水を飲んだりした。寝てくつろぐためだけの部屋。──あの場所とは正反対だ。

真夜中。ベッドの上で、男は左巴を抱きしめたまま無防備に寝息を立て始めた。酔いがさめていくように、さっきバスルームで感じた陶酔が薄れていく。入れ替わりに、耐えがたいほどの退屈がやってくる。朝が来る頃にはもっとひどくなっているだろう。そう思いながらも、眠気に負けて目を閉じる。

浅い眠りのなかで、何かが墜落してくる夢を見た。ここ数年来、よく見る夢だ。空を飛んでいた飛行機のような何かが、どんどん高度を下げてくる。灰色がかったロケット形の、小さな翼のあるその機体がありえないほど大きく迫ってきて、おかしいと思ったとたんに、それがコントロールを失っていることに気づき、左巴のいる場所に落ちてくるのだと悟る。気づいたときには、もう逃げる時間は残されていないのだった。

朝六時前にホテルを出て、人工島《ポートアイランド》へと向かう自動運転のポートライナーに乗り込んだ。無機質なアナウンスの声も、何年も聞いていると知り合いのように親しみを感じる。最後尾の車両に入り、濃い紫色の座席に腰かけると、いつも鞄に入っている詩集を取り出した。左巴と同じ年で自死した詩人の本。詩は、ほんの短い乗車時間でも読めるところがいい。

ポートライナーが、左巴が座っている方向と逆向きにゆっくりと動き出す。目線を上げると、正面に山々が、その裾野に広がる街が、目の前に迫るビル群と駅が見える。

進行方向に背を向けていると、未知のところへ連れて行かれると同時に引き戻されているような、不思議な感覚におちいる。未来へ向かって逆流しているような気分だった。さようなら、緑の山々。

詩集をひらくと、ぜいたくな余白がまず目に入った。たっぷりとスペースをとって、少量の言葉たちが、真ん中のほうに大切そうに陳列されている。

読むというよりは、見つめるというほうが近かった。左巴は言葉たちを見つめ、香ってくるのを待つ。

ひとつひとつの言葉がまじりあう瞬間だけ立ち現われる、詩の芳香は、一瞬だけ強く香り立ち、すぐにはかなくなっていく。その残り香がしみこんでいくような余白を、慈しむように指でなでる。繊細で一過性の、言葉と言葉の共鳴音が吸い込まれていく、余白。

二〇世紀が終わるまであと六年と少し。そのうちに人々は、電子の画面で本を読むようになるだろうという未来予想図をどこかで見たことがある。電光する余白にもこんな作用があるものかと、左巴は疑問に思う。

駅を出て歩道橋を渡っていると、海を埋め立てて作られた島の南西部が広範囲に見渡せる。茫漠とした、起伏のないフラットな島。車道も歩道もいっそ寂しいほどに広い。

沖の方向を仰ぎ見ると、湾岸から一キロほど離れたところに、十二階建ての茶色い箱形マンションが何棟も立ち並んでいるのが見えた。ところどころ低い位置に洗濯物が干してあったり、時折人間が出入りしたりしているのに、なぜか廃墟のように見える。その前には、日本の街中では考えられないほど広い駐車場が広がっている。

あちこちにだだっぴろい空白があり、遮るものがないせいか、湾岸部でコンテナが積み込まれる音も、大型トラックの通り過ぎる音も、どこにもぶち当たることなく、さざ波のようにどこまでも広がっていくように聞こえる。

南から吹き渡ってくる潮風と、ところどころに植樹された緑だけが、有機的なものを感じさせた。その木々たちも、植えられてから二〇年も経たない若木の部類なので、生き物が住まう場所を支えるにはまだ頼りなく思われる。

「おはようございます」

缶コーヒーとタバコのにおいのするプレハブ建ての事務所に入っていく。

作業着に着替えてヘルメットをかぶると、舞台上に戻ってきたような気分になる。何年も続いているアメリカのシットコムに出ている役者はこんな気分なのだろうかと思う。

一〇人のチームで朝のミーティングをして、コンテナの積み下ろしをする船の出航時間と、コンテナの数などを確認する。

コンテナターミナルに出ると、いつもの感情が胸に染みわたってきた。

荒涼とした、行き場のないような感情。寂しさや孤独感と似ているけれど少し違う、謎めいた快感のようなものをともなう感情。快でも不快でもない。強いて言うなら、両者が等分の力で引っ張り合いをしていて、境界線を行きつ戻りつしているような緊張感だ。

五〇メートルにもなる巨大な赤い首長竜のような、ガントリークレーン。巨人が遊ぶブロックのような、色とりどりのコンテナたち。そびえ立つ大型貨物船。何もかもが信じられないほど大きく、自分がちっぽけに感じる。それなのに、こんなちっぽけな存在がこれらのすべてを動かしているのだ。

「青山《あおやま》さんて、どうしてガンマンになろうと思ったんすか？　いや、この場合ガンガールか」

作業場に向かう途中に、最近入社してきた岸《きし》が話しかけてきた。ガンマンは、湾岸でコンテナの積み下ろしをするガントリークレーンの操縦者を指す。

「……子供の頃、海にいる赤い首長竜に乗ってみたいといつも思ってたんだよね」

いくつかある答えの中から、今日はそれを選んで答えた。

「首長竜って呼ぶ人初めて見ました。だいたいみんな、キリンっすよね」

「キリンよりもっと寂しいというか、絶滅の生き残りみたいに見えるから」

「え、青山さんてロマンチストっすか？」

面倒になってそれっきり何も答えなかったのに、岸はなぜかクレーンの下までついてきた。

潮風に乗って、ココナッツのような人工香料の匂いがただよってくる。岸は車通勤なので、車内の消臭グッズの匂いなのだろう。

「落ちないでくださいね」

「何年やってると思ってんの」

「青山さん、華奢だから風に吹かれて飛ぶんじゃないかと」

「その時は受け止めて」

ワイヤーの点検や、ルーティンの安全確認をしながら適当にいなす。

「青山さんなら喜んで受け止めます。でも俺の上にコンテナ落とすのはやめてくださいね」

「それは約束できない」

ひでえなあ、と笑ったあと岸は、何か言いたそうにぐずぐずとしていた。

「……聞きたかったんすけど、あの倉庫にいる人って、」

「悪いけどもう行かなきゃ」

遮ると、岸に背を向けて鉄鋼製の首長竜の体内に入っていく。エレベーターで、地上三〇メートルまで一気に昇る。

エレベーターから外に出ると、冷たい風が下から吹き上げてきて、防寒のため着ていたアウトドア用ジャケットのフードをあおった。顔を上げると、洗い立てのようにクリアな空、その下に広がる海、対岸の街並みが、鳥の目で見るように広範囲で見渡せる。おへそのあたりから、体の中に空気が入ってくるようなぞくぞくとした感覚が湧き上がってくる。

自分の体が透き通り、広大な空の色の一部になっていくような気がした。

少し目線を下げると、湾岸部だけ鈍色《にびいろ》がかった海の色、湾岸に停泊している大型貨物船、コンテナターミナルで待機するトレーラートラックたち、そのあいだを這い回る虫のような人間たちが見下ろせる。

さっきまで近くで喋り、ココナッツの匂いをさせていた人間も、個体の識別のつかないうごめく粒のひとつになっていた。


今日はやめよう。今日は行かない。

仕事を終えた午後六時頃、左巴は心の中でつぶやきながら駅へと向かっていた。

それなのに、構内へ上るエスカレーターに足を踏み出そうとした瞬間、回れ右して来た道を引き返していた。がらんとした道を、倉庫が建ち並ぶ湾岸部へと小走りに進んでいく。

すっかり暗くなっていて、人気のない一帯は映画のセットのように見えた。巨大な倉庫群の端っこに、ひとまわり小さくて古い、薄緑色の屋根の倉庫がある。

左巴はその前でしばらく立ち止まって息を整えると、中へ入っていった。

ちゃちな造りのその倉庫には、明かり取りのちいさな窓が高い位置にいくつかあるだけで、灰色のトタンの壁に囲まれている屋内は薄暗い。床はコンクリートだ。貨物の保管のためのその場所は、人間が長居することを想定して作られていない。

それなのに、倉庫の中には貨物はなくがらんとしていて、端のほうにいくつか段ボールがあるだけで、代わりに生活の気配があった。入り口から正面の突き当たりの壁に、スタンドライトが作る影がシミのようにもやもやと浮かんでいる。ライトのすぐ横にある、ところどころが破れた黒い革のソファには、厚手のジャンパーやニット帽が積み重なっている。

近づいてよくよく見てみると、積み重なった衣服に同化するように人間が横たわっていた。伸びっぱなしのちぢれた髪に、まばらに生えた無精ひげ。閉じた目の下の影が濃いのはライトのせいだけでなく、隈だと思われた。異界から落ちてきた見知らぬ男のように見える。だらんと垂れた手。指先から少し離れた床の上に絵筆が落ちている。きっと、少し休むだけのつもりが、意図せず深く眠り込んでしまったのだろう。

「先生」

呼びかけると、がらんとした倉庫の中に左巴の声が響いた。外と同じで、茫漠とした空間で音は広がりやすい。けれど、辿り着く場所がなく迷子になっているような気がした。

ソファからもそっと起き上がると同時に、それは左巴の知っている「先生」になった。

「今って、いつ？」

「２０５０年」

左巴が答えると、

「え？　ほんと？」

ぼんやりと倉庫の壁のあたりに視線を飛ばしたまま、先生がやや不安そうな声を出した。

「ほんとなわけないじゃん。１９９４年」

「……日付と時間が知りたいんだけど」

「じゃあ最初からそう言えばいいのに。十二月二〇日十八時十八分」

左巴は腕時計を見ながら、できるだけ乱暴に答える。

「ていうか、先生の生活に日付と時間なんて関係あるの？」

コンテナヤードの端にある、使われなくなった倉庫。先生がここに住み着きだしてから、何ヶ月経つだろうと左巴はぼんやり思った。

それなのに、ソファの正面にあるイーゼルに立てかけられたカンバスはずっと白いままだ。

先生はふらふらと起きだし、床に広げた新聞紙の上にいくつかあるパレットの中から、一番大きなものを拾い上げた。ガラス容器に立ててある、木製の柄のついた大きな刷毛《はけ》を迷いなく取り上げる。円筒形の大きな花瓶のようなガラス容器の中には、何種類もの筆や大小の刷毛などがぎっしりと詰まっている。

何かの溶液を使って、パレットの上の絵の具を混ぜる。それから先生は、カンバスの真ん中あたりに刷毛を着地させる。まるで何年も前からそこに着地すると決まっていたように。

「……一日食べてないんじゃない？　パン買ってきたけど、食べる？」

左巴の声は先生の耳には届いていないようだった。カンバスの白に、あらゆる音が吸い込まれてしまう。

少し青みがかったような透明感のある白が、先生が動かす刷毛によってカンバスに塗り重ねられていく。休む間もなく動き続ける、先生の骨張った手。カンバスはずっと、白いままだ。なぜなら先生は、白い絵の具しか使わないからだった。

それでも目をこらしたり、歩き回って色んな角度から眺めると、どこがどうとは言えないのだけれど、前回来た時と違っているのが感じられた。

白の種類がそれぞれ違うから、その微妙な差異のせいかもしれない。

先生は、画材店で売られている絵の具の他にも、あらゆるものから自分で白を作る。手に入る白の種類に飽き足らなかったらしい。貝殻、骨、珊瑚などを砕いて粉にして、粘液と混ぜ合わせる。小麦粉を溶いたり、歯磨き粉をそのまま塗ることもあった。

何ヶ月経っても白いカンバスは、横から見てみるとまったく違った表情を見せた。カンバスの元々の厚みの上に、おそらく十五センチはある厚みが盛り上がっている。何万回何十万回と白が塗り重ねられてできた、地層の厚みだ。正面から見ただけではわからない時間が、たしかに積み重なっていることがわかる。

そう考えると、この数ヶ月で何百年にも値する営みを成し遂げているようにも思える。とてつもなく無為な行為なのに、ある瞬間それは鮮やかに反転し、考え及ばないほど崇高なものになる地点があるのだった。

いつのまにか左巴は、突っ立ったまま、時間と場所の存在を忘れて先生の営みに取り込まれている。悠久の時の流れのなかで、はるか天空から、風や水が土を運んで地形をつくっていくさまを眺めているような状態におちいっている。


「すいません、写真撮ってもらえますか」

ポートタワーを通りかかった時、学生らしきカップルに声をかけられた。

まだ五時にもなっていないのに、波止場はいつのまにか薄い夕闇のなかにある。ポートタワーのライトが灯っていることに、左巴は初めて気づいた。

高校時代の友達に誘われて、彼女がステージに上がるライブハウスへ向かっているところだった。

「いいですよ」

左巴は快諾し、緑の使い捨てカメラを受け取る。すこし後ろへ下がってシャッターを押し、その二人を四角の中に切り取った。切り取られた二人は、カメラを渡す左巴にお礼を言い、楽しそうにタワーの中に入っていった。

あの二人も、そのうちあの四角の枠の中にしか存在しなくなるのだ。一人と一人になって、枠の外へ出て行く。哀しいけどとてもありふれたことだった。

人は何のために写真を撮るんだろう、と左巴は考えてみる。覚えておきたいから？　覚えておくことの責任から逃れるため？

だけど本当に覚えておきたいことは写真には残らない。料理を撮っても味が写らないように。

ライブハウスは、古いビルの地下にあった。

重い扉を開けて中に入る。タバコの煙とウォッカとレザーを煮詰めたような空気が充満していて、高いギター音がこめかみに響く。トップバッターだったらしい友達のバンドがすでに演奏を始めていた。

三つ目のバンドが終わった後に外に出ると、電柱にもたれてタバコを吸っている男と目が合った。黒いキャップに黒いパーカー、細身のブラックジーンズの足を折りたたむように腰を落としてしゃがみこんでいる。

左巴もタバコを取り出したところで、

「俺らの演奏、どうだった？」

彼が話しかけてきた。二〇歳そこそこくらいなのか、少年ぽさの残る声だった。

「出てたっけ？」

「ひでー。二番目のバンドだよ」

「ああ……うーん、可もなく不可もなくって感じ」

「さらにひでーな。今日はいまいちだったのは分かってるけどさ」

黒パーカーは地面でタバコをもみ消した。

「下がるなあ。なんかぱーっと気が晴れることしたいわ」

「しようよ」

左巴がタバコを片手に近づき彼の手を取ると、黒パーカーは虚を衝かれたように左巴の顔を見て、この前の眼鏡の男と似たような表情を浮かべた。

手をひかれるままにおとなしくついてくる黒パーカーは、抱き上げられて硬直している子猫のようだった。

隣接しているビルの非常階段を、彼の手をひいたまま登っていく。二階、三階、四階。

「開いてる。不用心だね」

非常口の扉を引いて、屋内に身をすべりこませた。

「最近倒産した会社じゃね、たぶん。首つってる人がいたりしねえかな」

黒パーカーの声に不安がまじる。入ってすぐ、廊下の右手にある部屋の扉も開いていた。誰かが入り込んだことがあるらしく、壁にスプレーで落書きがしてあった。

左巴は部屋の窓に近づいて、開け放つ。すぐそばに、高速道路の高架が見えて、車の行き交う音がひびいていた。

窓枠を乗り越えて外に出ると、バルコニーとも言えない幅の狭いスペースに、腰の高さほどの柵があった。左巴は柵の手すりに手をついてひょいと乗り上がり、柵の上に座って足をぶらぶらさせた。

「何してんだよ、危ないよ」

まだ屋内に留まっている黒パーカーが声をあげる。

「怖いの？」

挑発するように言うと、黒パーカーはむっとした顔をして、無言で近づいて来ると窓枠を乗り越え、外に出てきた。

左巴が後ろ手に柵を摑んで虚空に身を乗り出すと、

「ちょっとちょっと、やめろって落ちる」

黒パーカーは裏返った声をあげたので、左巴は笑いをかみ殺した。が、じきに抑えきれなくなって、体を波打たせて笑い出した。一度笑い出すと止まらず、おさまるたびにまた、何度も発作のようにこみ上げてくる。

「あぶない。片手離れちゃった」

左巴が片手だけで虚空にぶらさがると同時に、黒パーカーは踏まれたカエルのような声をあげた。

「一緒に飛び降りてみない？」

「そういう冗談やめろって」

柵を摑んでいる片手と腹筋に力を入れて、体を起こし、また柵を乗り越えて戻ると、黒パーカーは震えながら手を貸そうと右手を差し出してきた。握った手は、じっとりと汗をかいて湿っていた。

「何なんだよお前、ドラッグでもやってんの」

窓枠を乗り越えて屋内に戻ろうとする黒パーカーの声は、まだ震えている。

「やってないよ」

「酔っ払ってる？」

「一滴も飲んでない」

「じゃあ頭おかしいよ」

「おかしくないよ。間違いたいだけ」

窓枠からジャンプして、床に着地する。やっと安全な場所に戻ってきたことで、抑えてきたものが溢れだしたように、黒パーカーは激しく左巴を抱きしめてきた。まるで、落ちないように必死でしがみついているようだと左巴は思った。

誰かの平静を崩してこういう姿を引き出せた時、そのことでしか得られないぞくぞくした感覚が湧き上がってくる。そのために左巴は、よくこうして誰かを巻き込むのかもしれなかった。コットン素材でできているらしいパーカーは柔らかくて、肌触りがいい。こうして誰かと抱き合ってみて、欠けた部分がいくらか満たせる気がする場合と、まったく変わらない場合があるのはどうしてだろう、何が違うのだろうと、そんなことを考える。

ひとつだけ確かなのは、誰といても本当に満たされることなどないということだった。こういう行動でひとつのコップが満たされると、代わりに別のコップが空になる。それを満たすためにまた、別の相手を探して同じことをする。その繰り返しだ。わかっていても、やめるわけにはいかなかった。ずっと麻酔を打ち続けているような状態で、麻酔が切れた時にどんなことになるのか、考えるのを怖れていた。

ライブハウスを後にした一時間後、左巴はガントリークレーンの操縦室にいた。

前後左右に加えて真下も見る必要がある操縦室は、足元が透明になっている。夜の中に一人で浮かんでいるような状態だ。

夜勤は好きだった。どうせ家にいても眠れないことが多いので、仕事をしている方がいい。なるべく時間の余白をなくしたかった。

物流は血液のようなものだ。昼も夜も、流れ続けている。

山の手に住んでいた子供の頃は、あの島を護っている赤く発光する恐竜たちにはどんな戦士が乗っているのだろうと想像したものだった。

実際にはそんな格好いいものではなく、湾岸の仕事にロマンが入り込む余地などない。それでも、恐竜たちを操る戦士の気分になるのは、たまには悪くないと左巴は思った。

戦士は眠らない。滞りなく、血液がめぐるように。この街のなかを。この世界のなかを。

湾岸に並行して敷いてあるレールに固定されたガントリークレーンを左右に動かし、首長竜の首の部分にあたるアームを二トンコンテナの四隅にぴったり合うように下ろし、ピンを固定させる。それから、待機しているトレーラーの荷台に下ろしていく。

数センチでもずれることのないよう、地上三〇メートルからアームを操縦するのは、相当な経験と高度な集中力を要する仕事だった。夜は特にそうだ。風が強い日などは、さらに難しい。

地上には人間たちがいるし、コンテナの中身は荷主からの預かり物だ。一歩間違えば大惨事だ。ぜったいに間違えることは許されない。

――許されない？　誰に許されないんだろう？

ふと、集中のさなかにそんな疑問が挟み込まれる。髪の毛一筋のようなささいな声なのに、気を取られると膨張してしまうことは分かっているので、左巴は気付かないふりをしてレバーと足元に意識を注ぐ。フロントガラスの上部に取り付けられたデジタル時計をチェックし、無線の声に耳をすます。

ほんの少しレバーを右側に調整すべきポイントで、ここで思い切り左に振ったらどうなるだろう、という衝動がすっと挟み込まれる。操作への集中に要する力より、いつの間にか隣に座っている衝動を見ないふりすることに使う労力の方が大きいような気がしてくる。

毎日のルーティンの隣に大惨事が座っている。その事実とどうつき合っているのかと、ガントリークレーンを任されるようになったばかりの頃、先輩に訊いたことがあった。

「考えない」という答えだった。

「だって俺らの日常自体が大惨事と隣り合わせだろ。後ろを走ってる車のドライバーがたまたま寝不足だったら衝突されるかもしれないし、たまたま故障した飛行機が墜落してくるかもしれないし、たまたま逆上した愛人に刺されるかもしれないし。いちいち考えてたら生きていけないよ。生きてること自体が怖くなる」

人は、誰かに命運を左右される立場になることも、逆に誰かの命運を決める立場になることもあるということか。左巴はそんなふうに受け取った。

午前五時を回ったころ、最後のコンテナを持ち上げる。トレーラーに下ろす瞬間、ふとこのコンテナを、先生がいる倉庫に落としてみたいという気持ちが湧き起こる。

とはいえ、ガントリークレーンはレールの上を左右にしか動けないし、アームは前後にしか動かせないので、実際はそんなことは不可能なのだった。


「もう完成したの？」

そう訊いたのは、めずらしく先生がカンバスに向かっておらず、のんびりした風情で本を読んでいたからだった。

前に来てからまだ四日しか経っていない。来なければよかったと思うのに、また来てしまう自分に腹が立っていた。

「まさか」

先生はちらっと目を上げ、また本に視線を戻した。

「いつ完成するの？」

「わからない」

「どうなったら完成なの？」

「完成したときにわかる」

「そもそも、完成させる気はあるの？」

「気があってもしょうがないんだよ」

「なんで？」

「それは僕が決めることじゃないから」

「永遠に完成しない可能性もあるってこと？」

うん、まあ、と生返事をして、先生はそれきり左巴の存在を意識から消したようだった。

完成させるのが怖いのかもしれない。不意に、そんな気がした。

この関係を完成させたい。自分がそんな思いに取り憑かれていた頃のことが、にわかに蘇る。あれほど完成を切望していたのに、そのことだけで頭をいっぱいにして過ごしてきたのに、ある時、おそろしいことに気づいた。

完成とは終わりなのだ。自分が切望していたのは絶望だったのだと。そして今もずっと、終わりのなかにいるのだ。

「クレーンを操縦するってどんな気分なの？」

先生の声が背後から聞こえたのは、左巴が倉庫を出ようとする瞬間だった。

まただ、と思う。左巴がどれだけ視界に入ろうとしても入れないのに、去ろうとすると急に関心を持つ。先生にはそういうところがあった。

「先生ならわかるんじゃない？」

気まぐれに与えられた施しを払いのけるように、左巴はぶっきらぼうに答える。

「え？　やったことないから、わからないよ」

素直な返答に、よけいに腹が立ってくる。

「万能の立場を与えられてるみたいに錯覚してるけど、決められたことしかできない。自由なようでいて縛られている。絵筆を持ってる先生と同じだよ」

倉庫を後にして、早足で北へと歩いて行く。


午後六時の道路には人気がなかった。ごくたまにジョギングをしている中年女性や、塾帰りらしい小学生などが向こうからやってくるとすごく目立った。対岸の街の中心部では、一人一人に目が行くことなどないのに、ここでは人間がおおきなカンバスにぽつぽつと描かれているような感じなので、ついじっくりと見てしまうのだった。

この人工島が完成したのは、左巴が小学生の頃だった。

まちびらきの翌年に行われた博覧会に、家族で訪れた。山の方に住んでいたので、ここまで来るのはその頃の左巴にとってちょっとした旅のようだった。だだっ広い道の上を歩いていると、不意になぜか、懐かしさのような感覚にとらわれたのをよく覚えている。既視感とは違う。それでもその感情は、懐かしさとよく似た場所から湧いてくるように思われた。

それからも、一人で、または友達と、よくこの島の科学館や遊園地を訪れた。

いつのまにか、その頃の左巴にとって未来のイメージは、この人工島の持つイメージになっていた。茫漠としていて、入植したばかりの星のように生き物の気配が希薄な世界。生々しい感情は、科学館の展示物のように陳列され、ガラスごしに眺めるだけのものになっている。でなければ、無菌の工場で計算された分量でパッキングされ、清潔な状態で届くものになっている、そんな未来。

その時、急に背後から走ってくる足音が聞こえて、左巴はとっさに身を固くした。

振り返ると、男の黒いシルエットが明らかに左巴を目指して近づいて来る。逃げだそうか逡巡した時、

「青山さん」

間近に迫ったシルエットの顔がようやく判別できた。

「今日はポートライナーで帰らないんすか」

「……びっくりした。岸君、ちょっとやめてよ、もう」

「はは、そんなに焦ってる青山さん初めて見ました。いつも超クールに仕事してるのに」

左巴と横並びに歩きながら、岸は脳天気に笑う。

「もしかして、大橋渡って帰るつもりっすか？　かなり時間かかるし寒いですよ」

「ほっといて。歩きたい気分なんだよ」

「じゃあ俺も一緒に行きます」

「車じゃないの」

「置いていきます」

「そう。好きにしたら」

立ち止まらずに答える。シンセサイザーの音が背後から近づいてきたかと思うと、大音量でポップソングをかけているスポーツカーが通り過ぎ、大橋の方へ向かっていった。

人工島と街のあいだに架かっている赤いアーチ形の大橋を歩いていると、海上の風が容赦なく吹き付けた。

「むかしサザンの野外ライブに行った時、人が多すぎて帰れなくなるんじゃないかと思ってびびって、ライブが終わる前に友達とこうやって歩いて橋渡って帰ったんですよ。空が暮れかかってて、遠くから『ＹａＹａ（あの時代を忘れない）』が聞こえてきて、なんか切ない気持ちになったんだよなあ。ここ歩くの、あの時以来です」

髪が風で四方八方に吹かれ、鼻をすすりながら岸は一人で喋っている。

「ふうん」

「青山さん、音楽何聴くんすか」

「特にこだわりないけど、あんまり歌モノは聴かない」

「あー、そんな感じ。俺みたいな田舎もんと違うなあ。実家どこでしたっけ」

左巴が山の方にあるニュータウンの名を告げると、

「それで今ポーアイで働いてるって、面白いっすね」

岸が言った。

「なんで？」

「だって、海埋め立てるための土砂を山から削った跡地に住宅街ができたんすよね？　島取り出したあとの穴に住んでて、そっから島に渡ってくるってなんか、なくしたものを取りもどしにきたみたいだなって。あ、それで思い出したどうでもいい話していいすか？　俺、淡路島《あわじしま》出身なんすけど、淡路島と琵琶湖って形似てるじゃないすか。小学校の卒業アルバムで、『もし神様になって何でもできるとしたら？』っていう質問に、『琵琶湖に淡路島をはめ込む』って書いてた」

「なんのために？　他にもっとやることあるでしょ」

一人で歩きたい気分だったのに、自分をしっかり見て、他愛ない話をする相手がいることに、どこか安堵しているのに気づいた。左巴をまともに映さない先生といる時の、ヒリヒリとした気持ちを忘れそうになる。それでも、向こうから近づいてくる相手を使って欠落感を埋めるようなことは卑しいという気がして、左巴はあまり打ち解けないように身を引き締めた。

なぜだかわからないけれど、自分から近づいて仕掛ける時とは、まったく別のものだという意識があったのだ。左巴にしかわからない線引きだった。

「そういえば、あの端の倉庫に住み着いてるゲージュツカみたいな人って、青山さんが社長に紹介したってほんとですか」

にわかに岸に訊かれて、眉根に力が入るのを感じた。

何気なさをよそおっているけれど、岸が真剣にこちらの出方を窺っているのが感じられる。

「……誰にきいたの」

「誰にってわけじゃないすけど、青山さんが仕事終わったあとでちょくちょくあそこ行ってるの、みんな知ってるから。トイレで鉢合わせるのが気まずいとか、なんか不気味だとか言ってあんまりいい感情持ってない人多くて、青山さんが変な噂立てられたらやりづらいんじゃないかと」

「倉庫を使わせてもらえるように頼んだのは、たしかに私だよ。あの人が自宅兼アトリエを追い出されそうになってて、行くとこなくて困ってたから」

「友達なんすか」

「ただの、偶然再会した古い知り合いだよ」

「へえ?」

岸が、真意を透かし見ようとするような目で見てくるのが居心地悪く、左巴は目をそらして早足になる。

「もう使わない倉庫だけど取り壊すのもお金かかるし、何か有効利用できないかなって社長が前に言ってたのを思い出して、私がたまたま知り合いと繋げただけ。倉庫を再利用したギャラリーとか家具屋さんとかカフェとか、よくあるでしょう？　コンテナターミナルにそういうものを作るのは無理だけど、個人で使うぶんにはいいし、アーティストのサポートなら文化支援っていう大義名分もあるし、いいかなって話になったの。今は先……あの、曽我部《そがべ》さんて人しか使ってないけど、これから共同アトリエになってもいいんじゃないかと思うし」

「青山さん、急にめっちゃ喋りますね」

いつのまにか、向こう岸に辿り着いていた。湾岸高速の高架を通り、花時計の横を通ってターミナル駅へと北上する。

「こん中通っていきません？」

駅前の百貨店にさしかかったとき、岸が入り口を指さした。

「どうして？」

「青山さんにプレゼント買いたくて」

「え？　なんで？　いらないよ、ちょっと」

つかつかと中へ入っていく岸を追いかけて自動ドアを通りぬけると、降りそそぐようなクリスマスソングに全身が包まれる。いつのまにか、赤いロゴのついたデパートの紙袋を提げて歩く大勢の客に流されるように中へ中へと進んでいた。

目の前にそびえる煌びやかなクリスマスツリーを見上げると、五年前のクリスマスイブに迷い込んだような気がした。

＊

十七歳のあの時期、左巴は猛烈に心中に憧れていた。古今東西の心中事件について読み、恋人同士が一緒に死ぬ小説や映画ばかり観ていた。

あの人と抱き合ってからまったまま、海の底に沈めたらいいのにと、体が引き絞られるように思った。からまったまま息をしなくなったふたりを、赤い恐竜が引き上げてくれたらいい。そんなことを思うのは正しくないと思っても、望むのはやめられなかった。自分の容量を超えて増殖する欲望は、何を養分にしているのかわからないけれど、自分が知らずにそいつに餌をあげつづけていることだけはわかった。

一緒に死んで欲しいという言葉に、うなずいてくれたら。

その時こそ本当にあの人の言葉を信じられると思っていた。何もかも許せる。今までの時間は正しかったのだと思える、と。

左巴がその画塾に通い出したのは、高校二年生になったばかりの春だった。絵を描くのが好きで、美大への進路を視野に入れていたからだったのだが、合わなければすぐやめよう、という軽い気持ちだった。

画塾を主宰していた女性講師のアシスタントが、彼だった。美大を卒業したところで、ちょうど左巴が通い出す数日前に働き出したばかりだったらしく、初日に「同じ新人だよ」と笑いかけてくれた。シンプルな服装なのにとびきりお洒落に見えて、左巴が憧れる知らない世界からやって来たような大人の男が、対等な友人のように親しげな態度を見せてくれたことに高揚した。左巴は内心、メインの講師である女性よりも彼のほうが才能があると思っていた。彼を「先生」と呼び、女性講師を「木村《きむら》先生」と名前をつけて呼んでいたのは、自分にとって純正の先生は彼だという意志の表われで、その先生を「ソガちゃん」などとあだ名で呼ぶ他の生徒を苦々しく思っていた。

先生が自分を気に入っているのは感じていた。先生が他の生徒につく時間の二倍は左巴のもとに留まったり、独特の静かな、でも強く言い切るような声で「左巴ちゃんは特別」と何気なく口にしたり、左巴にだけこっそりお土産を渡してくれたりするたびに、自尊心がくすぐられ、眠れなくなるほど嬉しかった。

その喜びは、先生が初めて教室外で会うことを提案してきたときに頂点に達した。アトリエでもある自宅で、完成したばかりの絵を最初に見せてくれると言うのだ。

その頃の先生が描いていたのは、多色を使った、ライブペインティングのような勢いのある抽象画だった。六畳の美術館にたった一人の招待客として招かれた左巴は、それ以上ないほどのシチュエーションでその絵と対峙した。

意味なんて、必要なかったんだ。先生の絵を見ていると、そう思えた。ずっと自分は、意味に倦《う》んでいたのだと気づいた。何にでもマヨネーズをかけて食べる男のようにチューブを持って待ち構えている世の中に、あらゆるものが意味をかけられて油っぽくなってしまうのにうんざりしていたのだと。自分自身が絵を描くときも、油っぽい手でしか描けないことに嫌気がさしていたのだ。

油でべとべとした重い体が一気に清められた気がした。十七年かけて蓄積された固い殻のようなものから、その絵は左巴を解き放ってくれた。そうして左巴はいつのまにか、剝き身の自分のままで先生との恋の渦中にいた。

先生は、見るたびに、瞬間ごとに印象が変わるような人だった。何もかも超越しているように見えたかと思うと、守ってあげなくてはいけない少年のような弱さを感じさせる。だからこそ、一時も注意をそらせないように思えた。

先生は、これまで想像もしなかったさまざまな言葉で左巴を言い表し、美しいということを伝えてきた。これまで汚点だらけだと思っていた自分の中から、先生は左巴自身も知らなかった鉱物をいくつも拾い上げ、磨き上げ、目の覚めるような形に並べた。先生によって自分が新しくこの世界に描かれたような気がした。

エネルギーと時間のありったけを、先生との関係に注ぎ込んだ。先生の目で見て、先生の頭で考えたいと思った。一緒にいない時は、体の半分がなくなったような感じだった。先生以外の人間に興味が持てなくなったので、友達も離れていき、学校ではいつも一人だったけれど気にならなかった。クラスの中での四〇分の一に、学校の中での千分の一にうまく収まることなど、たったひとりの自分を先生の目に映すことに比べたら何の意味もなかった。自分のこと、先生に対する気持ちを知ってほしくて毎日手紙を書いた。まるで信仰心のために俗世を離れた修道女のように、雑念を排除し、もっと先生に対する気持ちを純粋にしていくこと、それだけを望んだ。そうするほどに、先生も左巴に応えてくれて、ふたりの気持ちはどこまでも高まっていく、それは疑いようのない摂理だと思っていた。

それがなぜか、ある一時から作用しなくなった。

注げば注ぐほど、減っていく。逆の現象が生まれ、先生の目に映る左巴の姿がどんどん薄くなっていった。

手紙の返事がこなかったり、電話に出なかったり、会う約束を延期されたりするたびにパニックに陥った。先生の目に映る自分が薄まるほど、左巴自身の存在が希薄になっていき、この世界から消えてしまうような気がした。どうすればいい。ある時、偶然取ったそっけない態度で、先生がまたこちらに興味を持つことを発見した。

それからは、わざと冷たい態度を取ったり、電話を途中で切ったりした。同級生の男子が気になっているふりをした。会いたくても電話をしたくても、我慢して自分からはしないようにした。

だけど、そうすることで自分自身が苦しくなった。あまりやりすぎても効果がなくなるように思えて、途中でどう行動していいのかわからなくなった。会わない日々が長くなるほど、出口のない真っ暗なトンネルを進まなくてはいけない苦しさに囚われた。たまに見せられる優しい態度や言葉は、出口でもないのに見せられる偽の光のように、左巴を蝕《むしば》んだ。

画塾の講師の木村先生が、他の生徒と話しているのを見たのは、冬休みに入ってすぐのことだった。

——先生とソガちゃんが一緒にカーテン選んでるの目撃しちゃった。つき合ってるの？

——実は、そうなの。でもあんまり言いふらさないでよ。

——知らなかったー。いつから？

——彼がここで働く前からかな。あの人、才能があるのに不器用で偏屈だから、なかなか絵で食べていくっていうのを自分でうまくやれないんだよね。だからずっと私がギャラリーを紹介したり、コレクターと繋いだりして世話を焼いてるうちに……

体の中で、血液の流れが止まったような気がした。目の前にある世界も、それを知覚している自分の視覚や聴覚、何もかも信じられなくなった。

その年のクリスマスイブは、まれに見るほど風のない日だった。日課で毎朝、風速をチェックしている父親が、今日のクレーン操縦者はやりやすいだろうなと言ったことがなぜか頭に残った。何も考えられないまま夜を迎え、曇り空の下で先生との待ち合わせに向かった。

左巴の心の中と反比例するように、街は光と活気に満ちていた。人混みのなかをふらふらと歩いていると、喧噪に体の力を吸い取られるようで、ほんの少し押されただけで地面に倒れ込んでしまいそうな気がした。

＊

コンと音を立てて、コンクリートの床に小さな紙包みが転がった。

倉庫の中があまりに寒かったのでコートのポケットからカイロを取り出そうとして、一緒に落ちてしまったのだ。リボンでラッピングされたそれを左巴が拾い上げようとすると、

「何、それ」

珍しく先生が反応した。

「クリスマスプレゼントにもらった。マニキュアだって」

「へえ、誰に？」

「……誰でもいいじゃん」

あの日、別れ際に岸から押しつけるようにして渡され、返すタイミングがないままポケットに入れっぱなしになっていたのだった。

「なんでポケットに入れっぱなしなの？　塗らないの？」

「そういう細かい作業は苦手なんだよ。絶対はみ出すし、乾く前によれちゃって苛々するし」

「僕が塗ってあげるよ」

「……え？」

飲み込めないでいるうちに、先生はさっと床からそれを拾い上げ、封を解いた。

――なんで、この色。

くっきりと黒いブランド名の入ったマニキュアの小瓶を見て、左巴はどきりとした。ボトルに入った液体の、血液のような深紅が目に飛び込んでくる。どうして岸はこの色を選んだのだろう。

「座って?」

促されて、断る言葉が見つからないままソファに腰かける。

さらに促された左巴は、渋々先生に手を差し出した。先生は、下から支えるように左巴の右の手のひらを自分の手のひらに乗せる。それでも左巴は、手を無防備に預けることに抗い、一グラムも重さを乗せるまいと力を入れた。緊張のあまり呼吸が苦しくなる。

先生はマニキュアの筆と一体化したキャップをつまみ、ボトルの口で筆先をそっとしごいて液の量を注意深く調節する。起点をさだめるように、左巴の人差し指の爪をじっと見つめたかと思うと、爪の根元に垂直に筆を当てた。

爪に感覚はないはずだ。それなのに、淡い触覚が爪を染みわたり、指先から喉元までゆっくりのぼってくる。唾を飲み込むだけで消えてしまうような、とても繊細な感覚だった。

筆先が、爪の表面を巧みに行ったり来たり、なめらかな曲線の動きをしたりする。瞬く間に透ける赤の膜ができる。十分の一ミリの狂いもない、爪と同じ面積の赤。

ふだんは、大きなカンバスの上で大きな動きをしているところしか見ていなかったので、これほど瞬時に細かい作業ができることが意外だった。まるで本人とは別の生き物のように、従属する忠実な使徒のように、先生の右手は働いていた。手の持ち主のことを忘れ、純粋に右手の精緻な筆遣いに見とれるあまり、力がだんだんと抜けてくる。

委ねてはいけないと思うけれど、ずっと微動だにせず力を入れ続けているのにも限界がきていた。指先がかじかんでいたし、神経が疲れてたまらない。

左巴の逡巡を察知して、先生はちらりと目を上げた。

「力抜いてくれたほうがやりやすい。いいから、体重……じゃなくて、手の重さぜんぶかけちゃって」

委ねてはいけない。自分の中の何かが叫んでいるのに、左巴は抗うのをやめてしまった。預ける自分の命の重さを推し量るように、少しずつ、少しずつ腕の力を抜き、手のこわばりを解き、とうとうすべて先生の手に預けてしまう。

力が抜けたところに襲いかかるように、日常的に先生に触れていた頃の感情がよみがえってきた。

瞬く間に、左巴の両手の爪はすべてつややかな深紅に覆われる。

白しか描かない先生に色を授けられた、という思いは左巴を苦しくさせた。首長竜の色。命の色。

あのクリスマスイブの夜も、赤ばかりが目についた。店員が着ているサンタの衣装。マットな赤い口紅。ミニスカートの赤。横断幕の、メリークリスマスの文字。

中心部の喧噪から離れて入った、坂のふもとの喫茶店でも、庇の赤がやけにくっきりと見えた。隣に座ったカップルが、ついさっき港近くのホテルで若い男の飛び降り自殺があったことを昂奮気味に話していた。

カフェオレの入った厚手のカップを手にした先生は、もう会えないと左巴に告げた。左巴ちゃんのことが好きだった、ありがとう。何の意味もない言葉、だけど「だった」という語尾にすごく感情がこもっているように聞こえた。先生は基本的に長いセンテンスや流暢に繋がった文章を喋らず、ちぎって投げるように単語だけ、短い一文だけを出す話し方をする。説明を求められた時は特に、カタコトに聞こえるほどその傾向が強くなる。だけどたまに、自分が心惹かれたことは熱に浮かされたように喋り続けることがあり、その対象が自分であった時が二度と戻らないということが、左巴にはうまく理解できなかった。

私と一緒に死んで。羽織ったままのコートのポケットに手を入れて、やっとのことで出した言葉は、全くの場違いだった。ただ、持ってきたからには出さなくてはいけなかった。遅すぎたのだと思った。幸せが絶頂の時にこそ言うべきだったのに、どうしてわからなかったのだろう。悔やんでも悔やみきれなかった。

ごめん、この体では死ねない。左巴ちゃんも死なないで欲しい。しばらく沈黙した後に先生はそう言って、じりじりと後ずさるように椅子をひき、好きだった、ごめんねともう一度口の中でつぶやき、立ち上がると店を出て行った。

左巴はコートのポケットに手を入れて、出せなかったナイフの柄を握りしめたまま、長いこと動けなかった。

画塾をやめてしばらくして、木村先生が妊娠していることを友人から聞いた。

左巴は絵が描けなくなり、どこであれ進学もする気がなくなった。高校卒業後は、物流会社に勤める父親のつてで、別の物流会社に事務職として就職し、業務の延長でクレーンの勉強をするうちに資格を取り操縦士になった。眠れない夜と自分の空洞を埋めるように猛然とやっているうちに、女性初、最速でガントリークレーンの操縦を任されるようになった。

「かっこいいと思う。左巴ちゃんがこの爪で、赤いクレーン操縦したら」

先生の声で我に返る。

顔を上げると、先生は笑顔を見せていた。伸びた前髪の隙間からのぞく目に、左巴が映っていた。


年が明けても、左巴の生活は表面上いつも通りだった。

無人で無感情に往復するポートライナーのように、大惨事と隣り合わせのルーティンを淡々と乗りこなす日々。クレーンでピックアップするように男を捕まえては、自分の影響力を行使する遊び。

もしかして本当は、あの時自分は死んだんじゃないだろうか。これまでに、ふとそう思うことが何度かあった。心中しようとして一人だけ死んでしまったのかもしれない。五年前の自分と、今の自分はまったく別人のように感じるからだった。死に損なった一部だけが残って、人間のふりをしてここにいるのではないかと。

だけど、あの日先生に爪を塗られて以来、何かが一気に変わってしまった。

爪の深紅が目に入るたびに、あるはずのない傷がいっせいに痛んだ。まるで、固いかさぶたが剝がされて、じゅくじゅくとした生傷がさらされてしまったようだった。五年という年月を、その間に少しずつ立て直してきた自分自身をすべてなぎ倒してしまうように、制御できない奔流が左巴のなかで暴れまわっていた。

ひどくなるだけだとわかっているのに、また、奔流を引き起こす渦の中心へと近づいてしまう。

その日のアトリエには、先客がいた。

五〇代なかばに見える男性と、若い女性。白いカンバスの前で、先生は二人と立ち話をしていた。昔見たような、熱に浮かされた熱心な話し方だった。倉庫にひびく話の内容から、どうやら東京にあるギャラリーの経営者とそのアシスタントであることがわかった。

入り口に立っている左巴に気づいても二人は軽く目礼するだけで、挨拶もしようとしなかった。先生に至っては、左巴の方を見もせず、ましてや紹介などする気配もない。

先生がそういう如才なさとは無縁なことも、興味を惹かれていること以外にはまったく無頓着になって視界から消えた状態になることも、知っていた。

——再会した日も、そうだった。

先生と再会したのは、動物園の前にある美術館の中だった。

大きな絵の前にいる先生に、左巴の方は一瞬で気づいた。けれど、その絵と一緒に透明なカプセルの中にいるような状態だった先生は、左巴が目の前まで近づいてもしばらくその姿が目に入っていなかった。

美術館を出て、ふたりで近くの店に入ってからは、まるで昔のことなどなかったかのように、先生は屈託なく喋った。あれから、木村先生と結婚して彼女の実家の離れをアトリエとして使っていたけれど、離婚して出て行かざるを得なかったこと。その後、活動資金を援助し、住居兼アトリエを貸してくれる人が現われたこと。その人が奔走してまとめてくれた、大企業のエントランスに飾るオブジェの制作契約を直前で破棄したために怒らせ、つい数日前に住居を追い出されて行く当てのない状態であること。

それでも、話を聞く前から左巴にはだいたい予想がついていた。先生の姿、肌や服装、雰囲気には、会わなかった年月の履歴が、絵筆の跡のようにぜんぶ見て取れた。そして、誰がどう頑張っても変えようのない性質が変わらずあることも。きっとあれからも何人もの人が、手を差し伸べては消耗して離れていったのだろうと思った。

今なら、自分が必要とされる余地があるのではないか。あの頃とは違うやり方で関われば、関係を塗りかえられる。突き動かされるように、社長に直談判して倉庫を使わせてもらう約束を取り付けた。悠長な先生に代わって、居住のために必要なものを考え、手助けをした。「芸術には援助が必要だから」と、仕方なく手を貸しているふうを装っていたけれど、先生に貸しを作れること、先生の行く末に影響を及ぼせたことが嬉しくてたまらなかった。何もできなかった高校生の頃とは違う。自分には力がある、と思えた。

死んでいた自分の一部が、つかのま息を吹き返したような活力を感じた。

「失礼ですが、こんなところで生活してて創作に集中できますか？」

不意に、ギャラリー経営者の声が耳に入ってきた。

「べつに気にならないです。僕は絵を描くこと以外はどうでもいいから」

「でも、もっと良い環境があればそちらに移りたいとは？」

女性が口をはさむ。

「まあ、そうかなあ。でも、この会社の社長さんが厚意で貸してくれてるから」

それから先生は、難解な仏教用語と絵の関係について、また熱心にしゃべり出した。

左巴が社長に必死で頼み込んだこと、さんざん手を貸したことには一言も触れなかった。

自分という存在が消し去られるような、耐えがたい無力感に襲われ、その後で屈辱感と怒りが湧いてきた。

何をしているのだろう。このままいつまでも、先生の気まぐれで存在したり、消えたりすることに翻弄されるのだろうか。

外に出ると、西の空がまるで燃えているように紫がかった赤に染まっていた。

このままでは、この先もずっと囚われたままだ。抜け出さなくては。初めて左巴は、強くそう思った。

「ゲージュツカのとこ、行くんすか」

夜勤を終えた左巴は、後ろから声をかけられてびくりとした。

午前五時を過ぎても、冬の朝はまだ来ていない。コンテナターミナルのアスファルトの上には、ライトが作るコンテナやクレーンの淡い影が折り重なっている。

「岸君に関係ないでしょ」

「行くのやめてくださいよ」

「なんでそんなこと言う権利があるの？」

「だって俺、青山さんのこと好きなんで」

左巴は岸の顔から目を背け、海の方に顔を向けた。海は自分の目の色と同じくらい凪いでいて冷たいので、安心して目を合わせられる気がした。

「好きって言われると腹立つんだよね」

「……マジすか」

岸がつぶやく。

「告白してムカつかれたの初めてっす」

「ドラッグでもやってんの」

「やってないっすよ」

「酔ってる？」

「飲んでません。さっきまで一緒に仕事してたじゃないすか」

「じゃなきゃ頭おかしいよ」

「正気っすよ」

「だいたい、私の何を知ってて好きだとか言ってんの？　自分の目に見えてる一部を切り取って使って、同人誌のマンガみたいに勝手な都合のいいストーリー作ってるだけでしょ。そういうふうに使われると腹立つの。相手に自分がはまれそうな形の空洞を見つけてラッキーだと思って、勝手にそこに自分の幻想映して見てるだけ。それに自覚ないのがムカつく」

「……青山さん、今日めっちゃ喋りますね」

「だいたい、同じ職場の、しかも同じチームの人間にそういうこと言うなんて後先考えないの？　どう転んだってメリットないじゃん。やりづらくなるだけでしょ、お互い。プロ意識ないよ。同僚としても腹立つ」

「なんかすいません、ムカつかせてばっかりで」

岸は素直に謝り、しばらく沈黙した。

「たしかに、俺は仕事してる青山さんしか知らないから、それで好きって言われるのは気持ち悪いっすよね。そこまで考えてなかったです。じゃあ、知るチャンスもらえないですか？　たとえば、休みの日にドライブするとか」

あまりに脳天気な発言に一瞬、毒牙を抜かれそうになる。

「……だから、岸君とそういうことする気になれないって」

「わかりました。じゃあ同僚として言いますよ。あのゲージュツカに関わるのは精神的に悪いようにしか見えないんすよ。このままだと青山さん、急にブレーカー落ちますよ。前の職場でそうなった子がいて、似てるんです。それか……」

しばらく言いにくそうにしたあと、

「なんだか、ヤク中になっちゃったダチを見てるみたいで」

何も知らないくせに、と反発を覚えるけれど、はっきりと否定もできず言葉に詰まる。

「……私は何でもない。大丈夫だよ」

「じゃあどうしてそんな、『こんな世界壊れちまえ』って顔してるんすか？」


あの頃の自分は、どうしてあんなことができたのだろう。

アトリエに向かいながら、左巴は思う。人の気持ちなんていう、何の確証も実体もないものを、どうしてあんなに疑わずにいたのか。そんなあやふやで崩れやすいものの上に、無防備に自分のすべてを預けて何かを築き上げようとしていたなんて。どうしてそんな愚かなことをしてしまったのだろう。

まるで、いつ崩れ落ちるかわからない土砂の上に街を作るようなものだった。

自分の中の空洞が叫び声を上げている。そこを塞いでいた人が逃げ出してから、裏切られたと暴れていた空洞は、そっくりそのまま残っていた。空洞なのに痛む。幻痛は、現実の痛みより際限ない。またここに入ってくれと空洞が泣く。泣きながら左巴そのものを飲み込む。

先生はアトリエの片隅に置いてあるゴミ袋に、カップ麺の残骸を捨てているところだった。

「返してよ」

その姿を見たとたん、体の奥底から、声が勝手に暴れ出てくる。

少しだけ驚いたように瞬きをしただけで、先生は立ったまま左巴を見ていた。呆然としているようにも、平然としているようにも見える。

「返せ、返せ、返せ！」

喉が引き絞られ、呼吸が止まりそうになる。何を返してほしいのか、失ったものが何なのか、わからないまま、体が内側からひっくり返るような叫び声に自分自身が巻き込まれ、溺れているような気がした。ポンプを押してもだんだん空気しか出てこなくなる、なくなりかけのシャンプーのように、声がすかすかとしてきて、かすれ、もう出てこなくなった。

あの頃の、急に目が見えなくなったような恐怖が、ずっと左巴の中で待ちかねていたように噴出していた。

ずっと先生の目で世界を見ていたから、失った後盲目になったのだ。目が見えないのが怖くて暴れた。暴れた手足は自分自身に大きな損傷を与えたけれど、やめられなかった。暴れても何も治らず、悪化していくだけなのがわかってもやめられなかった。

自分を解放してくれたはずのものに一番縛られ、これ以上ない幸福を与えてくれた瞬間に、これ以上ないほど苦しめられていた。

「どうして私と別れたの」

言いたいのはそれではない気がした。別れたのではなく、半身を奪われたという方が近かった。何が何でも納得のいく答えを引き出したいのに、どんな答えを聞いても自分が納得などするはずがないことはわかっていた。

先生は顔を曇らせ、この場をやり過ごそうとするように目を伏せた。

何でもいい。自分が奪われたものと等価のものを、同じ質量のものを失わせたい。先生が平然としているように見えるほど、いつのまにか左巴のなかでその衝動は大きくなっていった。

言葉と態度は、その力を持たなかった。その事実は、左巴を絶望的に苛立たせた。だったら行動することを選べばいい。目で見てはっきりわかるような何かを、失わせればいい。

たとえば、絵筆を握る手を。

たとえば、作品を。

復讐したい。この世からいなくなってほしいのに、いなくなればきっと自分自身を消したくなるほど悲しい。渇望しているのに憎い。あらゆる矛盾が、左巴の身の内で殴り合い、引き裂き合っていた。

まだ中身の残ったコーラの空き缶、画集、スツール、鏡、カンバス、灯油のポリタンク、あらゆるものをトタンの壁やコンクリートの床にたたきつけながら左巴は、暴れているのは自分自身ではないことを感じていた。もう一人の自分、こうすることができなかった、五年前の自分かもしれなかった。

たとえば、一〇年後の左巴なら分別のある口調で、もしくは憐れみと軽蔑のまじった目をして、言うかもしれない。人は誰かを所有することなんてできないのだから、独占欲や嫉妬や恨みは、未熟な証拠なんだよね、とか。いつまでも過去に囚われてるなんて本当に人生の無駄、とか。

そんな未来は、今の左巴には必要なかった。

平然とした未来の自分の顔を叩き潰そうとするように、先生に向かってイーゼルを投げつけた。

「逃げるな」

ほとんど枯れてしまった声でなおも叫んだのは、先生が後ずさる気配を感じたからだった。五年前と同じように。

逃がさない。持ち込んできたバケツ型のプラスチック容器が、数メートル離れたところに置きっぱなしになっている。左巴は駆け寄ると、フタを取りバケツを持ち上げた。

「おい、何するんだよ」

先生の口調が、聞いたことがないほど乱暴になった。飄々《ひょうひょう》とした表面の下から覗いたその部分に、ぞくぞくしている自分がいた。

一直線に絵の側までくると、左巴はその一面の白を見上げた。一瞬、思考をはるかに超える畏怖に手が止まり、全身が震えそうになる。

人間である先生だけなら、「くだらない男」と簡単に切り捨てられた。五年前だってきっと、二、三ヶ月で立ち直っていた。今まで左巴を支配してきたのは、先生に絵を描かせる、内なる神だったのだ。

制止しようと近づいて来る先生にフタを投げつけ、バケツを持ち上げる。中には、黒いペンキが入っていた。底知れぬ夜の海のような黒。

「やめろ」

左巴の腕を掴んだ先生が悲鳴のような声を上げ、一瞬、左巴はこのうえなく満たされる。ずっとこういう声を聞きたかった。先生の手が左巴の腕を、手首を、押さえつけようとする。絶叫しながらふりほどき、その勢いで先生を叩く。どこからこんなに力が出てくるのか、不思議なほどだった。決めたことを実行する。使命感にも似たその固い決意が、バリアのように左巴を守っていた。

体勢を立て直し、先生の絵の白に向かって、バケツの中身の黒をぶちまけようと構える。

その瞬間、足元がぐらついた。

まるで倉庫が、左巴に呼応して暴れ出したかのように、上下に激しく揺れ出す。地響きが衝撃となって、下腹のあたりを直撃する。

湾岸の巨大な赤い恐竜たちが、群れをなして一斉に動き出している——一瞬、そんな映像が目の前に閃いた。

立っていられなくなり、よろめくと同時にバケツが横倒しになった。左巴を止めようとしていた先生の腕にペンキが撥ね、黒く染まる。左巴はコンクリートの床に広がる黒い水たまりに倒れ込む。手をついた瞬間に、デジタルの腕時計の示す「5：46」という時刻が目に入る。膝に鈍い痛みが走る。

何かが崩壊する大きな音が、倉庫の中の空洞にこだました。

＊

早く。早く逃げなくては。

夢うつつの中、焦燥にかられて左巴は目を覚ました。ちょうど停車したところで、無機質なアナウンスとともにドアが開く。はっとして立ち上がり駅名を確かめたけれど、降りるはずの駅ではなかった。二メートル近い長身の、西洋と東洋の混じった顔立ちの若者が一人乗り込んできて、左巴の斜め向かいの席に座った。明るい車内に、人はまばらだった。始発の駅から乗り込んでまだ一駅しか来ていないことに奇妙な気分になる。ほんの一、二分のあいだに眠り込んで、夢を見ていたなんて。

何かが墜落してくる夢を見るのは、本当に久しぶりだった。昔はよく見ていたあの夢も、この二〇年まったく見なくなっていたのだ。

窓枠に肘をつき、ぼんやりと外を見る。地面はマンションや住宅、量販店や工場に埋め尽くされている。街のなかで毎日通る場所でも、数年ぶりに来る場所でも、どんどん移り変わっていくので、記憶まで建て替えられていくような気がする。たとえば、今見ている建物が二〇年前は何の店だったか、という問いに答えるのは、トランプで神経衰弱の最初の一組を当てるより難しくなっている。

突然、窓が一気に白くなり、景色が曇った。

しばらくしてからまた透明な窓に戻ってからも、心臓の鼓動がまだ速いままだった。住宅地を通る時は、住民のプライバシー保護のために一時的にスモークガラスになる仕掛けになっているのだ。注意書きを見てわかっていたはずなのに、不意打ちでやられると驚く。

ふたたび透明になった窓の向こうを、貿易会社のビルや、湾岸高速道路がゆっくりと流れていった。


駅から長いエスカレーターを降りるとすぐ、UFOのような建物がそびえているのが目に入った。

この美術館に来るのは初めてだった。気ままな休日、たまたま目にした企画展のポスターのメインビジュアルになっていた絵に惹かれて、買い物をきりあげてやって来たのだった。

人気《ひとけ》のない館内には、この街にゆかりのある画家たちの絵が、年代順に展示してあった。

明治頃の絵は何の感慨も呼び起こさないけれど、左巴が生まれた年代あたりにさしかかると、描かれる風景のなかに共有できる空気が宿っているような気がする。

震災直後の風景を描いた絵の前で、左巴は立ち止まった。

あの日からもう二〇年が経ち、現実の街は、まるで一度崩壊したことなどなかったかのようにそこにある。新しい建物が細胞のように増殖しつづけ、電気も水も車も物流も、止まることなく流れ続けている。人々は、何もかも忘れたように見える。

それでも、見えないだけで、壊れたまま戻らないものもある。永久に失われて誰かの記憶の中にしか残っていないものも、誰の記憶からも消えてしまったものも。

さらに進んでいくと、絵というよりは大きな塊のようなものが目に入った。

壁から噴き出しているような白。噴火したマグマが瞬間的に固まり、白く塗りかえられたような形状のその絵には、血しぶきのように黒い斑点がところどころ、飛んでいる。

カンバスの下のタイトルプレートには、震災の日付と時間が書かれていた。

キャプションに目をやると、見覚えのある名前の横に、括弧で生まれ年が書いてある。没年が入るはずの場所は空白だった。

まだ生きていて、まだ描いているのか。淡々と、そう思う。

あの日、壁から落下したカンバスの下敷きになった先生は、手を負傷していた。混乱のさなかの日々で、いつの間にかカンバスや画材は運び出されていて、崩れかけた倉庫は取り壊された。先生があれ以来どこでどう生きていたのか、手の怪我がどの程度だったのか、左巴は何も知らなかった。

「2015年三月十六日、十四時十二分」

腕時計を見ながら、表示されている数字を誰にともなくつぶやく。確かに自分が今生きている時を示す数字なのに、何の感慨も呼び起こさなかった。

いつか彼に日付と時間を教えたことが、おぼろげに浮かんできた。先生が何と言ったか思い出そうとするけれど、欠片も思い出せない。声を忘れていることに気づく。

それどころか、もう顔すら思い出せなかった。

秋の午後、神様と

九歳の時、わたしは神様に出逢った。

神様は、学ランを着た中学生男子の姿をしていた。なぜ神様だとわかったかというと、本人がそう名乗ったからだ。

その頃住んでいた家から、少し坂道を登ってふっと住宅が途切れ、「山本《やまもと》モータープール」という看板のある駐車場の角を曲がったところに、ちいさな神社があった。手水場《ちょうずば》もない、鳥居もみすぼらしい、ちょっと裕福な人の家の庭くらいの広さのさびれた神社だったけれど、近所の子供達とかくれんぼや鬼ごっこをしてよく遊んでいた。境内の裏側は竹林で、ブロック塀があって入れないようになっていた。

わたしはそこを、「ほくらさん」と呼んでいた。大人の話に良く出てくるその名前は、その神社のあたりに登山口がある山の名前だったのだけれど、子供の頃のわたしは誰かの名前だと思っていて、神社に住んでいる神様の名前として認識していた。神様にさんづけなんて馴れ馴れしいという考えはなかった。なにせ、この街の人間は何にだってさんづけをするのだから。コープさん、えべっ（恵比須）さん、お芋さん。

「山本モータープール」も、駐車場なのになんでプールなんだろうと疑問に感じたけれど、きっと昔そこはプールで、プールの遺跡みたいな場所なのだと思っていた。世界は知らないことだらけだったけれど、そんなふうに、子供なりの解釈で完結しているところもあり、そこからなおはみだして広がるものごとに憧れを抱いていた。

その秋の日の午後、わたしはひとりで暇をもてあまし、ぶらぶらと神社まで散歩に行った。いつものことながら、境内には人気《ひとけ》がなく、木漏れ日だけがさざめくように揺れていた。

どうしてそんなことをしようと思ったのか、わからない。

わたしは賽銭箱の向こうにある祠に惹きつけられるように近づき、木の取っ手に手をかけた。小さめの小屋くらいの大きさの、祠《ほこら》と社の中間のような木造のそれは、何を聞かされたわけでもないけれど、開けてはいけないところだということは感じていた。

それでも、いけないことをしたい気分だったのだ。

算数の授業がどんどんわからなくなってきていることや、ランドセルが重すぎること、お母さんが難しいことばかり言って話を聞いてくれないこと、たまに両親ともに帰りが遅くなりひとりで過ごす夜の怖さ、昨日友達に傷つくことを言われたことなんかが関係していたように思う。

心臓の鼓動が指先にまで響いてくるように感じた。蝶番をはずしてそろそろと扉を開けると、薄暗いその中に神様がいた。

「おい、ここは神様の部屋やぞ。勝手に開けんな」

神様は床にねそべり、ポテトチップスを食べながら週刊少年ジャンプを読んでいた。まわりにはゲームのカードやエロ本、マンガが散らばっていた。坊主頭から伸びかけた髪が、苔玉のようだった。布地で手をぬぐったのか、学ランの袖のあたりが油で汚れていた。

「すみません」

謝ると、神様はうなずいてジャンプの世界に還っていった。

扉を閉めて、しばらくその場でぼんやりしてから、家へと引き返そうとした。心だけがどこかに飛んでいってしまい、重心を失ったように体がふらふらしていた。しばらく歩いてから、まったく違う方向へ向かっていたことに気づき、ふたたび神社へと戻った。

怒られるかもしれない。それでも、このまま神様との出会いを終わらせるわけにはいかないと思った。

またそろそろと祠の扉を開けると、神様はジャンプを床に広げて読みながら腕立て伏せをしていた。消えているかもしれないと思っていたので、まだいたことにほっとした。

「またお前か。筋トレの邪魔すんなや、何回やったかわからんくなったやろ」

「ほくらさんですか？」

「え？」

「神様の名前」

神様はめんどくさそうに視線を外した。

「名前は秘密や」

「あの、神様ってなんでもできるんですか」

「俺にできることならなんでもできる。腕立て一〇〇回でもや」

きゅうじゅく、ひゃーくっ、と苦しそうに言うと、神様は息も荒く床に倒れ込んだ。それでもマンガからは目を離さない。もしかして一〇〇回もやっていないのではないか、と思った。

「神様は、なんでここにいるんですか」

「家やとうるさく言われるからや」

わたしがその意味を考えようとする前に、神様はぱたんとマンガを閉じ、膝歩きでこちらに向かってくると、至近距離でわたしの顔をのぞきこんだ。くりっとした黒目がちの、ハムスターのような目をしていた。

「俺がここにおることは誰にも言うなよ」

「なんでですか」

「なんでもや。かわりにお前の願いを叶えたるから」

「いくつ?」

「ひとつや。欲張りな奴やな」

ひとつか、と考え込んだ。お母さんやお父さんのために何かを願うことも考えたけれど、彼らの願いは彼らが自分たちでどうにかするだろうと思い、自分のためだけに使うことにした。ずっと前から、答えは決まっていた。こんな機会があったら願おうとずっと思っていたこと。

「大人になって、恋がしたい」

恋。その頃まわりにあった本や、マンガや映画で描かれるそれは、すばらしい秘密のように思われた。わたしが憧れるさまざまな不思議や冒険への扉がきっと、恋というもののなかにあるのだと感じていた。喧伝されているところによると、恋をすれば一気に美しくなったり、怖いものがなくなったり、敵に打ち勝ったり、生まれ変わったりするのだという。魔法のようだ。

「なんでまた。ディズニーランドに行きたいとか、ケーキ屋さんになりたいとか、そういうのちゃうんか」

「違う」

行きたい場所には、お金があれば行ける。お金は仕事をすればもらえる。なりたい職業があるなら、そのために勉強すればいい。そういうことは筋道立てて理解できるけれど、恋というものだけは、どうすれば手に入るのかわからなかった。そういうものこそ、神様に願うものだと思ったのだ。

「だって恋って、すごくいいものなんでしょ？」

「知らん」

「知らないの？　神様なのに？」

「神様には恋なんて必要ないんや。完璧やからな。ええんか？　恋なんて、ええことばっかりでもないらしいぞ」

「どんないやなことがあるの？」

「そうやな……」

神様は、腕組みをして考え込んだ。

「告白しても、『ごめん、サッカー部の林田君が好きだから』ってフラれるとか」

「それは恋じゃない。片想いっていうんでしょ」

え、と神様は変なものを見るような目でわたしを見た。

「そうなんか？　両想いのことだけを恋って言うんか？　なんか、勝てる試合だけを野球って呼ぶ、みたいな感じやな」

「恋は勝ち負けとかじゃないんじゃない？」

「なんやねんお前は、神様に向かって名言ぽいこと言うな。ほんまに女子はめんどくさいわ」

ぶつぶつ言ったあと、

「こい……」

神様はしばらく難しい顔をしていたけれど、

「わかった、叶えたる」

と重々しく、言った。

「ほんと？」

「あと一〇年待て。一〇年後に、その願いは叶う」

「なにそれ」

浮き上がりそうに高揚した気持ちが一気にしぼんだ。

「そんなに待てない。今すぐ大人にして。いますぐほしいの」

その頃のわたしにとっては、一〇年も一〇〇年も変わらなかった。

「そんなに焦るな。一気に大人になってもうたらもったいないやろ。大人になるまでのあいだに、大事なもんが詰まってるんや。そのあいだに、こいの準備ができるんや」

「だから、はやく準備ができてる状態にして」

「お前は何もわかってないっ」

神様は、空になったポテトチップスの袋を両手で握りつぶした。

「そんなんじゃ意味ないやろ。急がば回れっていうことわざもある。大丈夫や、一〇年後には絶対に叶えると約束する」

「どんな人？」

「え？」

「恋には相手がいるでしょ？　一〇年後に会うのはどんな人？　かっこいい？　芸能人でいうと誰？　アニメのキャラクターでもいいよ」

「そんなん、先に知ったら楽しみがないやろ。会ったらそのときにわかる」

「名前は？」

「だから、先に知ったら楽しみがないって言うとるやんか。そのときまで待て」

「背は高い？　低い？」

「しつこいな。待てへんのやったら叶えたらんぞ」

「……わかった」

　やや気落ちして、わたしは引き下がった。

「よし。お前は一〇年後に、いちばんいい相手と出会ってこいをする。その願い、承りました」

　神様は早く話を切り上げたそうに、言いながらそそくさと扉を閉めた。

「あ、待って。わたしの名前はにしのふみ。その人に言っといてね」

　扉に向かって声を上げたけれど、閉じられたその向こうからはもう何も聞こえなかった。

　最初から誰もいなかったかのように、あたりはまたしいんと静まりかえり、時折小鳥が木の枝から飛び立つ音だけが聞こえた。神社の上にぽっかりと口をあけた空は水で薄めたような青で、オブラートのように透けた雲が浮いていた。

　町のエアポケットのようなその場所で、わたしはずいぶんと満たされた気持ちで、しばらくあたりを見まわしていた。願いが叶うことがわかっただけでも良かった、と思った。

　境内の木々が緑のシャンデリアのように輝き、木漏れ日がわたしの上にふんだんにふりそそいでいた。

　まるで、いつか訪れる出会いの瞬間を祝福するように。

プロフィール

「好きなもの……
自然、体をうごかすこと、
自転車、旅、ダンス、音楽、
子供、本、知らないことを知ること」。
それは、「彼女」がある春の嵐の日にひろった言葉たちだった。

気まぐれに突然やってくる春の嵐が、「彼女」は好きだった。

冬が過ぎ去り暖かくなってきた頃に、どこか落ち着かない、妙に高揚した気分になる夜が訪れる。生き物たちの気配も、ざわついている。

そんな夜は、嵐の前触れだった。

朝方、木の梢を躍らせる風の音を聞き、曇っていてもほのかに明るい空に渦巻く風の軌跡を感じると居ても立ってもいられなくなり、「彼女」は一目散に空へと飛び出す。

山の木々たちは、まるで見えない指揮者に従っているようにいっせいに体をゆらし、緑の合奏をひびかせている。強い風が主役で、雨はたまに思い出したようにぱらぱらと落ちるだけの、とても好みの天気だった。あえて翼を使うのは最小限にして、風に身を任せ、振り回され、もみくちゃになり、叫び声をあげ、手足をふりまわし、空をころげまわる。

荒っぽい遊びは、命の底からの笑いを湧き上がらせる。寒い冬のあいだにたまった鬱憤を発散し、体を目覚めさせる祭りのようなものだ。その日も、そんなふうに風にまかせてのびのびと遊んでいるうちに、山の上を通り過ぎて街中へ流れ着き、ふるびた建物の屋上を通りかかった。

ふだんは気にも留めないのに、どうしてそこにある突起にひっかかった紙切れを拾う気になったのかはわからない。雨に濡れ、水を吸ってでこぼこした紙を広げてみると、ところどころにじんだ文字が姿をあらわした。

文字を使わない「彼女」に、意味は読み取れない。それなのに、紙のうえに置かれたその言葉たちになぜか心を動かされた。

一文字一文字が背骨を持っているように凜と立っていて、それなのにどこか儚げにも見える筆跡で書かれた文字は、複雑に入り組んだものと、シンプルな形のものが組み合わさり、美しい庭を思わせた。言葉のならびと、空白が織りなすリズム。それらが目を通じて体のなかに染み入り、音楽を奏でるような心地。言葉たちが形成する何かが、この世界にたしかに存在するものとして豊かに立ち現われてきたような気がした。

これを書いた人に会ってみたい。体の真ん中をつらぬくように強い衝動が生まれたのは、暴れまわる風が呼び起こす昂奮のせいかもしれなかった。


足守大地《あしもりだいち》の生活は、規則正しいものだった。

四畳半の部屋で朝六時に起床し、布団を畳んでラジオをつける。ラジオから流れるクラシック音楽を聴きながら、布団をしいていたスペースに、壁に立てかけてあった小さな卓袱台を置く。それから、味噌をお湯に溶いただけの汁に、昨夜の残りの冷や飯を入れて食べる。たまに鰹節を入れることもある。

冷たい水で顔を洗い、手ぬぐいで拭く。手ぬぐいは、小窓の外に渡したロープにかけて洗濯ばさみで止めておくと数時間で乾くのだが、帰宅するのが夜なので結局湿ってしまうのだった。

六時四〇分には家を出て、古い自転車にまたがる。以前この長屋の隣の部屋に住んでいた先輩から、ラジオと共に譲り受けたものだ。フレームの歪んだ茶色い自転車は、こぐたびにキイキイと音がした。

中国語が行き交う海岸通りを過ぎ、突堤へ行き、港湾労働者として一日中、船荷の積み込みや積み下ろしをおこなう荷役の仕事をする。銭湯に寄ってからそのまま帰宅し、飯を炊いて適当なおかずと共に食べる。週に二日は、波止場にある屋台で腹ごしらえをしてから、かけもちしているビルの警備の仕事へ行く。

贅沢は自分に禁じていたけれど、月に一度だけジャズ喫茶に行き、爆音でかかる音楽のなかに自分を解放するのが楽しみだった。よく見る顔があっても、誰とも知り合うことも話すこともなく、珈琲一杯で二時間も三時間も粘る。

美術館と映画館も、三ヶ月に一度ずつ、仕事が早く終わった日に行ってもいいと決めていた。たまに水筒に水を入れて、布引の方まで足を伸ばすこともあった。

本を読み出したのは、ずいぶん前、大地がまだ二〇歳前後の頃に一緒に働いていた森《もり》という男の影響だった。小柄だけれどエネルギーに満ちていて、よく動き回り、誰かと話している最中でも、何か面白いものを探し回るように艶のある目をきょろきょろさせている男だった。森は、「日本一教養のある港湾労働者」を自称しており、さまざまな偉人の言葉や書物の一節を引用し、大地にもよく本を貸してくれた。

本の中に分からない言葉があると大地は、モリサンモリサン、と森のもとへ駆け寄った。そのたびに森はどこか嬉しそうに、大地にも飲み込みやすいようにかみ砕いて説明してくれた。そんな時大地は、親鳥が咀嚼したエサを口移ししてもらう雛になったような、奇妙に満たされた気分になったものだった。

港湾労働者の中には時折なぜか、モリサンのように四大卒のインテリが紛れ込んでくることがあった。けれど彼らは、数ヶ月、時には数日働いただけで姿を消していくのだった。「頭でっかちの物見遊山」と嫌い、荒っぽく当たる人もあったけれど、大地は知らないことを教えてくれる人間が好きだった。ジャズ喫茶に初めて連れて行ってくれたのもモリサンだ。モリサンが、初対面から大地に気安く接してくれたせいもあった。身長一八〇を超えたいかつい体つきに三白眼、無口で愛想がなく、人と話すのが苦手な大地に自分から近づいて来る人間はほぼいなかったのだ。

その日は、ビルの警備の仕事だった。

一階からひととおり見回りを済ませて屋上に出ると、晴れているはずなのに空はぼんやりと煙ったようで、星ひとつ見えなかった。

南西の方角に、優美な蠟燭《ろうそく》のようなポートタワーがぽうっと赤く灯っている。

建設途中だった頃は物珍しくて何度か足を運んだことがあった。杭を打ち込んだ基礎の下から海水がしみ出しているさまや、川崎造船所から運び込まれる鋼管の、網膜まで染まりそうな鮮やかな朱色を飽きずに眺めていたものだった。

それが、完成した後はなぜか興味をなくしてしまい、「登りにいかへんか」とモリサンに誘われた時も人混みを理由に断ったのだった。当初は埠頭から駅まで続いていた途方もなく長い行列も、年々短くなっていき、今は並ぶ必要もない。それでも、まだ中に入ったことはなく、ただ離れたところから眺めるだけの存在だった。

六〇年代も終わりに近づき、オリンピックの後は万博だと世間は騒いでいて、好景気と言われて久しい。けれど大地がそれを感じるのは、荷役の貨物量が年々増えていくことと、こうして見下ろす街のネオンがどんどん明るくなっているのを通じてのみだった。

柵に背をもたせかけてあぐらをかき、手提げ鞄に忍ばせた文庫本を取り出し、懐中電灯で照らしながら読み始める。が、ほんの三、四ページで眠くなってきてしまった。

元々、それほど眠らなくても平気なたちだったのに、最近はこうして急激な眠気に襲われることがあった。数日前も、事務室のパイプ椅子に座ったとたんに地面から引っ張られるように倒れ込んで眠ってしまったことがあり、不安になった。

突然、手元が陰り、ひらいたページがぱたぱたと羽ばたくようにめくれあがった。古本特有の匂いが鼻をつく。

おどろいて顔を上げた大地は、自分の体が大きな影にすっぽりと包まれているのに気づいた。影の持つ翼がゆっくりと閉じられていくにしたがい、にわかに巻き起こった風もしずまっていく。

振り返り、背もたれにしていた柵の上へと視線を上げる。

柵の上に生き物が立っていた。その生き物は虚空へとよろめきかけて、「おっとっと」とバランスを取るようにまた少し翼をひろげた。柵の縁を足の指でつかむようにして、裸足の足をくっつける。赤ん坊のように無垢な肌の、ちいさな足だった。白っぽく、とがった爪がついている。ふくらはぎのあたりで白い衣服の裾がふんわりとはためいていた。

街灯りを背にした顔は、薄い藍色にぬりこめられたようによく見えなかったけれど、目がひとつしかないことだけは、わかった。

額にある大きな金色の一つ目が、大地を見つめた。

その銀色に光る新しい天体が現われたのは数千年前と、ほんの最近だ。

それまで、この星の重力は今の六分の一だった。新しい天体が現われてから人間は二つの種族に分かれた。空に近い場所で暮らしていたために重力の影響を免れて、それまで通り飛び回れる翼のある者たちと、増した重力に囚われて、ただただ絶望して地上に縛り付けられ、翼を退化させていった者たち。

数千年のあいだに、それぞれの生態にはおおきな隔たりができるようになった。

ふだんは、両者はパラレルな世界を生きているようなものだった。お互いの存在はわかっているけど、あまり目に入らない。意識していないものは、たとえ視界に入っていたとしても存在しないのと同様だからだ。いるということを認識したとしても、それについて考えたり、観察したりすることがなければ、お互いに何かを働きかけることも、交流が生まれることもない。

日々すれ違いながら、出会うことがないのだった。

まるでお互い存在していないように過ごしている両者は、ごく一部の探究心に溢れる個人を除いては、相手のことについてほとんど知らなかった。

「彼女」は、どちらかといえば自分は知っているほうだと思っていた。一時期、興味を持ってまわりにあれこれと訊いたり、低空を飛び木や建造物に止まり、彼らの生活圏を観察していたことがあったのだ。だけど、ひとつのことをいつまでも考え続けることは摂理に沿わないため、あっという間に忘れてしまった。

いざ地上の二つ目人間を目の前にして、「彼女」は困惑していた。

挨拶の行為にあたるものが、彼らにとってどういう形を取るのかがわからない。興味を持ったことはあっても、実際にコンタクトを取ろうと思ったのは初めてだったのだ。彼らの言葉も話せない。

何度かこの人物が、この場所に出現するのを確かめ、彼がこうして何かを開いてじっと動かなかったり、歌を歌ったりするのを観察してきた。ひかえめに歌う声は夕暮れのようで好ましく、思わず聴き入ってしまった。彼の歌声が醸し出すものは、あの紙に書かれた文字たちが持つものと同質に思えたので、やっぱりこの人だ、と「彼女」は確信を深めたのだった。

ためしに「彼女」は、自分も歌うことにした。種族のあいだで歌い継がれてきた、空の青さをたたえる詠歌《えいか》を口ずさむと、彼はちゃんと聴いているように見えた。潮が引くように目から驚きと恐れが消えていき、代わりに興味と、魅入られたような色が浮かぶ。

嬉しくなり、同族に会ったときと同じ挨拶をする。相手の周りを三回、ぐるりと飛び回る挨拶のあいだ、二つ目は硬直していた。間近で見ると、目が二つあるというのはなかなかグロテスクなものだと「彼女」は思った。

跳ねていた気持ちが萎えていくのを感じたけれど、当初の目的を思い出して「彼女」は気を取り直した。

「これを書いたのは君でしょう?」

紙を取り出そうとふところをさぐって、「彼女」はそれがないことに気づいた。どこかに落としてしまったらしい。

仕方なく、あの文字の並びのリズムを体の動きで表現しようとこころみる。あの紙から受け取った感情までこまやかに表わせるよう、指先から表情筋まで全身を使って舞う。

ところが彼は、二つの目でせわしなくまばたきをしながら突っ立っているだけだった。

二つ目が持っている、紙を束ねたものに目をとめた「彼女」は、それを取り上げて見てみた。彼が書いたものではないらしい。

「もう一度書いてくれる?」

言葉が通じないのはわかっていたけれど、「彼女」は果敢に意思疎通をこころみた。彼を指し、紙に書き付ける仕草をする。

が、彼は首をふった。ばかみたいに何度も。

何かが変だなと、うっすら「彼女」は思った。

「書くための道具を持ってないの? どうして? たしか君たちって、いろんなものをつくるんでしょう? すでに神様がこんなにすばらしいものたちを世界に備えてくれているのに、わざわざそんなに必要ない、自分たちでも使いこなせないものを、労力をかけてつくったりするんだよね。どうしてそんなに突拍子もないことを思いついたのかな。そのせいでたのしい時間をむだにして、さらにややこしくなって、苦しんでる。わけがわからない。きっと知能が低いからだね。それなのに、この場所には何もないときてる。ここは君が住んでいる場所なんじゃ……」

――住んでいる？　そうだ、この人だって「住む」のだ。口に出してみてから、そんな当たり前のことが意識から抜けていたことに「彼女」は気づく。どんなところにどうやって「住む」のか、どんなふうに生活をしているのか、想像したこともなかった。地上にたくさんつくられている、彼らが形成した造形物のなかでどれが「住む」用途でどれが違うのか、そんなことすら、わかっていなかった。

だけど、どうやらこの二つ目はここに住んでいるわけではないらしい。何らかの理由で、よくここに出没するというだけで。

「じゃあ、君の住んでいるところにこれから連れてって」

身振り手振りでそう伝えると、意味が通じたのか、彼は驚いたように二つの目を見開いた。それからまた、ばかみたいに首をふり、月を指して沈むジェスチャーをして、東の方を指して手振りをする。太陽が昇ってくるのを表わしていると思われた。

「朝が来るってこと？　朝が来ないと、住処に帰らないってこと？」

どうしてすぐ帰れないと言うのか、わからなかった。なんて奇妙なことを言うのだろうと思ったが、コウモリのように朝ねぐらへ帰る習性なのかもしれないと、「彼女」は推測した。

にわかに、面倒になった。

朝までここで待つなんてとても耐えられない。こうして対面してみると、この二つ目には、あの文字たちや歌声が醸し出していた心を動かす何かは感じられなかった。何せ、挨拶もできないほど愚鈍なのだ。急速に興味が失われていく。

ふと目を上げると、南の方角に、ほっそりとして腰のくびれた形の塔が目に入った。赤い光が、周辺の闇ににじみ出したようにぽうっと灯っている。

あの塔の周りを飛びまわって上昇し、真上から見下ろしてみたい。そんな衝動が湧き起こってきた。

「彼女」は一瞬で目の前の二つ目のことを忘れ、柵を蹴ると夜空へ飛び出していった。

それから一週間ほど、大地は悶々として日々を過ごした。

翼を持つ一つ目の彼女が突然現われた夜。

彼女がまっすぐに興味を向けてくれた、あの鮮烈な夜を思い出すたびに、くらくらするような昂奮がよみがえる。彼女が口角を上げて笑うと、饅頭《まんじゅう》を指でつついてきゅっとへこませたようなえくぼができた。見慣れないため、胸の中にざわざわと違和感を引き起こすような一つ目の顔も、そのえくぼで一気に親しみを感じさせた。

これまでに何度か、翼を持つ種族が飛んでいるのを目にしたことはあった。それでも、生活圏がかぶらない彼らは遠い存在で、間近で出逢うのは初めてだったので、至近距離で見る彼女には強烈なインパクトがあった。

彼女が口ずさんだ、歌と詩吟の中間のような不思議な節回しを思い返すと、自分の魂が肉体を離れてうきあがり、ふわふわと森の上を飛び回るような心地がした。

そのあとにひどい後悔が襲ってきた。

あんなにまっすぐに、大地に関心を向けてくれた存在はいなかった。それなのに自分は、まともにコミュニケーションを取れずに、彼女の気分を害してしまったのだ。

もう一度チャンスがほしい。

ずっとそのことばかり考え続けてきたので、ふたたび彼女がビルの屋上に現われた時には、へたり込んでしまうほど安堵した。

立ち並ぶ建物の上を羽ばたいている人影が、こちらへやってくるのに気づき、祈るように見つめているうちに、彼女だと判別できる距離まで来た。大地は無我夢中で柵へとかけ寄る。

コンクリートの床に、彼女は降り立った。

翼をたたむときに巻き起こるやわらかな風が、独特の匂いとともに大地の頬をなでる。草と潮風と煙をまぜたような、遠いのに知っているようにも感じられる匂い。空の匂いかもしれないと、大地はぼんやりと思った。

あの夜は柵に止まっていたから気づかなかったけれど、近くで見る彼女の体は一〇歳の子供ほどの大きさだった。小さくても必要なものがコンパクトに詰まっている体だという印象を受ける。まるで文庫本みたいだと大地は思った。

よく目をこらして見ると、額にある一つ目の他に、地上の人間の目がある位置にもまぶたを閉じたようなうっすらとした切れ目がある。遠い昔、もしかして彼女たちの祖先は三つ目だったのかもしれないと大地は思った。

白い衣服に見えたものは、よく見ると体から直接生えている白い体毛のようなものだった。

それとも羽毛と言った方がいいだろうか。首や腕、ふくらはぎから下だけが素肌なのだった。

稲わらのような色をした髪は、ほんの少し脂っぽいような束感と艶があり、大地はモリサンを思い出した。潮風にさらされて固まり、日光で色あせ、皮脂で束感のある港湾労働者の髪の感じに似ていたのだ。短く刈り込む男がほとんどだったけれど、モリサンは長髪だったので、わかりやすかった。

「あの、な、名前をおしえてください」

勇気をふりしぼり、息せき切って大地は言った。

当然のことながら、彼女は理解できないといった様子で、怪訝そうに目を細めた。

「な・ま・え？」

もう一度ゆっくりと発音しながら彼女を指さす。それから自分を指し、

「なまえ。ダ・イ・チ」

と、何度も言った。

「名前、月。名前、空。名前、ポートタワー。名前、靴」

まわりにあるさまざまなものを指さしながら説明すると、ようやく彼女は理解したようだった。

「ナマエ、ツウェイラ」

彼女がそう言ったとたん、大地は体験したことのない喜びを感じた。意思の疎通ができたことと、名前を教えてもらえたこと両方が一気に融合した喜びだった。

「ナマエ……ダイチ？」

指さしてくる彼女に、大地はばかみたいに何度もうなずいた。ほとんど感動といっていい感情が皮膚の内側をじんわりと満たしていく。

「ナマエ……ダイチ？」

彼女は次に、柵から身を乗り出して地上を指さした。

「え？」

怪訝に思って、大地も下を覗きこみ、彼女が指しているものを見極めようとする。どうやら、地上を歩いている他の人間を指しているらしい。

「違う。あれは人間。僕も人間」

首をふり、どうにか人間という種族名と個人名の区別をわかってもらおうと、いろいろな方法を試してみた。こんなに一生懸命、誰かに何かをわかってもらおうと努力したことなどなかったような気がした。人の目を見ることすら苦手な大地なのに、すっかりそれを忘れて彼女の目を見て訴えかける。それでも彼女は、金色の目をますます細めて不可解な顔をした。

長い間、彼女とそうしてやりとりをするうちに、大地は電撃的に悟った。そうか。

翼を持つ種族は、個人に名前をつけるという習慣がないのだ。

あまり意識したことはなかったけれど、彼らは群れることがなく単独行動だ。集団で何かをするということがあまりないと、個別の存在を呼び分ける必要というのはないのかもしれなかった。

ツウェイラというのはおそらく、彼女の種族を指す言葉だ。彼女が頻繁に大地に向かって口にする「ノノ」というのは、相手に呼びかける「君」や「あなた」という意味なのだろう、と大地は推測した。

個人名という概念を理解したのかどうかはわからなかったけれど、彼女は、

「ダイチ……」

とすこし疑わしげに、心許なさそうに、呼んだ。それから、大切なことを思い出したように目を見開くと、ごそごそと手首を探った。手首には、蔦のようなものが巻いてある。彼女がそれをほどいていくうちに、何かを固定するために巻きつけてあったことがわかった。

広げた紙をつきつけられ、彼女がしきりに「ノノ」で始まる疑問文を口にするのを見て、ようやく大地はそれを書いた主を彼女が捜していたらしいことに気づく。

大地は赤面しながらうなずき、いたたまれない気持ちになった。それは確かに自分が書いたものだった。いったいどうして、こんなものを？

その読書会を知ったのは、道を歩いていて偶然目にした張り紙によってだった。幾人かで集まり読んだ本の感想を話し合うという会。普段の大地なら、知らない人間と話すような場に行くなど考えられなかった。それなのに、ふと行ってみる気になったのは、自分が感じたことを誰かと分かち合ってみたいという、飢餓にも似た痛切な気持ちがあったからだ。モリサンがいなくなってから、読んだ本のことを話す機会などなかったのだ。

「初めての方はプロフィール持参の上」と記載されていたので、自宅でためしに何度か書いて

みた。けれども、どれも個人的すぎるように思われて、実際に出したのは結局、名前の他は生まれ年と出身地を書いただけのそっけないものだった。

その集まりでは、早々に来たことを後悔することになった。自信満々に矢継ぎ早に喋る参加者たちに気圧され、いざ口をひらいてもどもってしまってまともに話せず、恥ずかしい思いをした。参加者たちは、やがて大地など見えないように自分たちだけで盛り上がりだし、いたたまれなくなった大地は、途中で逃げるようにその場を去った。規則的な生活をはみ出すことなどするものではない。つくづくそう思ったのだった。

彼女が、紙に書かれた文字を指しながら、しきりに何かを要求している。

音読を求められているのだと気づいた大地は、さらに赤面した。

＊

「シゼンって何?」

「彼女」は目の前の二つ目(ノノ)にふたたび、尋ねた。

紙に書かれたものが、二つ目の声を通して音になった響きは、期待以上に気に入った。がぜん意味をあきらかにしたい気持ちが湧き起こり、何度も話しかけてみたところ、二つ目はようやく「何」という言葉を理解したようだった。

しばらく困ったように「シゼン、シゼン……」とつぶやきながら考え込んでいた二つ目は、やがて空を指さした。

「空のこと？」

それから二つ目は、海を指さした。次に、山を。

「いったいどれなんだよ？」

確信が持てない様子で首をかしげながら、二つ目が次に指さしたのは「彼女」だった。

そうか、わかった。「彼女」はおもわず笑いをもらした。

「シゼンっていうのは、創造主が創ったものという意味なんだね。わざわざそれを意味する言葉があるなんて、変なの。すべてがそうなのに……ああ、そうか」

自分の気づきに「彼女」はにっこりした。

「地上の者たちは、自分たちで余計なものをたくさん作り出すから。自分たちで作ったものと、創造主の創ったものを区別するために作った言葉なんだね。言葉まで余計だ」

それから「カラダヲウゴカスコト」が何かを尋ねると、二つ目は両足を屈伸させながら腕を振り回す奇妙な動きをしたり、走り出したりするものだから、「彼女」は文字通り飛び回って笑い転げた。

「わかった、わかった、もういいよ。おかしな動き。でも動き続けることはできないのでしょう？　地上の者たちにはたくさん休息が必要だって、聞いたことがある。重力で縛り付けられているのはさぞ、不便だろうね。ツウェイラは、わざわざあらたまって休息する必要なんてないのに」

翼を持つ種族に一人称は存在せず、ツウェイラは、「わたしたち」という意味だった。同時に、「神に護られた者たち」というような意味もあった。単語の総数が少なく、一つの言葉にさまざまな意味が折り重なっているのが彼女たちの言語の特徴だった。

「彼女」たちは、動きながら同時に休むことも、眠ることもできた。絶えずまわりからエネルギーが流れ込み続けているから、充電のための時間を取る必要がないのだ。けれど、止まったりぼんやりしたりするのを楽しむことはあった。

「ねえ二つ目、地上の者たちは夜に少なくなるよね。夜に眠る者と、朝に眠る者の二種類がいるの？　ダイチっていうのは、朝に住処に帰って眠る種類の者たちの呼び名ってこと？」

質問してみたけれど、複雑な内容なのでいまひとつうまく通じない。あきらめて、今度は「ジテンシャ」が何か尋ねてみた。

その時、二つ目の姿がはっきり見えるようになってきて、顔色にだんだん赤みが差してきた。夜が明けてきているのだった。太陽が姿を現わすのを確認するように二つ目は海の方を見て、それからおずおずと「彼女」を手招きした。

どうやら、建物の中に一緒に入るよう促しているらしい。

「狭い！　こわい！」

「彼女」は騒ぎ立てながら、階段を降りる二つ目の後をついていった。重力の影響が六分の一なので、手すりにつかまりながらでないと体が浮き上がってうまく進めない。方向転換や前進に用いる翼を広げるスペースがないので、やりにくくてたまらない。二つ目の作る建造物に入るのは初めてで、こんなに障害物が多く狭い空間で高度を下げる体験をしたことがなかった。

地面の高度まで降りきると、二つ目は「待って」というようなジェスチャーをして、狭い部屋に入りしばらく何か作業をした後、「彼女」を建物の外に連れ出した。

「なんだ、結局地上に降りるなら外から行けばよかったのに」

ぶつぶつ言いながら後をついていくと、

「ジテンシャ」

建物の外に置いてあった茶色い物体の前で、二つ目は止まった。奇妙な形をしたその物体に二つ目はまたがり、前の部分にある二つの角を握ると、下部にある突起を足で踏む。するとそれは二つ目を乗せたまま前に動き出した。

同情がまじった目で、「彼女」はそれを見つめた。

「ジテンシャって、乗り物なのか。そういえば、乗っているのを見たことがあるかもしれない。君たちって、身体的な欠陥を補うためにこういうものをつくらないといけないんだね。憐れな生き物」

二つ目がおずおずと何かを言い、自転車の後ろに乗るように促す身振りをしたので、「彼女」はショックを受けた。

「いやだよ、こんなものに乗るなんて」

そう言った直後に気が変わり、乗ってみることにした。

といっても体が浮き上がって荷台に密着して座ることはできないので、二つ目の首に手を回して摑まると、自転車はゆっくりと動き出した。

ビルが建ち並ぶ界隈を抜け、海の近くに来ると、どんどん加速していく。

こんな重い塊と重い人間が、一体化して一方向に猛スピードで動いているという現象がとても突飛で、おかしくてたまらなかった。

「こんなに地面すれすれを飛んだのは初めて」

腹の底から楽しさがこみ上げてきて、「彼女」は雄叫びを上げながら、体がはためくのに任せた。嵐の中を飛び回る時と似た昂奮で笑いが止まらなくなる。たまに体が垂直になったり、二つ目の顔の前にくるんと回り込んだりして、そのたびに自転車が急停止するのもおもしろかった。絶対につまらないだろうと思っていたのに、やってみなくてはわからないものだ。

「ジテンシャ、ハシル」

一度だけ振り返って二つ目が言い、それすらも笑えた。

「ハシルー！　ハシル！」

笑いながら、真似をして雄叫びを上げる。

海沿いの建物の向こうから太陽がのぼりはじめ、日の光が反射して波立つ海面も、笑いさざめいているように見えた。

＊

「おい、なにぼんやりしてるんだ」

艀《はしけ》から荷を投げ落としている男に怒鳴られて、大地ははっとした。考え事をしているうちに、仕事中なのにすっかり手が止まっていたのだ。

この場に意識が戻ったとたん、潮の香りというには生臭すぎる匂いに重油のまじったような、慣れ親しんだ匂いが体に絡みついた。

どうして名前をつけるのだろう？

名前を必要としない彼女と出会ってから、大地はたびたびそのことを考えるようになっていた。生まれた順番に、つける名前が決まっている文化について読んだことがある。個人の名前は数種類しかなく、長男や長女はみんな同じ名前。固有の名前を必要としないという点では、少し彼女たちの文化に近いのかもしれない。

名前を教えてもらえたと思った時は嬉しかった。それでも、名前を持っていないと知ってからの方が、なぜか彼女を崇高なもののように感じるのだった。

作業のさなかにふと目を上げると、湾岸から離れたところに停泊している巨大な外国船が目に入る。甲板には、タバコを吸っているらしい高級船員が見えた。あるいは彼らは、港湾労働者たちに名前があることすら認識していないかもしれない。

長く一緒に働いている者に「足守」と呼ばれることはたまにある。モリサンにもそう呼ばれていた。だけど、「大地」という名で呼ぶ人間は今いない。呼ばれない名前なら、ないのと同じではないだろうか。彼女に名前を呼ばれた時、どこかいたたまれないような違和感をおぼえたのはきっと、そのせいだ。

彼女を乗せて、海沿いの道路を疾走したときのことを思い出す。彼女は力加減に頓着することなく大地の首にしがみついていたので、時々窒息しそうになった。それでも、彼女が楽しそうに笑うものだから、いつまでも走りやめることができなかった。

湾岸高速道路の高架が途切れ、いくつも波止場を通り過ぎ、気づけば行ったことがないほど遠くまで来ていた。そこは民家ばかりの界隈で、軒先に竹の平ザルを出して魚を干しているところもあった。ご飯を炊く匂いがして、黒ブチの野良猫が路地を駆け抜けていった。

小さな港には貨物船や艀ではなく、網などを積んだ漁船がいくつか舫《もや》いであり、魚の匂いがした。すでに出航している漁船もあり、バフバフというエンジン音にはどこか親しみを感じる響きがあった。同じ海なのに、大地がいつも働く場所とはまるで違って感じられた。

生活圏の外に出るという感覚を、久しく忘れていたことに気づいた。長い間閉ざされていた雨戸を開いて、体に光と風を通したような気持ちだった。

大げさではなく、大地にとってあれは旅だった。二週間ほど経った今も、夢のような気持ちで思い返す。

仕事を終えた夕刻、大地は水道の前に並んでいる港湾労働者たちの長い列に加わった。

むかし荷馬車が使われていたころ、動物愛護協会が馬に飲ませるために作った水道だというが、今は黒鉛荷役後の労働者たちが体を洗う場所になっていた。黒鉛を扱った日は体中黒くなり、どこの銭湯にも入れてもらえないためだった。

――プロフィールっちゅうのは、横顔、いう意味や。それの他に、経歴とか自己紹介みたいな意味もある。おもろいやろ。

夕闇のなかに居並ぶ男たちの横顔を見ているうちに、不意にモリサンの言葉を思い出した。

――ほら、横顔美人ておるやんか。横から見てべっぴんやと思ってたら、正面向いてがっかり、ていうのが。わしの大学の同級生にも、「私は横から見るのが一番綺麗やから、好きな人とおるときはずっと横向いてるねん」ていうやつがおったわ。だからプロフィールを書く時も、見せたい自分だけを書いたらええんや。

どんな話の流れだったのかは忘れたが、モリサンが話した内容だけは鮮烈に覚えていた。だからこそ、最初にあんなプロフィールを書いたのかもしれなかった。

実際には、まともにダンスなんてしたこともないし、この街の中より遠くへ自分で旅したこともない。子供と接する機会だってない。それらを好きでいたい自分のことを書いたのだ。その「横顔」には、正面から見た自分のこと――中卒であることも、人の目をまともに見ることすらできないことも、父親が作った借金のためにあと何年もこうして働き続けなくてはならないことも、関係ないのだった。

翼を持つ彼女が、どうしてあの紙に興味を持ったのかは全くわからない。あの日屋上で、書かれた言葉を説明しようと脳みそだけでなく全身を使って試みたことをまた、思い出す。あの時の、自分の一部が新しく生まれ変わるような感覚がまだ、大地の中で波打っていた。

水道で体を洗い終わり、肌寒さに震えながら湾岸を見渡す。二つの造船所からは大型機械を動かす大音響と、夜間作業を照らすライトが海に漏れ出ている。突堤と突堤のあいだにひしめく艀の上にも石油ランプの明かりが灯りだし、そこで生活している家族たちの声が途切れ途切れに聞こえる。どこか祝祭のようにも見える風景のなかで、なまぬるい寂しさのようなものが体に満ちてくる。

その夜大地は、疲労でこわばった体に布団を巻きつけるようにして眠りに落ちた。

夜明けが近づいている。窓がじわじわと明るくなっていくのを感知しながらも、まだ眠りと覚醒のはざまをうろうろしていた時だった。

部屋の窓に何かが叩きつけられるような音が鳴り、肝をつぶして飛び起きた。地震でも起きたのか。どくどくと鳴る心臓を押さえながら見回すと、窓の外に黒いシルエットが浮かんでいる。

翼のある人の形。彼女が、風船のように揺れながら、窓をノックしているのだった。討ち入りかと思うほど遠慮会釈もない、力加減を考えないノックだった。あわてて窓辺に駆け寄ると、案の定かすかにヒビが入っていた。

窓を開けたとたん、彼女がまくし立てるように何かを喋りだす。何を言っているのかはわからないけれど、空気の球が眉間へ抜けていくような発音の言語は、三度目にしてすでに耳に馴染んでいた。

ためらいながら彼女を招き入れたものの、誰も入れたことのないみすぼらしい部屋が、恥ずかしくてたまらなかった。

天井近くに浮かび上がった彼女は、金色の目に驚愕の色を浮かべて、じっと部屋を見渡した。あまりにその時間が長いので、大地は落ち着かなくなった。

「あの……」

そわそわしながら話しかけようとすると、彼女は思い出したようにまた、大地の書いたプロフィールを取り出して「コレ！」と言って広げた。紙はすでにしわくちゃになっている。

長い指で「旅」を指しながら彼女は、

「タビ、ナニ？」

と訊いた。

たった一度で文字と発声の関連を記憶する、その頭脳に感心する。そのあとに湧き上がってきたのは、希望のようなものだった。

いったいどんな気まぐれなのかはわからない。だけど、このプロフィールの言葉が尽きるまで、彼女はきっと大地のもとに来てくれるのだとわかったからだった。

*

ダイチが「エ」を観に連れて行ってくれたのは、雨がよく降る時季に入ったころだった。

山の緑がどんどん濃くなっていき、飛んでいるときの大気はしっとりと重く体に寄りかかってくるようになり、一時期は強くたちこめていたクチナシの香りがしだいに弱くなってきて、とりどりの雨色をしたあじさいが満開になってくる。

その日は、珍しくすっきりと晴れていた。

太陽が水平線を離れたころに「彼女」がダイチの住処へ行くと、ダイチは「ヤスミ」だったらしくそこにいた。「シゴト」という日は、太陽が出ているあいだに活動をしに行くことで、夜はここの住処か、最初に会った屋上にいるということはすでにわかっていた。

自転車を出してきたダイチに、

「ノル？」

と訊くと、うなずいた。

「タビ？」

と訊くと、しばらく考え込むようなそぶりをして、首をかしげながらうなずくという、否定でも肯定でもない仕草をした。

どういうことだろう、と「彼女」は考える。今までのやりとりから、タビというのは、生活圏を離れて遠くまで行くことだと理解していた。それなのに、何かをまだつかみ損ねているような感じがある。そのもどかしさ、解明したさにまたこうして来てしまうのだった。

どうして急に彼らの言葉や文化に興味を持つようになって、その興味が持続しているのか、「彼女」自身にもわからなかった。翼を持つ者たちは、ひとつのものへの興味をずっと持ち続けたり、執着することが基本的にない。瞬間瞬間を生きているのだ。

だけど、新しい言語を知るというのは「彼女」にとって中毒性のあることだった。それまで知らなかった言葉が耳に触れ、体内に降り積もり、それがまた自分の声帯の思いがけない部分を使って体外に出ていくたびに感じる、新しい回路が開かれるような感覚は、陶酔と言ってもいいほどの快さを呼び起こした。

翼を持つ種族は特定のものを所有したいと思うこともなく、所有は恥じるべきことだという認識があった。それなのに、ダイチが言葉を書きつけた紙をずっと持ち続けていることは、ある意味で異常な事態だった。

自転車に乗って行くのはビジュツカンというところだと、ダイチは教えてくれる。

「ビジュツカン、イク」

「彼女」がそう口にすると、ダイチは嬉しそうにうなずいた。

「ナイ」「チガウ」「オナジ」「イク」「タベル」「イエ」……等。彼らの言葉をいくつか覚えたけれど、とりわけ「ミチ」というのは面白いと、「彼女」は思っていた。目的地へ行くために彼らが地面に拓いた直線状の、あるいは曲がりくねった軌跡。そんなものに名前があるなんて、思いも寄らないことだった。他の動物であれば、多くの個体が頻繁に通るところに偶発的にできる軌跡だけれど、地上の人間にとっては順番が逆で、先に作るものなのだ。

生育の過程にある未熟な状態を「コドモ」と呼ぶのだというのも、新しい概念だった。翼を持つ者たちには、区別するための言葉はない。生育期間が短く、あっという間に自立する。

それにしても、ダイチが書いた言葉たちはそれぞれどういう繋がりがあるのだろう、と「彼女」は思った。きっとそれぞれを繋ぐ一本の「ミチ」があるはずだ。それが何か知りたい。最初の言葉である「スキナモノ」については、まだ意味がわからなかった。

街中をしばらく自転車で走ったあと、電車に乗りかえた。

初めての体験に、最初こそはしゃいだものの、密閉された空間に大勢が詰め込まれているとに、次第に「彼女」は気分が悪くなってきた。空気も澱《よど》んでいて息苦しい。ダイチの住処に初めて入った時も、その狭苦しさにショックを受けたけれど、人間がダイチ一人なだけまだマシだった。

翼を持つ種族が電車に乗るのを見るのは初めてらしい周りの人間が、ぶしつけに、もしくはこっそりとこちらを窺うのも不快だった。威嚇や攻撃をしてこないだけマシだが、こんなふうに視線を固定させるのは、捕食動物が獲物にする時だけではないか。

気を紛らわすために、窓にはりついて外を見ながらとめどなく喋る。

「上から見るだけだと実がなってないように見える木があるでしょう？　それでいつも素通りしてたのに、降りてみて茂みの中に入って、内側から見るといっぱい実があるのに気づくことがある。離れたところで見てるのと、中に自分が入って見るのとじゃ見つけるものがまったく違うんだね。ダイチが重しになってこうやって地上にあるものの中に入ってみると、ああ、こういうことかって気づくことがけっこうあって面白い」

意味はわかっていないだろうに、ダイチは真面目な顔でうなずきながら聞いている。時折、ダイチの腕のあたりをつかんでいる「彼女」の小さな手に視線を落としては、はしはしと瞬きをした。

「けっこう二つ目たちのことをわかってきたけど、オカネとジカンって、一番わからないし一番バカみたいだと思う。ダイチが『ナイ』って言ってるやつ。そんなもの、勝手に作り出しただけだから最初からないのに。最初からないものは自分たちを縛るものなのに。でも、なんで『ナイ』って言うのかな。これに乗る時に出してたじゃない？　これに乗るにもオカネが必要――」

その時、車内に奇妙な声がひびいた。

「……ナニ？」

怪訝に思ってダイチに尋ねると、

「ナマエ」

と返ってきた。

さらに口を開こうとした「彼女」は、息苦しくて耐えられなくなった。喋りすぎたらしい。電車が止まってドアが開いた時、瞬発的に「彼女」は外に飛び出した。

あわてて追いかけてきたダイチは、また電車に乗るのだという仕草をしたけれど、「彼女」は拒否の意志を示す。

どこかわからない目的地に向かって、地上をのろのろと歩くダイチに合わせて進むのは苛々させられることだった。

時折、焦れた「彼女」はダイチに向かって、まうようだった。


「ハシル!」

と声をかけた。そのたびにダイチは速度を上げて進むのだが、しばらくすると息が切れてし

＊

「これは天使。天使っていうのは、えっと、キリスト教では、神の使いだと考えられてる。天使にも等級があってこの大天使ミカエルはけっこう偉いみたいだよ。キリスト教圏では、子供にミカエルの名前をつけることが多いんだって。英語ではマイケル、スペイン語はミゲル、フランス語はミッシェル、ドイツ語はミハエル」

大地は、一生懸命彼女に話しかける。彼女があまりに興味のなさそうな様子だったので焦り、柄にもなく言葉を重ねた。いくら喋ったところで意味なんてないとわかっていたのに。実際に彼女は、大地が喋るほど興味をなくしていくように見えた。

美術館を、彼女はお気に召さなかったようだ。何度会っても、いまだに彼女が何に興味を示すのかは読めなかった。これは喜ぶに違いないと一生懸命お膳立てしたものが無駄になったかと思うと、思いがけないところで熱心に理解しようとする姿勢を示したりもする。だけど、気が変わるのも一瞬だった。

とうとう彼女は、ふいっと方向を変えると、出口の方へ飛んでいってしまった。

大地はしばらく、惨めな気持ちで絵の前に立ち尽くした。蒸し暑い中を、電車で行くはずだった二駅分をほぼ走りながら来たせいで、すっかり疲れていた。他人から好奇の目で見られ続けてきたせいもある。地上の人間のテリトリーに翼を持つ種族が入ってくるのは、相当珍しいケースで、アフリカのマサイ族やタイの山岳地の首長族がこの場にいるのと同じ程度には異質なのだった。何をするわけでもないけれど、他人の視線から彼女を守ろうと気を張っていたせいで大地はずいぶんと消耗していた。

天使を描いたこの油絵を見せたかったのは、彼女に似ていると思ったからだった。造作は違うけれど、超然としている雰囲気に共通するものを感じたのだ。

自分の独りよがりを後悔しながら、大地は彼女の後を追った。

早々に美術館を出たあと、大地は彼女を連れて、阪神の駅前にある市場を訪れた。

細い通路の両脇に並ぶ店たちによって構成された市場は、上部が覆われて高架下になっていた。子供の頃の記憶とは少し違っているような気がしたが、どこが違うのかは分からなかった。最後に来たのは確か、十五年は前のことだ。

昭和初期から続いている老舗のパン屋に、昔と変わらず三色パンがあるのを見て、おもわず五つも買った。

子供の頃、たまに父親に連れられて、長い散歩の最後にこの市場に来て三色パンを買ってもらうのが楽しみだったのだ。ガラスのショーケースの中に並ぶパンの中から、目当てのパンを指し示す父親の背中を見ていると、頼もしさと嬉しさで胸がいっぱいになったものだった。

父親は、朝起きられなかったり、すぐに疲れてしまい横になったりすることが多く、仕事をまともに続けることができなかった。広島出身で、おそらく被爆が原因の何らかの病気だったのだろうけれど、病院に行くこともなく、補償や援助の類いからも外れていた。母親は大地が三歳の頃に亡くなっていて、父親と二人でいろいろな場所を転々としながら暮らしていた。ここから海側へ行ったあたりに住んでいた時期は珍しく長く、小学校生活の半分ほどはこの界隈で過ごした記憶がある。

ままならない生活の損失を取り戻そうとするように、父親は賭け事や怪しげな商売に手を出し、借金がふくらんでいった。刑務所を出たり入ったりの繰り返しで、もう何年も会っていない。

たまに、先の見えない生活にどうしようもない気持ちになり、暴れ出したいような思いにかられることもあった。だけど、しんどいと言って薄い布団に寝ていた父親の背中や、三色パンを買って渡してくれる時の誇らしさと慈しみのまじったような目を思い出すと、父親に怒りを向ける気にはなれないのだった。

市場のざわめきが、遠い記憶のなかのそれと混ざり合う。

ふと、自分の中身だけがするすると縮んで子供に戻り、大人の体を持て余しているような感覚に陥る。パンを持った自分の手が、奇妙に大きすぎるように思われて、しげしげと眺めた。

――なんだろうこの体は。いつのまに大人になったんだろう。

そんなふうに、ぶかぶかの体をまとった大地の中身が不思議そうにつぶやいているような気がした。

「ホア」

満足げな声が聞こえ、我に返って目を上げた。

空中に浮かぶ彼女が、金色の目を細めながら三色パンを食べている。いくつか彼女たちの言葉を理解するようになっていた大地には、美味しいと言っているのだとわかった。

ふわふわと浮かんでいる彼女が、ふわふわした食べ物を好んでいるさまが微笑ましくて、思わず笑みがこぼれる。

思いがけず彼女は市場を気に入ったようで、肉屋、食器を売る店、練り物屋、果物屋、と興味深そうに見て回った。

赤い郵便受けのある、間口の狭い店の前で彼女は動きを止める。目を閉じて鼻をひくつかせ、

「ナニ？」

店を指さし、大地に尋ねた。

「ここは喫茶店。珈琲の匂い」

「タベル？」

「珈琲は飲むものです」

大地は飲む仕草をする。

「ああ、でも喫茶店には食べるものもある、うん」

「イク」

彼女はきっぱり言った。

狭い店内で、彼女を座席に収めておくのは骨の折れる仕事だった。

座席とテーブルのあいだに入ろうとしてもすぐ浮き上がってしまう。バランスを取ろうとして広がった翼が、店のおばさんがトレイに載せて運んでいたカップに当たって珈琲がこぼれてしまった。

床のラグにシミができてしまい、大地は必死で謝る。彼女はといえば、

「パウファーラ」

と言って平然としているのだった。よく使われるその言葉は、おそらく「仕方ない」というような意味ではないかと大地は推測していた。彼女は「申し訳ない」という概念を持っていないようで、彼女たちの言語には謝罪の言葉というのはないと思われた。

四苦八苦するうちに、店の人から借りたビニールテープで腰と座席を固定するという方法に落ち着いた。

彼女は運ばれてきた珈琲に顔を近づけ、目を閉じて思い切り匂いを吸い込んだ。ずっとその行為だけくり返しているので、大地は自分のカップに口をつけてお手本を示した。

その様子をしばらく用心深そうに眺めたあと彼女は、やっと一口飲むと、なんとも言えない表情でぶつぶつと何かをつぶやいた。

それから彼女は、にわかに毛繕いをはじめた。さっきこぼした珈琲のついた羽が気になった

らしい。脇の下から出る分泌液を手につけ、ていねいに羽の表面にすりこんでいく。分泌液は、汚れ落としとコーティングの効用があるようだった。

どうしてこんなに汚れひとつない、つややかな白い羽を保っていられるのかと疑問に思っていたけれど、目の前で解き明かされた秘密に大地はひそかな感動をおぼえた。大地にとっては美しく官能的とさえ思える仕草だった。

向かいの座席に座っている煮物のような色のスーツを来た女性が、彼女の「毛繕い」に気づいてぎょっとしたように目を見開き、眉根を寄せた。大地と目が合うと、居心地悪そうに視線をそらし、そそくさと席を立った。

例えばこれが彼女ではなく、地上の人間だったとしても、自分たちとは別の文化圏の人間であったなら同じような反応をしたんじゃないだろうか？

ふと大地はそんなふうに思った。この街には他国の人間も多いけれど、同じ場所に生きていても見えない境界があるように、お互いに交わらない。少なくとも大地にはそう見える。見た目がほぼ同じ隣国の人間でさえ、どんな文化や生活を持っているのか知らないのだ。そもそも同じ国の人間同士だって、生活圏が少しずれているだけで隔たっている。警備の仕事に行く途中に、夜の街を歩いていて見かける客引きの女たち、同じ場所を朝に通りかかる小学生、その子が渡る道路を高級外車で横切る男、誰もが同じ街にいながら違う世界に属し、お互いに出逢うことがない。問題は、どれだけ違うのかということではない。知らないということなのだ。

知ろうとすること、「茂みの中に入って見てみる」こと。それが大事なのだ。何か大きなものを摑み取ったような気持ちで、大地はそう思った。

＊

「彼女」は近頃ずっと、落ち着かなかった。

そろそろ「その時」が近づいているのだと感じていた。けれど、体がおかしな感じがする理由はそれだけではないような気がした。

暑すぎるせいかもしれない。上空へ行こうとするたびに、体が煮えるようでたまらなくなり、何度も川や滝に飛び込んだ。それでもまた木陰から出ると、あっというまに水分が蒸発してしまう。

「絶対に、地上の二つ目たちのせいだ」

日が暮れてやっとしのぎやすくなってきたころ、「彼女」はぶつぶつとつぶやきながら、夜空へと飛び上がった。

山肌を滑り降りるように、南を目指す。昼間は暑すぎて行けなかった海まで飛び、気分転換をするつもりだった。

夜はかつての清涼感をなくしているように思えた。鼻をつくような奇妙な匂いが入り交じり、体に絡みつく空気はなんともいえない嫌な粘り気があり、星空は膜がかかったようにぼやけている。夜空を飛ぶよろこびが、昔のように感じられない。西を見ても東を見ても、工場の煙突がもくもくと煙を吐き出していた。ところどころ山は削り取られ、以前はいなかった場所にも、二つ目が侵食してきている。お互いに興味を持たないことで、干渉しあうことなく長い年月を生きてきたはずなのに、愚かな二つ目たちがどんどん節度を持たなくなったせいで、他の生き物たちと同じく翼を持つ種族の生活も脅かされていた。

こんなふうに環境が変わってしまっては、「その時」を迎える場所を見つけるのも一苦労だと、苛々しながら思う。

それでも、連なる山々の中腹から流れ出し、海へと流れ込むマグマのような街灯りは綺麗だと思うようになった。あっという間に海上に辿り着いた「彼女」は、今度は海側から夜景を眺める。山から見下ろした時はゆったりと優雅に広がっていた街は、こちら側から見ると山と海のあいだの狭い隙間にぎゅうぎゅうと押し込められているように見えるのだった。

ダイチの二つ目を思い出す。目が二つあるなんてグロテスクだし、可哀想だと最初は思っていた。二つあるから、ぶれるのだ。真ん中にある一つの目なら見える本質を見通すことができず、愚かな行いをしてしまうのだ。「エ」を見た時も、目が二つあるからこんな馬鹿なことを思いつくのかと呆れた。ビジュツカンの静けさは悪くはなかったけれど、こんなにゆとりのあるきれいな空間に「エ」などを置いて、ダイチはあれほど狭苦しい空間で生活しているのかと思うと、理解に苦しんだ。

だけど今や、見慣れたダイチの二つの目はただの「二つ目」とは違ったものになっていた。二つ目全体に向かう苛立ちは、ダイチからは切り離されていた。

＊

大地は、布団に横たわったまま自分の手のひらを眺めていた。

逃げ場がないような暑さが充満していて、窓を開け放っていても風ひとつ入ってこない。横になっていてもとめどなく汗が流れた。

力なく広げた手のひらに、指紋はない。ある種の化学肥料の荷役をしていると、数時間のうちに軍手は破れ、指紋もなくなってしまうのだ。「犯罪やってもバレへんで」と冗談を言う者もいたけれど、大地は今、どこまでも深い穴に落ちて行くような気持ちで自分の指を見ていた。自分は、誰になっていくのだろう。誰でもなくなるのだ、という気がした。

起き上がれなくなってから、すでに四日が経っていた。

それは突然やってきた。これまでもひたひたと予感のようなものは感じていたのだけれど、こんなふうに、いきなり電気を消されたような状態になるとは予想もしていなかった。

ある朝、体が自分のものではないように力が入らず、意志の力で動かすことができなくなっていた。頭が割れるように痛く、腹部が腫れぼったく熱を持っている。

体が動かせないと、働けない。働けないと、すべてが立ちゆかなくなる。こんな単純なことなのに、いざ現実になった今まで考えるのを避けてきたことが悔やまれた。どうすればいいのだろう。借金は。住むところは。

短い眠りをくり返していると、彼女の夢を見た。

彼女が現われてから、今まで意識することがなかった翼を持つ種族たちが自然と目に入ってくるようになった。珍しいので、滅多に見かけることはなかったけれど。

そうすると、それまではひとかたまりにしか認識していなかった彼ら——とりわけ女性に見える者たちの細かな違いに目が向くようになり、これは好ましい、これはそうではない、などと心のうちで区別するようになった。

彼女の翼は、他の誰とも違って美しい。他の者を見るたびに、その思いを新たにした。それを確認したいがために、他の者を眺めるのかもしれなかった。

彼女の翼は完璧なバランスで、肩甲骨とぴったり重なるところ、まさにここしかないという場所に生えているのだ。翼を広げたところを真正面から見ると、翼の核である骨格が長くそびえるさまに目が離せなくなる。ちょうど、腕の二倍くらいの長さで、双翼の間はちょうど顔幅と同じ程度で、体幹の線からすこし傾いだくらいの鋭い角度なのが凛々しく見える。羽ばたき方も、ゆったりと優雅なリズムにしなやかな動き方で、ものすごく美しい。

双翼の間が広すぎると間抜けに見えるし、たまに体に対して直角に近い角度で生えている者を見ると、ずいぶん野暮ったく見えた。バタバタとせわしなく小刻みに羽ばたく者も、美しくない。そういうタイプを好む人もいるかもしれないけれど、大地にとってはただ彼女のみが基準だった。そこにフェアネスは必要なく、自分の偏狭な見方を守りたい気持ちですらあった。

それでいて、彼女に対する気持ちは拡張されていき、翼を持つ種族の他の者たちをも覆い、彼らのすべてが平穏に暮らして欲しいという祈りのようなものを生んだ。

額にある一つ目の位置も完璧だった。まろやかな円を描く金色の瞳。

そもそも、一つ目というのはいいものだと大地は思う。対を前提としていないあり方がとても潔く、格好いい。それは、彼女と出会う前とはまるで違う感じ方だった。

孤独な生活のなかで、幾度となく理想の女性を夢想したことがあった。聖母マリアや菩薩のように、ほのかに光る微笑みをたたえて、大地がどんなにどもってもやさしく待って、話をきいてくれる。

何もかも受け入れてくれる母のような、頼もしい姉のような、幼気な妹のような、話の通じる友人のような、そんな存在。都合がよすぎる想像なのはわかっていたのでうしろめたさがともなったけれど、夢想するたびに慰められる思いがした。

彼女が夢想していた人だ。似ても似つかないのに、なぜか大地にはそう思えた。


何度目かの眠りから覚めると、夜になっていた。

夜勤の仕事は無断欠勤してしまっていることになる。クビになるだろうと、絶望的に考えていたときだった。

窓から微風が吹き込んできたような気がした。寝返りをうち、頭を起こす。

電気の紐を引こうと見上げると、そこに彼女が浮かんでいた。

「ダイチ。オンガク……ナニ？」

まだ言葉が残っていた、と大地は思い出す。

プロフィールに書かれた言葉すべてを理解してしまったら、彼女はきっともう会いに来てくれないのだと思っていた。だから、なるべく時間をかけて、先延ばしにしようとしていたのだ。どちらにしても、「知らないことを知ること」がひかえている限り、少し安心していられた。簡単に説明できるようなことではないから。

「音楽……」

説明するためにラジオを取ってこようとしたけれど、布団から起き上がろうとするとめまいがしてまた横になる。

彼女はいつもと様子が違うことに気づいたらしく、

「ダイチ、イタイ?」

頭上から声が降ってくる。そう訊かれるだけで嬉しかったけれど、かすかにうなずくのがせいいっぱいだった。

「ダイチ、シゴト、イク、ナイ!」

今度はきつい口調の声。どうやら、具合が悪いなら仕事に行くなと言っているらしかった。大地は寝返りをうち、仰向けになって彼女を見上げる。

「仕事、でき、ない」

天にむかってつぶやくように大地は言った。口に出すそばから、自分の声はどこにも届かずぼとぼとと自らに落ちかかってくるような気がした。言葉すら重力に囚われている。重力から自由になって、彼女のように軽やかに飛べたらどんなにいいだろう。

思い通りにならない自分の体の重さが厭わしく、

「重い……」

思わず泣き出しそうな声が出ていた。

その後で、せっかく訪れてくれた彼女にこんなことしか言えないことがいたたまれなくなった。どうすればいいのか、どうすれば彼女を笑顔にすることができるのか。女性に慣れているモリサンならきっと、こんな時も冗談を口にして彼女を笑わせるだろう。

「パウファーラ」

彼女と親しみを共有したい一心で、そう口にした。

次の瞬間、何が起こったのか大地にはわからなかった。何かが破裂したように、早口にまくしたてる声が次々に頭上から降ってくる。

どうやら彼女は、大地に罵声を浴びせているらしかった。何を言っているのかはわからないけれど、見たことがないほど怒っていることだけは理解できた。薄闇のなかで、金色の瞳がぎらぎらと光っている。

彼女の翼が当たって電灯が揺れた。と思うと、彼女は窓枠を蹴り飛ばすようにして、外へと飛び立っていった。抜けた白い羽が一本、左右に弧を描くようにしてゆっくりと、色あせた畳の上に落ちた。

暗い部屋に残された大地は、呆然としながら、まだ揺れている電灯の紐をぼんやりと見上げていた。

＊

なんということ！

怒りにまかせて飛びながら、「彼女」はまだ昂奮していた。

ダイチの部屋に入った時から異変を嗅ぎ取ってはいたけれど、いざダイチを見てぞっとした。横たわったダイチは、暗い沼に身を浸しているように見えた。ただ体が悪いのではなく、その目には「彼女」が今までに見たこともない、寒気をおぼえるような絶望と諦念が澱んでいた。本人が囚われている沼が、体内にも浸食してダイチを乗っ取り、その二つの目から覗いているように見えた。

忌まわしいその存在が、自分の体にもこびりついているのではないかという気がして、「彼女」はがむしゃらに追い払うように羽をばたつかせる。

詳しい事情はわからなくても、「彼女」は直感していた。彼らが持っている「オカネ」「ジカン」という概念にそれはきっと、関係しているのだと。彼らが区切って閉じ込めて、減ったり増えたりするという奇妙な考え方をしているそのふたつに関係する事柄のために、彼は不具合を起こしているのだと。ただそんな馬鹿げた考えを手放しさえすればいい。それだけだ。どうしてそれだけのことができないのだろう？

「パウファーラ」。それは、この世界を肯定するための言葉だった。創造主はそのように創っている、それが創造主のやることだ、というような意味だ。何度も口にする言葉だけれど、使う場面を誤ることは決してない。それが「彼女」と、種族全体に共通する不文律であり、存在に関わるほど大切なことだったのだ。その言葉を二つ目の口から聞くまで、意識もしなかったけれど、あの時反射的に湧き上がった嫌悪感によって思い知らされた。

ダイチがあの暗い沼に囚われていること。そんなことは、断じて「パウファーラ」などではなかった。創造主の望みなどではなく、地上の二つ目たちが勝手に作り出したものだというのに。まるで自分の中の聖域が汚されたような気分だった。

しばらくして嫌悪感がおさまってくると、去り際に見たダイチの顔がよみがえってきた。ダイチの呆然とした顔と、硬直した体。自分の行動がダイチから動きを奪ったことが、まざまざと認識された。こんなことは、初めてだった。必要があって記憶のデータを参照する時以外で、特定の場面を何度も思い返すなんて無意味な行為はしたことがなかったのだ。

どうしてだか、涙が止まらなくなった。悲しくて悲しくて、やりきれなかった。胸が痛くて、どうやってもその痛みが取り除けないような気がした。

そのまま、青い水のようなその悲しみの中に自分自身が溶けてしまい元通りにならないのではないかとすら思えた。「彼女」の持っている概念の中にはないけれど、その悲しみを言葉にするとすれば「後悔」だった。

どうしたって理解できない。重力で縛り付けられていることは、思考やモノの見方にも影響するのだろう。そのことが理屈としては分かっても、根本的に生態のちがう二つ目であるダイチのことを、自分にひきつけて理解するのはどだい無理なことなのだ。ライオンが蟻の気持ちを想像できないように。ツバメにモグラのことが理解できないように。

その悲しみが、後悔とともにあふれてくる。今まで、二つ目を理解しようと思ったことすらなかったというのに。

——ナマエ、ダイチ。

不意に、二度目に会った時に一生懸命それを伝えようとしてきたダイチの声がよみがえる。

「ナマエ……」

「彼女」はぼんやりと、地上を見下ろした。彼らがわざわざ一人一人に名前をつけることを理解したのは、あれからだいぶ後のことだった。「彼女」にしてみれば、木の葉一枚一枚に名前をつけるような、途方もなく煩雑なことに思われた。デンシャに乗った日、さらに土地までも区切って勝手に名前をつけるのだということを知り、愚かさもここに極まれり、という気分になったのだった。

どうして名前などつけるのだろう。名前をつけることで、区切って切り離すことがなぜ必要なのだろう。支配したいから?

いつの間にか空はぼやけた黒から濃紺に変わっていた。水平線の下に太陽の気配を感じたかと思うと、少しずつ白んでくる。

差しはじめたばかりの日光を追って海面に目を落とすと、奇妙なものが視界に入ってきた。

「彼女」は訝しげに目を細め、徐々に高度を落としていく。なぜか心にひっかかり、見過ごして行くことができなかった。

海面に近づきその光景の全容が見えてきたとたんに、突き上げるような恐怖が襲ってきた。海と空の間にひとり浮かびながら「彼女」は、悲鳴を上げていた。

＊

「足守さん、電話やで」

ドアの向こうから、家主のおばさんの声が聞こえてくる。

だけど大地は返事をする気になれず、畳の上に横たわっていた。自分に電話がかかってきたことなどほぼなかったし、あっても借金取りだけだ。しばらくドアをノックした後「おらんのか」と独り言をいいながらおばさんは遠ざかっていった。

体調は小康状態にまで戻り、昨日からなんとか仕事へ行けるようになった。

それでも、いつまた動けなくなるかと思うと、爆弾を抱えているようなおそろしさに囚われる。何よりも、気持ちが深く落ち込んでいた。数日前の彼女の態度に、いまだに打ちのめされていた。

自分と彼女を隔てているものは、「違い」などというなまぬるい言葉で表現できるものではないのだ。今さらながら大地は痛感する。存在の根底を揺るがすような、もっと大きく決定的なものだ。

もう二度と会うことはできないだろう。そう思うと、この夜の底でどうしようもなく一人であることが、身にのしかかってきた。ずっと一人だったはずだ。彼女がいる時だって、一緒にいるという意識でいたのは自分だけだったのかもしれない。それなのにどうしてこんなにもあさましく、他者を、彼女の存在を求めてしまうのだろう。

ざっ、と豆をまくような音がして、外で雨が降り出した。

夜中になっても眠れず、大地は身を起こすと電気をつけ、ラジオを枕元に引き寄せた。何でもいいから、何かを聴きたかった。自分にでなくてもいい、誰かが語りかける声を、歌う声を、奏でる音を聴きたかった。

スイッチを入れると、妙な雑音が混じった。不思議に思ってチューニングを合わせようとするけれど、スピーカーから聞こえる音がかき消されるだけだった。

雑音は、窓の外から聞こえてきているのだ。気づいた大地が慌てて立ち上がり窓を開けると、そこにはずぶ濡れの彼女がいた。

「どうしたんですか、その……」

思わず上げた声が、雨に流されるように途中で出なくなった。

こんなにも生気のない彼女を見るのは初めてだった。それにもまして大地を驚かせたのは、その翼の変化だった。

真っ白だった翼は、すっかり色が変わっていた。一枚一枚が色合いの違う紫になっていたのだ。

壮観としか言いようのない眺めだった。境目があいまいなモザイクのような、藤、アメジスト、雨、氷、葡萄、とりどりの色彩が混じり合い、それが生きて動いているということが途方もなく思われる。夜空に爆音を立てて描かれる壮大な花火を見上げている時の感情とどこか似ていた。どんな神が、こんな色彩とデザインを生み出すのだろうと畏怖の念に打たれる。

しばらくして我に返った大地は、慌てて彼女を部屋に入れると、新品のタオルを引っ張りだしてきた。少し前に買ったものの、もったいなくて使わないままでいてよかったと思った。

タオルを渡そうとしても彼女が受け取らなかったので、

「僕がふいても、いいですか」

尋ねたけれど、彼女はぼんやりしたままだった。恐る恐る、濡れた髪をふこうとしたものの、気が動転して手が震えるばかりだった。

「ダイチ」

にわかに彼女が声を上げたので、とっさに「ごめんなさい」と口をついて出た。また何か怒らせるようなことをしてしまったと思ったのだ。彼女たちの言葉をいくつか覚えていたけれど、下手に口にする勇気はなかった。

「ダイチ、ノル」

彼女が自身を指して言う。要望、もしくは命令のような口調だ。しばらく意味がわからなかった。彼女はもう一度同じことを言い、中空の斜め上から大地の腕をつかんできた。

「乗れって言ってるんですか？　あなたに？　僕が？」

あまりにも予想外のことに、大地は頭がぼうっとした。それでも彼女が何度も言うので、観念して斜め上に手を伸ばし、彼女の肩をつかむ。彼女は浮いた状態で仰向けの姿勢になり、ほんの少し力を入れるだけで、すっと布団の上に着地した。薄い掛け布団をかけた時のような、かすかな音しかしなかった。

浮き上がらないようにそっと肩を押さえたまま、

「重い？」

何度も聞かずにはいられなかったのは、羽が押しつぶされて痛いのではないかと想像したからだった。自在に動かせるということはフェザーだけでなく軟骨が入っているのだろうし、神経も痛覚もあるはずだと思った。

体重をかけないように腕で自分の体をささえ、そっと覆い被さるようにすると、

「オモイ、モット」

不満そうに彼女は言った。もっと体重をかけろと言いたいらしい。

仕方なく徐々に体重をかける間も、大地は気が気でなかった。暑さのせいだけではなく、ぬぐってもぬぐっても次々に汗が噴き出し、汗が彼女に落ちかからないようにと焦ると、余計にまた汗をかく。彼女に使うはずだったタオルでひっきりなしに汗をふきながら、息をつめ、少しずつ油を垂らすようにして自分の重さを彼女に落としていく。重力に慣れていない彼女にしてみたら、きっととんでもない重さだろう。ほんの少しの加減でちいさな骨のひとつも折って

しまうのではないか、窒息させてしまうんじゃないかと、恐ろしくて仕方なかった。

じっさいに彼女は、苦しそうに眉間に皺をよせている。大きく息をはいて目をとじたとたん、涙が頬を斜めに横切った。まるで、生きているようにゆっくりと。


人の話し声が聞こえた気がして目が覚める。部屋の中にはまだもやもやとした薄闇が立ちこめていた。

雑音を流しているラジオのスイッチを止め、辺りを見回す。窓が開け放たれていて、彼女はいなくなっていた。


夢を見ていたのか。一瞬そう思ったけれど、あちこち痛む体が、起こったことを覚えていた。ふだん散々重いものを持っているのに、極度に気を張って慣れない体の使い方をしたせいで、日常では使わない筋肉が痛んでいるらしかった。ここ最近の不調の名残と疲労のため、知らないうちに眠り込んでしまっていたのだ。

その時大地は、目の前に白く光るものがあることに気づいた。まるで自分の心の中にいるような錯覚におちいる。孤独の薄闇のなかに、ぼんやりと白く輝くものが浮かび上がっているような内面と、目にしている光景があまりにも合致していたからだった。

どこからどう見ても、それは卵だった。

ラグビーボールほどの大きさの、白いカルシウム殻で覆われた卵が、まるで彼女の身代わりのように大地の布団の上にあったのだった。

大地は息をすることすら忘れて、それを見つめていた。何が起こったのかわからなかった。ただ、自分がそれを守らなくてはいけないということだけが、確かなこととして身の内に息づいていた。

触ることもためらわれ、じっと卵を見つめているうちに、窓の外が明るくなってきた。そろそろ仕事に出なくてはいけない。そう思うのに、どうしても卵を置いてそこから動く気になれず、途方に暮れていたときだった。

部屋のドアを叩く音がした。

こんな時間に誰だろう。出るか出るまいか迷っていると、

「おーい、足守。おるかあ」

まるでドアなど隔てていないかのようにくっきりとした声が聞こえてきた。瞬時に数年が巻き戻されるような懐かしい声だった。

「モリサン」

思わず上げた自分の声は、か細く頼りなく聞こえた。まるで自分が卵から孵ったばかりの雛のようだと、大地は思った。

＊

翼を持つ種族には、男女の区別がない。

そのことを知っている地上の人間は、あまりいなかった。あらかじめその枠組みで見る習慣があると、何を考えることもなく、目にした個体を男女どちらかに分けようとするものだし、どちらか判断がつかなかったとしても、自分に関係がない事柄であればそれ以上考えようとはしないからだ。

雌雄がない彼らは、生殖行為をする必要がなかった。どの個体でも、一生に一度卵を産み、そこからは自分とまったく同じ遺伝子の個体が生まれた。それゆえに、彼らは数が増えることはなく、逆にどんどん自然減少していった。

たいてい彼らは産卵をする「その時」が近づくと、安全で適した場所を探すために行動量が増え、多少落ち着かなくなるけれど、卵を産んだ後はすぐにそのことを忘れる。卵から孵った新たな個体は世話を必要とせず、自力で成長した。

だから、「彼女」(に見えるもの)が、自分の産んだ卵のことを気にして何度もダイチのもとを訪れたことは異変とも呼べることだった。

「そもそも、おかしなことばっかりだ。この翼だってそうだし……最近、自分の見えるものが変わってきたような気がするし、前はわかってたことをたくさん忘れてる気がする」

ダイチの渡してくれたパンを食べながら、「彼女」はひとりごちた。

「体もなんだか、妙な感じになってきてる。頬のあたりがむずむずするし、変にでこぼこする部分が出てきたりして。そういえば、なんで君たちは目が二つになったんだろうって考えてたんだ。一つが見えなくなっても困らないようにするためかな? でも二つそろってないと完璧には見えないんだろ？　それって進化なのか退化なのか謎だね。翼がないのも――」

言いかけて、「彼女」は口をつぐんだ。あの日の夜明けの光景を思い出したからだった。海の上で「彼女」が見たものは、まるで無数のあじさいの花びらのように海面に散らばった羽だった。散乱した羽の真ん中に、二つの翼そのものが浮かんでいた。

同胞が何らかの事故で翼を失ったのか、それとも地上の人間に危害を加えられたのかと最初は思った。それでも、吐き気をこらえながらも近づいて見てみると、血痕も何もなく、ふしぎと綺麗なままそれは、たゆたう波の上に浮かんでいたのだった。

もしかして自分も、そのうちに翼を失うのかもしれない。咲き終わった花が落ちるように、髪が抜けるように、ある日自然にこの身を離れていくのかもしれない。色が変わったのは、その前触れなのだろうか。

突如閃いたその考えは、あの時、「彼女」をパニックに陥れた。いきなり体に穴を穿たれたような、とてつもない恐怖だった。

ダイチのもとへ行くことしか、思いつかなかった。どうしてだかわからないけれど、無性に重みを必要としていた。重みを感じれば落ち着く。それまでの「彼女」にはありえない発想なのに、本能的にそう感じていた。

ダイチの重みで地上に留め置かれる感覚に、最初は反射的な違和感と不快感をおぼえた。ダイチがかけてくる重さが増すにつれ、それが徐々にほどけていき、ある一点でひっくり返るように、とてつもない安堵感に変わった。肩甲骨の翼の生え際あたりに、固い地面を感じた。それは、今までに想像したこともない感覚だった。

痛みのせいだと思ったらしいダイチがしきりに「ゴメン」と口にしていたけれど、涙が出たのは、重さが幸せだと感じたのが初めてだったからだ。

*

大地はぼうっとしながら、目の前でときどき現われては消える、彼女のえくぼを眺めていた。空気を含んだような声と発話、スキップするかのようなリズムが心地よい。何を言っているのかはわからなくてもずっと聞いていたい。以前とはまるで違う状態で、彼女とこうして同じ場所にいられることが夢のようだった。

あの日現われたモリサンが告げたのは、信じられないようなことだった。

大学を卒業してから、何年か各地を流れて色々な仕事をしてきたモリサンは、最終的に建築家の同級生と組んで建設会社を興した。好景気の波に乗って急成長し、ホテルを経営する子会社もできた。新しく建設中のホテルの現場を見てきたばかりだというモリサンは、作業着姿だった。次は観光クルーズのビジネスを興すところだという。

——ずっと足守のことは気になってたんや。向学心があるのに、親もおらんと苦労してる足守みたいな奴らを何とか助けられんかと思って、そういう不利な状況にある若い子らを次々に雇ってるんや。足守は艀もタグボートも操れるし、船舶免許取らしたるからクルーズ船の運転手になれへんか？　嫌やったら、別の仕事でもええ。

あまりに急なことに判断が追いつかず、「でも荷役の仕事が」と口ごもった大地に、モリサンは早口でたたみかけた。

——人力の荷役なんてもう、時代遅れや。いつまでも、人間に有害物質を運ばせるような非人道的なことやっとったら世界に取り残されるで。時代は機械化に向かっとるし、湾岸は今後、無人になっていくはずや。艀かて、これからどんどん減っていく。艀で暮らしてる家族も、嫁はんが苦労して陸まで買い物に行ったり子供が海に落ちたりするような生活をする必要はなくなる。時代はすごい勢いで変わっていっとるんや。適応する個体だけが生き残れる。

モリサンの言葉を聞くうちに、体が干した布団のようにふんわりと軽くなっていく気がした。モリサンの申し出ともあって、一も二もなく承諾したかった。それでも、懸念をそのままにするわけにはいかず、健康に不安があること、卵の様子を見なくてはいけないことを告げた。

——卵のひとつくらい、何とでもなるわ。何が生まれようとな。体のことは、とりあえず病院に行ってこい。心配いらん。

当面の生活の面倒は見てやると、モリサンは請け合った。

あまりの有り難さに、拝むように手を合わせて頭を垂れる大地を、「やめいや、大げさな」とモリサンは制した。

……最近の神様は、作業着を着ているんだなと思って。

思わず大地が漏らした言葉に、モリサンは小粒でびっしり揃った、トウモロコシを思わせる歯を見せて呵々大笑《かかたいしょう》した。

——俺は唯物論者や。


「……いつになるかわからないけど、借金もぜんぶ返して、新しい仕事が落ち着いて、この卵から孵るかもしれない子も成長したら」

さっきから喋り続けていた彼女が黙ったタイミングで、大地はぽつぽつと言葉を出し始めた。

「ちゃんと勉強がしてみたいんです。大学に行きたい。自分にも夢が持てるなんて、考えたこともありませんでした。僕も、飛べるかもしれないんです。あなたとは違う形で」

彼女の金色の瞳が、大地を見つめる。以前にくらべて小さくなったような、どことなく眠そうに見える目だった。何を考えているのかはわからないけれど、口元が少しほころんだ気がした。「飛べる」だけ意味がわかったのか、ぶわっと一瞬、羽を広げた。

羽先が当たりそうになった卵を、大地はあわてて移動させ、衝撃から守るために慎重にタオルで覆った。

＊

「彼女」（になるかもしれないもの）は、生まれて初めて夢を見た。

黄昏時なのか夜明けなのかわからない。空は、かすかに菫色の気配がまじった深い青で、昔のように澄んだ香りがした。

街は眠っているようだった。灯りはひとつもついていない。人の気配もない。

同胞たちが、次々に空から落ちて行く。流れ星のように空に弧を描いて落下し、地面に触れたとたんに、あじさいの花に変わって行く。

その向こうに、赤く光る塔が立っていた。

気づくと、となりにダイチがいた。一緒に中空に浮いている。

「あの上まで飛んで、真上から見下ろさない？」

話しかけると、

「それはいいですね。一緒に行きましょう」

言葉が通じた。ダイチがこちらの言語を話しているのか、こちらがダイチの言語を話しているのかはわからないけれど、会話ができるという状況にすっかり嬉しくなり、じゃれつくようにして飛び回る。

ふたりで飛ぶのは、昂奮のあまり泣きたくなるほど楽しかった。らせんを描くように飛んで赤い塔の周りを上っていき、てっぺんまで辿り着く。

真上から見下ろすと、大きさの違うふたつの赤い円がかさなっているように見えた。

「もうすぐお別れだね」

「彼女」が言うと、ダイチが、

「そうみたいですね」

とうなずいた。

「なんだか別れるのが寂しいみたい」

「彼女」たちの言語に寂しいという言葉はないのに、夢の中で「彼女」は自然にそれを口にして、その意味もわかっていた。

「じゃあ、寂しくならないように贈り物をします」

思いがけない言葉におどろいてダイチの方を見ると、一気に白い光に塗りつぶされ、まぶしくて目を閉じる。

ふたたび目を開けると、ダイチの部屋の窓から光が差し込んでいた。

はっきりと目が覚めた時、何をするべきかが「彼女」にはわかった。

*

何が生まれてくるのかは、いまだによくわからなかった。

この部屋に卵がやって来てからというもの、大地はいろいろとやってみた。あたたかい方がいいかと思って陽の当たる場所に置いてから、暑すぎるといけないかもしれないと不安になって日陰に移動したり、毛布でくるんでみたり。たまにやって来る彼女からどうすればいいのか聞き出そうとしたけれど、それほど卵に興味はなさそうだった。

それでも、図書館で借りてきた生物図鑑などを介して必死にやりとりした末、どうやら彼女と同じ個体が出てくるらしいということは理解できた。ただ、それが赤ん坊なのか、ミニチュアの大人のような状態で出てくるのか、世話はどうすればいいのか、そもそも世話は必要なのか、知りたい情報は得られなかった。仕方がないので、どんな状況でも対応できるだけの知識を蓄えようと、あらゆる動物の卵の孵化や飼育について調べ、人間の赤ん坊の育児書も買った。

モリサンのおかげで仕事へ行かなくて済んでいることが大きな救いだった。でなければ、心配で仕事など手につかなかっただろう。

その日の明け方に大地の部屋へやって来た彼女は、初めてうつらうつらと眠り込んだ。七時頃にぱっちりと目を覚ましたとたん、

「ナマエ」

と決然とした口調で大地に告げた。

「ナマエ。ホシイ」

自らを指してから、大地に向かって手を差し出してくる。彼女の言わんとすることを理解するのに、しばらく時間が必要だった。

「……名前をつけろって言ってるんですか？」

あまりに予想外のことに、大地はしばらく目を閉じて、自分を落ち着かせようとする。

目を開けると、彼女が期待に満ちた、それでいて大地を圧するような目でじいっとこちらを見ていた。

これまでの様子だと、彼女は個別の名前をつけるという考えをバカにしていたはずだった。

土地や山、川にも名前をつけるということを理解した時には、心底呆れた、もしくは憤慨したといった調子で何かをまくしたてたてきたのだった。

「ちょっと、待ってください。いきなりだから……」

彼女に名前をつけるなんて、そんな大それたこと。途方にくれていたはずなのに、何かの鍵が開いたように、言葉が飛び出してきた。

「御影。御影は？」

「ミカ、ゲ？」

「いつか行った市場がある場所、覚えてますか？　パンを食べたところ」

パンという単語は覚えている彼女は、そこに反応して訝しそうにうなずいた。

「あの地域が『御影』っていう名前なんです。その昔、美しい水が湧き出る泉があって、神功《じんぐう》皇后《こうごう》が遠征の帰りに立ち寄り、水面に姿を映したことから、尊い影、という名の地名になったと言い伝えられている。その泉は沢《さわ》の井《い》という名前で、そこから美酒をつくる水を汲むようになったとも。……そう考えると、覚えておきたいから、なのかもしれない。大切な記憶を残しておくために名前が必要なのかもしれない。水に映った影をずっと残しておきたいように」

自分が話す内容に重大な発見をした気になり、大地はさらに言葉を継いだ。

「名前をつけるのはきっと、愛したいからなんだと思う。あの、一緒に観た絵を覚えてますか？　ミカゲはミカエル、とも似てる」

ものすごくいいアイデアに思えて昂奮している大地とはうらはらに、彼女の表情は変わらなかった。

「ミカゲ……ミカゲ」

しばらく、目の前にその名前を置いて確かめるように何度か口にしたあと、首をふった。どうやら響きが気に入らなかったらしい。濁点のついた音は好きではないのかもしれない。

「ミカゲ、ナイ」

大地は肩を落として、別の名前を考えることにした。ほどなくして、またぽんと言葉が浮かび上がってきた。

「美羽、はどうですか。美しい羽と書いて、美羽」

「ミワ？」

反芻したとたん、彼女はにっこりした。何度も口にしながら、うなずく。

「ミワ」と自分を指さし、次に「ミワ。オナジ」と卵を指さした。

「赤ちゃんにも同じ名前をつけるんですか？」

やや面食らって大地は言った。しばらく考えてから、なるほど、もし自分のコピーが生まれるなら同じ名前の方が理にかなっているだろうと思い当たった。

彼女の記憶を継承するという意味でも、その方がきっといい。

「わかりました。美羽」

卵を指して大地が言うと、彼女は満足そうにうなずいた。

それから虚空を見つめ、ふと何かを思い出したように目を見開き、口元をゆるめた。

「スキナモノ。ダイチ」

嬉しそうに微笑みながら、彼女は大地に向かってそう言った。

＊

切り離されていく、と「彼女」は感じた。名前という重しを渡されて受け取ることで、自分の体が、これまで親しんでいたものから切り離され、この場所に留め置かれるような気がした。慣れないその感覚に、かすかに抵抗をおぼえる。でも、慣れると美味しく感じるようになる食べ物のように、そのむこうに未知のなにかがあるような気がした。

受け取っておこう、と思う。少なくとも、今は。嫌になったら捨てれば良いのだ。

「スキナモノ」と口にしたときにダイチの目に浮かんだ感情を、この先も自分が理解することはないだろうと、「彼女」は思った。だけど、卵から孵る次の美羽、その次の美羽、そのまた次の美羽の世代になれば、その感情が備わっているかもしれない。その頃にはもしかして、卵ではなく、二つ目たちや、地上の多くの動物たちのように、二種類の個体が交わらないと次世代を生み出せないという非合理的で面倒な生態に変わっているかもしれない。

もう自分の種族は姿を消していくのだと、すでに「彼女」はわかっていた。少なくとも、今までの姿と生き方で、地上の二つ目たちが作った環境のなかで残っていくことはないのだろう。

それでも、自分はまだツウェイラだ。そのうちにここを去り、またひとりで生きていく。もし、また馴染みのない感情がおそってきたら、ダイチにもらった名前の重さを頼りにすればいい。

自分が産んだ卵から出てくるものが何なのか、「彼女」にもまだわからない。そんなこと、考えて何になるというのだろう？　何にせよ、創造主がやることなのだから。

ダイチの部屋から飛び立つ刹那、

「パウファーラ」

と「彼女」はつぶやいた。

＊

陽の当たるわずかなスペースに、たいせつに置いた卵を、朝起きてすぐに確認し、夜寝る前に注意深く眺め、時には夜中に心配になって飛び起き、異状がないかたしかめる。ほんの少しの変化も見逃すまいとするあまり、昨日と色が変わっているように思えて気もそぞろになったりしたが、たいていは光の加減でそう見えるだけなのだった。

そんな日々が一ヶ月ほど続いたのち、カシャ、とかすかなシャッター音のような音を聞いたと思ったら、割れた殻のすきまから泣き声が聞こえた。

小さめで、白っぽい産毛が多く生えているほかは、地上の人間にしか見えない赤ん坊だった。

羽はなく、目は二つあった。

もし他の赤ん坊を見たことがあれば、大地にも分かったかもしれない。その赤ん坊はすでに首がすわっていて、はっきりと視力があり、普通の人間の赤ん坊が数ヶ月かけて獲得する能力をすでに備えていることを。

さんざん逡巡したのち、おそるおそる赤ん坊の背中にそろそろと両手を差し込み、すっと持ち上げようとする。たよりない、ふわふわした産毛の感触だけで、ほとんど重さを感じない。

——重力に勝てない？　何言うてるねん。

赤ん坊を抱き上げる刹那、不意にモリサンの言葉がよみがえった。あの日この部屋にやってきたモリサンと話していた時のこと。大地は、重力に縛られているままならなさを嘆くようなことを言ったのだ。

——重力がないと俺らは宇宙でバラバラになって、お互いに出会うこともできへん。けど俺らは、重力に勝つことだってできる。ほら、こうするだけでいい。一瞬や。

そう言ってモリサンは、昔と同じようにせわしなく目をきょろきょろさせながら、床に置いてあった文庫本をひょいと拾い上げたのだった。

待ち合わせの五分前（おわりとはじまりの詩）

財布を忘れて取りに戻ったあなたは、予定より二〇分も遅れて家を出る。

ゆとりを持って駅に着き、のんびり待ち合わせ場所に向かいがてら、お気に入りの古書店で本を物色しようと考えていたというのに。自分の甘さを呪いながら、最近物忘れが増えてきた、と思い、人生の後半に近づいていることを思い出す。ふだんは忘れているけれど、もう十九歳でも二十八歳でも三十二歳でもないのだと。

最寄り駅に着いたあなたは、運悪く電車が一〇分遅れていることを知る。どんどん体が重くなり、待ち合わせ場所のホテルに向かうことが気の重い責務のような気持ちになってくる。

約束をした時は、舞い上がるような気持ちだったはずなのに。旅先で知り合った彼が、出張のついでとはいえ、この街まで会いにきてくれることがとても嬉しかったはずなのに。

あなたの思考は、生まれるかもしれない関係性そのものよりも、その周辺で発生するであろう面倒ごとのほうへと引き寄せられる。

いつから、可能性について考えることが楽しみではなく億劫になってしまったのだろうと、あなたは考える。

停車した車両から、たくさんの乗客とともに吐き出されたあなたは、ガソリンを注入するような気持ちで、駅構内のコーヒースタンドでコーヒーを買う。ぼんやりとカップを傾けたとたんにコーヒーがこぼれ、お気に入りの服に大きなシミを作る。

もうこのまま帰ったほうがいいかもしれない。気落ちしたあなたはそう考える。これから新しい服を買って着替えていては大幅に遅れるだろう。タクシーで行こうにも、捕まえるまでに手間取るに違いない。

次々に、行かないほうがいい理由が浮かんでくる。肌のコンディションが悪い。寝不足だ。いい年して出会いにはしゃぐなんて恥ずかしい。向こうは自分のことなんて、暇つぶしとしか思っていないかもしれない。義理で声をかけただけかもしれない。「楽しみにしています」という社交辞令を真に受けた自分はバカなのかもしれない。キャンセルした方が、彼もほっとするかもしれない。

それでもあなたは、すぐに引き返す決心もつかず、とりあえず、服だけでも見ていこう……と、青に変わったばかりの横断歩道に一歩踏み出す。

たとえ今日何かが進展したとしても、とあなたは考える。

その先に何が待っているというのだろう。関係が始まったら、あとは終わるだけだ。これまで何度もくり返したことを、なぜまたやる必要があるのか。

何度も誰かと付き合い、別れた。そのたびに体の一部がもぎとられるような思いをした。一度結婚し、別れた。もう二度と経験したくないような苦しみを味わった。

喪うなら、苦しむなら、始まらないほうがいい。

ふとあなたは、立ち止まる。見慣れないちいさな古本屋があることに気づいたのだ。いつの間に新しくできたのか。元は何の店だっただろう。ジェラート屋だったか、餃子屋だった気もする。

街のエアポケットのようなその場所に、あなたは入っていく。

そして入ってすぐの棚に平置きされていた本が、まっすぐに目に飛び込んでくる。本というより、冊子というほうが近い、自費出版の薄い本。

それはあなたがはるか前、大学を卒業して間もない頃に作った詩集だ。

それを手放した人がいる。そのことよりも、誰かがそれをずっと持っていたこと、それが新たな誰かを待っていて、その最中にあなたの目の前に現われたこと、それが大いなる奇跡のように、あなたには思われる。

あなたは、過去の自分の抜け殻のようなその詩集を、取り上げる。ぱっと開いたページに置かれていた言葉が、向こうからあなたを捕まえにきたように、体の中に飛び込んでくる。

きみが自分を守るために吐く糸は

きみが創造するちいさな部屋は
やがてほどかれ
だれかのむきだしの体を包む布になる
だれかのからだに内蔵される翼を編む
だからこそ　きみは
喪うこと　を　むしゃむしゃと食べつづける

あなたは思い出す。それはあの時、あなたの中にあった空洞から孵った言葉たちだった。自分の中から生まれたことすら忘れていた言葉たちだ。

還ってきた言葉たちがあなたの体にゆっくりと吸収されていく。『繭の中の街』と題されたその本を、あなたはそっと閉じる。

店を出たあなたの目には、あたりの景色が急に心ざわめく色彩にいろどられたように映る。まるで旅先で見る風景のように。

本を棚に戻すと、船に乗っているみたいにふわふわとした体で歩きだす。店を出る。商店街を過ぎ、白線がくっきりと模様を描く横断歩道の上を渡り、百貨店の前を通る。肉屋さんからコロッケの匂いがして、南京町の門の赤色が視界の隅をかすめる。重い扉を閉じた博物館を、蛍のように灯ったバーの看板のあかりを、川の流れに乗るように通り過ぎる。夜行性の店たちも、もうあくびをしながら起きだしてくる。店の中に、いくつもの朝日が灯る。

そしてあなたは、ホテルの前にたどり着く。

ドアマンに微笑みかけ、カーペットの上へ足を踏み出す。着いたばかりで、まだ自分の住む場所の空気をまとっている人たちと、この場所に溶け込みつつある人たち、少し違う自分になって帰っていく人たちが行きかう大きなロビー。そこは、ざわめきだけでなく物語に満ちている気がする。どんな人にも眠りを提供してくれるところ。無数の旅を包み込む、ホテルという場所が好きだと、あなたは思う。

レトロなデザインのエレベーターに乗り込み、待ち合わせ場所のレストランがある35階のボタンを、あなたは押す。

こうして街のなかを、地球の上を、西へ東へ、天上や地下へ、すこしでも移動することで、またほかの誰かと出会い、幸せな時間を共有するかもしれない。好きな本、コーヒー、よく聴く曲、たったひとつだったとしても、共通点を見つけて同盟を結ぶかもしれない。

電車やエレベーター、もしくは靴に自分の体を乗せて運び、言葉に想いを乗せて運ばないと、それは永遠に起こらない。

だからあなたは、エレベーターのボタンを押す。

エレベーターが離陸し、あなたの体は夜の街を離れどんどん空に上っていく。光の粒で描かれたような観覧車や、発光する赤い恐竜のような港のクレーンたちが遠ざかる。

眼下の街には、無数の物語が息づいている。あなたの身の内に卵を残していったあの人が、生きていれば書いていたかもしれない物語たちも、きっと。あなたはそんなふうに考える。

まるで重力から解き放たれるように、どんどん体が軽くなっていくような心地がする。
何度喪ってもあなたには、そこからあたらしい世界を創り出す力がある。
35の数字が丸く灯り、到着を知らせる澄んだ鈴のような音が鳴る。

本書は書き下ろしです。

宇野　碧　うの・あおい
1983年神戸市出身。放浪生活を経て、
現在は和歌山県在住。旅、本、食を愛する。
2022年、ラップバトルを通じて母と息子の対話を描いた
『レペゼン母』で第16回小説現代長編新人賞を受賞し
デビュー。近著に『キッチン・セラピー』(講談社)。
著者HP：aoi-uno.com

繭《まゆ》の中《なか》の街《まち》

2024年3月23日　第1刷発行

著　者　宇《う》野《の》　碧《あおい》
発行者　箕浦克史
発行所　株式会社双葉社
〒162-8540 東京都新宿区東五軒町3-28
電話 03(5261)4818[営業]
電話 03(5261)4833[編集]
http://www.futabasha.co.jp/
(双葉社の書籍・コミック・ムックが買えます)

印刷所　中央精版印刷株式会社
製本所　中央精版印刷株式会社

落丁・乱丁の場合は送料双葉社負担でお取り替えいたします。
「製作部」あてにお送りください。
ただし、古書店で購入したものについてはお取り替えできません。
［電話］03-5261-4822(製作部)

定価はカバーに表示してあります。
本書のコピー、スキャン、デジタル化等の無断複製・転載は
著作権法上での例外を除き禁じられています。
本書を代行業者等の第三者に依頼してスキャンやデジタル化
することは、たとえ個人や家庭内での利用でも著作権法違反です。
©Aoi Uno 2024 Printed in Japan
ISBN978-4-575-24719-0 C0093